C000006511

UN ESTUDIO ROJO - EL DIARIO SECRETO DE JACK EL DESTRIPADOR

LA TRILOGÍA DEL ESTUDIO EN ROJO LIBRO 1

BRIAN L. PORTER

Traducido por

FRANCISCO PINTOR

Derechos de autor (C) 2021 Brian L Porter

Diseño de Presentación y Derechos de autor (C) 2021 por Next Chapter

Publicado en 2021 por Next Chapter

Arte de la portada por Cover Mint

Textura de la contratapa por David M. Schrader, utilizada bajo licencia de Shutterstock.com.

Este libro es un trabajo de ficción. Los nombres, personajes, lugares e incidentes son producto de la imaginación del autor o se usan de manera ficticia. Cualquier parecido con eventos reales, locales o personas, vivas o muertas, es pura coincidencia.

Todos los derechos reservados. No se puede reproducir ni transmitir ninguna parte de este libro de ninguna forma ni por ningún medio, electrónico o mecánico, incluidas fotocopias, grabaciones o cualquier sistema de almacenamiento y recuperación de información, sin el permiso del autor

¡Dedicado en memoria a Enid y Leslie Porter, a Juliet y Sasha!

AGRADECIMIENTOS ACTUALIZADO 2020

2020

Un Estudio Rojo, El Diario Secreto de Jack El Destripador fue publicado originalmente en 2008 por la recién desaparecida *Publicaciones Double Dragon.* Estoy extremadamente agradecido con Miika Hanilla de Next Chapter Publishing, la editorial de más de veinte de mis obras recientes, que acepto publicar versiones nuevas y actualizadas de los tres libros de *mi* trilogía del destripador, *Un Estudio Rojo, Legado del Destripador y Réquiem para el Destripador además de mi novela Pestilencia.* Sin la ayuda y confianza de Miika, los cuatro libros habrían sido consignados a los anales de la historia y no estarían disponibles para los lectores.

También debo agradecer enormemente a mi investigadora/correctora, Debbie Poole, que me ha ayudado a revisar y actualizar el manuscrito original, los reconocimientos originales, que siguen siendo tan relevantes hoy como lo eran en el momento de la publicación original.

2008

Mientras escribía *Un estudio en rojo,* me sorprendió la cantidad de personas que se involucraron. Es con ellos en mente que aprovecho esta breve oportunidad para agradecerles, porque sin su ayuda y cooperación la historia nunca se habría completado.

Gran parte del material utilizado como, notas de referencia por el personaje de Roberto en las páginas siguientes derivan de mis referencias al sitio web más completo sobre el Destripador que pude encontrar. Por lo tanto, transmito mi agradecimiento a Stephen P. Ryder por su generoso permiso para utilizar el nombre www.casebook.org en el texto de la novela y como fuente de referencia. También, agradezco a Edward McMillan, del Centro de Información Policial de la ahora desaparecida Policía de Lothian, (ahora Policía de Escocia), por su inestimable ayuda al seguimiento de la histórica fuerza policial de la ciudad de Edimburgo. Su conocimiento del tema fue invaluable para armar una sección importante de la historia.

Nunca habría llegado a la última página del libro sin la inestimable paciencia y el arduo trabajo de mi propio equipo de correctores voluntarios, quienes se encargaron de leer, criticar y sugerir cambios en la trama cuando lo consideraran necesario. De nuevo, un gran agradecimiento a Graeme S. Houston, editor de Capture *Weekly Literary Journal,* y al difunto Malcolm Davies y Ken Copley, ambos lamentablemente ya no están con nosotros, y a Sheila Noakes, su ayuda fue invaluable. La lectora final del libro fue mi querida esposa Juliet, que ha pasado muchas horas solitarias mientras trabajaba en la novela, luego leía y corregía mis errores, me ha alentado cuando pensaba que nunca terminaría la obra.

Ha habido otros que han animado o dado pequeños "fragmentos" de ayuda y consejos en el camino, y a todos ellos también les extiendo mi gratitud. Espero que el libro les haga justicia a todos.

INTRODUCCIÓN

El Londres de la década de 1880 se diferenciaba mucho de la ciudad de hoy. La pobreza y la riqueza coexistían una al lado de la otra, la línea divisoria entre las dos a menudo marcada solo por el cruce de una calle, de las calles suburbanas bien iluminadas de las clases medias, a los barrios infestados de ratas y delincuencia, donde la pobreza, la falta de vivienda, la desesperación y las privaciones iban de la mano con la borrachera, la inmoralidad y el crimen. En los abarrotados barrios de la ciudad por la noche, se pensaba que el grito más comúnmente escuchado en la oscuridad era el de '¡Asesinato!'. Tan acostumbrada estaba la gente que vivía entre tanta miseria y en medio de la intimidación criminal que se dice, con el tiempo nadie prestaba atención a los gritos.

¡Fue en este vórtice de vicio y degradación humana, el Este de Londres, donde apareció una fuerza malévola, un asesino despiadado que acechaba las calles por la noche en busca de su presa y le dio a la gran metrópolis su primera muestra del fenómeno ahora cada vez más común, el asesino en serie! Las calles de Whitechapel se convertirían en el terreno del asesino misterioso y aún no identificado conocido en la historia como "¡Jack el Destripador!"

UN EXTRACTO DEL DIARIO

Sangre, sangre hermosa, espesa, rica, roja, venosa. Su color llena mis ojos, su aroma asalta mis fosas nasales. Su sabor cuelga dulcemente en mis labios. Anoche una vez más las voces me llamaron, y acate sus órdenes de su búsqueda impía.

A través de calles mezquinas, iluminadas por gas, envueltas en niebla, vagué por la noche, seleccionando, apuñalando, con una hoja centelleante, oh, cómo corría la sangre por la calle, empapando las grietas adoquinadas, como una fuente de rojo puro.

Vísceras goteando de la tripa roja rasgada, mi ropa asumió el olor de carne recién desguazada. Las sórdidas y oscuras sombras de las calles me llamaban, y bajo los inclinados aleros oscurecidos, como un espectro, desaparecí una vez más en la triste noche.

La sed de sangre de las voces satisfecha, por un tiempo...

Llamarán de nuevo, y una vez más rondaré por las calles en la noche, la sangre volverá a fluir como un río.

Cuidado con aquellos que se opongan, no me detendrán ni me llevarán, a mí no.

Duerme justa ciudad, mientras puedas, mientras las voces están quietas, estoy descansando, pero mi hora regresara. Me levantaré a un glorioso festín de sangre, regresare a saborear el miedo mientras la hoja corta con fuerza a través de la carne, cuando las voces eleven el toque de clarín, y mi tiempo regrese.

Por eso les digo, buenos ciudadanos, duerman, porque habrá una próxima vez...

A mi querido sobrino, Jack,

Este testamento, el diario y todos los documentos que lo acompañan son suyos tras mi muerte, como pasaron a ser míos tras la muerte de mi padre. Tú tía Sarah y yo, no tuvimos la suerte de tener nuestros propios hijos, por lo que es con gran pesar que escribo esta nota para acompañar estas páginas. Si tuviera alguna alternativa, te ahorraría la maldición del secreto más profundo de nuestra familia, lo quizás debería decir, secretos! Habiendo leído lo que estás a punto de leer, no tuve el coraje de destruirlo ni de revelar los secretos contenidos en estas páginas. Te ruego, como me suplicó mi padre, que leas el diario y las notas que lo acompañan y te guíes por tu conciencia e inteligencia para decidir qué curso de acción tomar cuando lo hayas hecho. Sea lo que sea que decidas hacer, querido sobrino, te ruego, no juzgues con demasiada dureza a los que te han precedido, porque la maldición del diario que estás a punto de leer es tan real como estas palabras que ahora te escribo.

Que estés bien, Jack, quedas advertido.

Con amor,

Tío Roberto

UNO

UNA REVELACIÓN

Mi bisabuelo era médico, con inclinación por la psiquiatría, al igual que mi abuelo y mi padre y siempre fue asentado que seguiría en la tradición familiar, ya que, desde la niñez, no quería nada más que seguir los pasos de mis antepasados, para aliviar el sufrimiento de los afligidos, y ayudar aliviar el dolor mental experimentado por esos pobres desgraciados tan a menudo castigados y tan mal entendidos por nuestra sociedad. ¿Mi nombre? Bueno, llamemos me Roberto.

Mi padre, a quien admito idolatrar desde que tengo memoria, murió hace poco más de cuatro meses, una triste tragedia, su vida se apagó en los pocos segundos que le tomó a un conductor ebrio cruzar el carril central de la autopista por la que conducía, y chocar de frente con el BMW de papá. Cuando la ambulancia llegó al lugar del accidente, era demasiado tarde, ¡no había sobrevivientes!

Papá fue enterrado en el cementerio local, junto a mi madre, que falleció hace diez años, y la práctica psiquiátrica privada que había compartido con él durante tanto tiempo se convirtió en mi dominio exclusivo. Como muestra de respeto, tomé la decisión de dejar el nombre de papá en la placa de bronce que adorna el pilar al lado de la puerta principal. No vi ninguna razón para eliminarlo. Una semana después del funeral, me sorprendió recibir una llamada del abogado de papá, diciendo que estaba en posesión de una colección de papeles que mi padre me había legado. Esto fue extraño, ya que creí que el testamento había sido claro, todo compartido por igual entre mi hermano Mark y yo. Yo había recibido la práctica de papá, Mark una suma en efectivo sustancial y equivalente. Mientras conducía hacia la oficina del abogado, me preguntaba qué podía ser tan importante para que papá me lo dejara de manera tan misteriosa.

Mientras me alejaba de la oficina del abogado, me quedé mirando el fajo de papeles fuertemente encuadernado en papel marrón y atado con una cuerda, que ahora residía en el asiento del pasajero. Todo lo que David, el abogado, me pudo decir fue que papá le había entregado los papeles hace muchos años, junto con instrucciones de que me los entregara, solo, una semana después de su funeral. Me dijo que papá había puesto una carta en un sobre sellado que estaría encima del paquete cuando lo abriera. No sabía nada más. Sabiendo que había poco que pudiera hacer hasta llegar a casa, traté de sacar el paquete de mi mente, pero mis ojos seguían desviándose hacia el misterioso bulto, como si un poder invisible lo atrajera inexorablemente. Estaba en un fermento de expectativa cuando llegue al camino de grava de mi elegante casa suburbana, sentí como si papá tuviera algo importante que contarme, desde el más allá, algo que obviamente no había podido compartir conmigo durante su vida.

Mi esposa, Sarah, estuvo fuera durante una semana, quedándose con su hermana Jennifer, que había dado a luz a un hijo cuatro días después del funeral de papá.

Jennifer había estado casada tres años con mi primo Tom,

un ingeniero informático brillante, aunque un poco errático, a quien había conocido en una cena en nuestra casa. Sarah se había mostrado reacia a dejarme tan pronto después de la muerte de papá y el funeral, pero insistí en que fuera y estuviera con Jennifer en su momento tan importante y emotivo. Le aseguré que estaría bien, cuando cerré el coche y me dirigí a la puerta principal de nuestra casa, me sentí aliviado de estar solo. De alguna manera, sentí que los papeles que llevaba debajo del brazo estaban reservados solo para mí, y estaba agradecido de poder explorar su contenido en privado. Aún tenía la semana libre, habiendo pagado un suplente para cuidar de la práctica durante mi período de luto, así que los siguientes días eran míos para hacer lo que quería.

Poco sabía que, cuando cerré la pesada puerta de entrada que estaba a punto de entrar en un mundo alejado de mi acogedora existencia suburbana, un mundo que apenas percibí en mis lecciones de historia en la escuela. Estaba por sorprenderme, todas mis concepciones de la verdad y la respetabilidad iban a ser sacudidas hasta la médula, aunque aún no lo sabía.

Rápidamente me puse ropa informal, me serví un whisky grande y me retiré a mi estudio, ansioso por comenzar mi investigación sobre el extraño legado de papá. Después de sentarme cómodamente frente a mi escritorio, tomé un sorbo del líquido dorado de mi vaso, luego, tome un par de tijeras del escritorio, corté tentativamente la cuerda de alrededor del paquete. Efectivamente, como había indicado el abogado, encima de una pila de papeles había un sobre sellado, dirigido a mí, con la inconfundible letra de mi padre. Lo sostuve en mi mano durante un minuto más o menos, luego, cuando miré hacia abajo y vi que mi mano temblaba de anticipación, extendí mi mano izquierda hacia el cortapapeles de plata en forma de espada que Sarah me había comprado para mi último cumpleaños. Con un rápido movimiento, corté la parte superior del sobre, metí la mano y extraje la carta, escrita a mano por mi padre y fechada hace casi veinte años, fue una revelación para mí, mientras leía, seguía sin darme cuenta del verdadero significado de los papeles sueltos que la acompañaban. La carta decía lo siguiente:

A mi hijo más querido, Roberto,

Como mi hijo mayor, y también mi amigo de mayor confianza, te dejo este diario, con las notas adjuntas. Este diario se ha pasado de generación en generación en nuestra familia, siempre al hijo mayor, y ahora, como es obvio, debo estar muerto, ha pasado a ti.

Ten mucho cuidado, hijo mío, con el conocimiento que contiene este diario. Dentro de sus páginas encontrarás la respuesta (al menos, una especie de respuesta) a uno de los grandes misterios en los anales del crimen británico, pero esa respuesta conlleva una responsabilidad.

Hijo mío, puedes sentirte tentado a hacer público lo que estás a punto de descubrir, sentirás que el público merece conocer la conclusión del misterio, pero te advierto, correrás el riesgo de destruir lo que nuestra familia ha defendido a lo largo de cien años de investigación médica y progreso en el campo de la medicina psiquiátrica, pero también la credibilidad misma de nuestra profesión más preciada.

¡Asesinato al más inmundo Roberto! Es de ese crimen más atroz que leerás, como yo leí después de la muerte

de tu abuelo, y él también antes que yo. Pero, ¿hay cosas peores que el asesinato en este mundo? ¿Tenemos derecho como médicos a emitir los juicios que los tribunales deberían dictar? Hijo mío, espero que estés listo para lo que estás a punto de aprender, aunque dudo que yo estuviera en su momento. Léelo bien hijo mío, y las notas que lo acompañan, y juzga por ti mismo. Si, como yo, te sientes convenientemente dispuesto, harás también lo que ha hecho siempre nuestra familia, y mantendrás el conocimiento de su contenido en un secreto celosamente guardado, hasta que llegue el momento de transmitirlo a tu propia descendencia. El conocimiento es la cruz que debe llevar la familia, hasta que un día, uno de nosotros se sienta tan dominado por la conciencia o alguna forma de necesidad de absolución, para revelar lo que contiene.

Sé fuerte, hijo mío, si sientes que no puedes pasar la primera página, no vayas más lejos, vuelve a sellar el diario en sus envoltorios y envíalo a una bóveda, déjalo reposar para siempre en la oscuridad, donde quizás por derecho pertenece estar, pero si lees el contenido, prepárate para llevar el conocimiento contigo para siempre, en tu corazón, en tu alma, pero lo peor de todo, en tu mente, una carga de culpa que nunca podrá borrarse.

Eres mi hijo mayor y siempre te he amado mucho. Perdóname por ponerte esta carga,

Con amor,
Tu Padre

Cuando terminé de leer la carta, de repente me di cuenta de que había estado conteniendo la respiración, tal era la tensión que sentía por dentro, respiré profundo y luego suspiré. El temblor en mis manos había aumentado, y alcancé la botella al costado del escritorio y me serví otro grande. De repente, sentí como si todo lo que contenían estos papeles sin abrir delante de mí estaban a punto de cambiar irrevocablemente mi vida, quizás no exteriormente, pero supe antes de ver los documentos que todo lo que contenían estas páginas era de gran importancia.. Si no, ¿por qué mi padre se había tomado tantas molestias para proteger el secreto que contenían? Me tragué el whisky demasiado rápido, el líquido me quemó la garganta y tosí involuntariamente.

Aun no tenía idea de lo que contenían los papeles, aunque las palabras de mi padre me habían dado una sospecha. Incapaz de esperar más, rompí las cintas del diario y ahí estaba, el secreto de la familia, ¡a punto de ser revelado! La primera hoja de papel, encima de las demás, era definitivamente vieja y escrita con la letra típica del siglo XIX.

No había fecha ni domicilio en la parte superior del papel, parecía ser poco más que una serie de notas, no había firma, nada para identificar al escritor.

Leo lo siguiente:

¿Cómo inicio a relatar todo lo que ha sucedido? ¿Alguien creería la increíble historia? ¿Es la verdad? ¿Es realmente el hombre?

El diario podría ser obra de un hombre inteligente, un intento de engañar a quienes la lean, lo conocía muy bien, hablé con él demasiado. ¡Él estaba diciendo la verdad! ¿Qué hay de mi parte en todo esto? ¿Soy cómplice o le hice un favor al mundo con mis acciones? Ahora no molestará más a la gente de

Londres. *Podría testificar que estaba mal, pero ¿Qué hay de la evidencia? Aparte de los desvaríos de un lunático, lo único que tengo es el diario, y lo tuve mucho tiempo, supe demasiado pronto, pude detener la desgracia, si hubiera hablado antes. Ahora no puedo hablar porque destruiría, mi trabajo y mi familia. ¿Quién entendería que me mantuve en silencio porque pensaba que estaba loco, demasiado loco para creer, sin embargo, su locura era precisamente lo que lo impulsaba, y debería haberle creído? Y cuando creí, era demasiado tarde, no pude hacer más, Dios me ayude, debí haberlo detenido, desde el principio cuando se río y se río y me dijo que nadie lo atraparía. Oh, ¿por qué no le creí entonces?*

Después de la muerte de esa pobre niña, Mary Kelly, tenía que hacer algo, y lo hice, pero, sabiendo lo que sé, lo que ya sabía, debí haber actuado antes. Que Dios me perdone; ¡Podría haber detenido a el destripador!

Estaba conteniendo la respiración de nuevo y, mientras exhalaba, mis ojos se movieron a la nota final en la parte inferior de la página, aparentemente escrita tiempo más tarde que el resto de las notas, la mano del escritor menos audaz, como si estuviera temblando mientras escribía estas últimas palabras.

El destripador ya no existe, se ha ido para siempre y, sin embargo, siento que no soy mejor que el monstruo. Hice un juramento de salvar vidas, de preservar, no de destruir, no soy más que un alma miserable y escuálida, tan escuálida como las calles que acechó en vida, y siempre acechare en la muerte. Lego esto a quienes me siguen; no me juzguen con demasiada dureza, porque la justicia puede ser ciega, y actué de la mejor manera como lo creí en ese momento. He despojado de mi juramento, su sangre es mía y la de esos pobres desdichados, y debo soportar lo que he hecho dentro de mi conciencia y mi corazón por el resto de mis días.

¡Jack el destripador! Lo sabía, tenía que haber sido escrita por mi bisabuelo. Mi bisabuelo había pasado tiempo como psiquiatra en el Asilo de Colney Hatch durante la década de 1880, y ahora parece que había tenido conocimiento de algo que el resto del mundo había estado buscando durante más de un siglo, o, al menos eso creía. Sin embargo, ¿qué quiso decir con las referencias a su complicidad, qué *acción* había tomado?

Otro sorbo de whisky, más fuego en mi garganta y estaba listo para dar el siguiente paso. Tenía que ver el diario; Tenía que saber lo que sabía mi bisabuelo. Si había resuelto el misterio de los asesinatos del destripador, ¿por qué no había revelado la verdad? ¿Qué podría haberlo incitado a guardar silencio sobre el asesino en serie más célebre que jamás haya tenido lugar en la gran metrópoli que fue el Londres del siglo XIX?

¿Qué papel jugó él en la tragedia, cómo pudo él, un médico respetado y miembro de la sociedad, haber sido cómplice de las malas acciones perpetradas por El destripador?

Después de todo, era mi bisabuelo, me negué en ese momento a creer que pudiera estar relacionado de alguna manera con los asesinatos de esas pobres y desafortunadas mujeres, sin embargo, en sus propias palabras, había declarado que podía haber detenido al Destripador. Nuevamente me pregunté, ¿qué podría haber sabido, qué pudo haber hecho? Mirando el diario en el escritorio frente a mí, ¡sabía que solo había una manera de averiguarlo!

DOS
EL DIARIO INICIA

Renunciando a la tentación de rellenar mi vaso de whisky (había decidido que sería imperativo mantener mi cabeza lucida mientras leía el diario), me detuve solo para asegurarme de que las puertas delantera y trasera de la casa estaban bien cerradas. Aunque no esperaba visitas a estas horas, quería asegurarme de que nadie pudiera entrar sin previo aviso, y siempre estaba la señora Armitage vecina de al lado. Ella había prometido 'vigilarme' para Sarah, y había desarrollado el hábito de tocar y entrar con un plato de bollos o pasteles o alguna otra 'golosina' que disfrutaría mientras estaba solo. Con un ligero sobrepeso, una viuda con más dinero del que podía gastar alegremente, parecía querer aliviar su propio aburrimiento personal "animándome", como ella dijo. ¡Hoy no gracias, señora Armitage!

Aunque me sentí profundamente tentado, resistí la tentación de descolgar el teléfono o de apagar el móvil. Sarah podría intentar llamarme y si no recibía una respuesta, estaba seguro de que llamaría a la señora Armitage y la enviaría corriendo para ver cómo estaba yo. Deje los teléfonos encendidos, era más seguro.

Me acomodé una vez más en mi silla y regrese al diario. Me he referido a él como tal porque así lo llamaban mi padre y bisabuelo, pero, en verdad, no era un diario, sino una colección de papeles, perforados hace más de cien años, y unidos con cintas bien estiradas o muy rígidas. Después del paso de los años, era difícil estar seguro de cuáles eran originalmente y, pues soy médico, no un experto en encuadernaciones de libros antiguos.

No había portada como tal ni título o nombre identificativo en la primera página, pero había otras hojas de papel que sobresalían en varias partes del diario (las notas adicionales de mi bisabuelo, supuse, las leería al llegar a ellas). *"El destripador"*, pensé, seguramente no habrá nadie en el mundo civilizado que no ha oído hablar del famoso asesino de Whitechapel, y aquí estaba, a punto de ser llevado, quizás muy cerca, a ese mundo oscuro de sombras y brutalidad habitado por el más infame de los asesinos en serie, sin embargo, cuando comencé a leer esa primera página, envejecida y arrugada, me convencí de que mi padre y los que le precedieron se habían enamorado de los desvaríos literarios de un loco.

El diario comenzaba:

6 de agosto de 1888,

¡Comí una buena cena, vino tinto, (sangre), la ternera más tierna, rara, (más sangre), las luces parpadeaban y las voces aullándome a través del manto de gas, gritaban y resonaban en mi cabeza! ¡Sangre! ¡Que las calles se llenen de sangre de rameras; vengare a los llevados a la asquerosa enfermedad por la sangre contaminada!

¡Derramare su sangre, las calles son mías, la sangre será mía, me conocerán, temerán, soy justicia, soy muerte!

¡Qué repugnante pestilencia esparcen, los haré morir de tal maldad que los hombres levantarán mi nombre en alto! Oigo las voces, me cantan, melodías tan dulces, y siempre rojas, cantan de rojo, de putas y sus entrañas malolientes que dejaré al lado para siempre.

El queso estaba un poco maduro, aunque el puro que mi amigo me dejó en su última visita fue bien con la sobremesa. Muy relajado mientras disfrutaba del calor de la noche.

Escucho las voces, y debo responder, pero la única respuesta que quieren escuchar es el sonido de la muerte, el empapamiento de sangre en la piedra, me necesitan, soy el instrumento del miedo, rojo, sangre roja, corriendo como un río, la veo, casi puedo saborearla, debo irme, pronto llegará la noche y el humo del cigarro pende como una niebla en la habitación. Vaya, pero el trago es bueno, es la sangre que corre al iniciar mi trabajo, tan buena noche para matar.

7 de agosto de 1888

"Era una noche hermosa para trabajar. No tenía herramientas buenas, cuchillos de cocina y de trinchar, espectáculo muy pobre. La puta estaba esperándome, ansiosa. Tan crédula como para invitarme a entrar, lo hice en el primer piso, no pude parar. Estaba tan

sorprendida, su rostro, esa mirada de puro terror cuando el cuchillo cortó en su suave y flexible carne. Primero directo al corazón, se tambaleó, cayó y nos pusimos manos a la obra. Digo nosotros, porque las voces estaban ahí conmigo, guiando, mirando y cortando conmigo. Perdí la cuenta de la cantidad de veces que corté a la puta, ella ni siquiera gritó, solo un gorgoteo mientras expiraba en la oscuridad. Con cuidado purifico los pechos de la puta, su intestino, sus partes vitales. No esparcirá más pestilencia, el rio se puso rojo, como prometieron. Debo cuidarme la próxima vez; había demasiada sangre sobre mí. Afortunado de haber pensado en quitarme el abrigo antes de empezar, tuve que quemar una chaqueta buena y unos pantalones finos esta mañana. Aunque nadie me vio, fue un trabajo desordenado, la próxima vez conseguiré buenas herramientas mejor ropa para el trabajo.

Sin embargo, fue un buen comienzo, de eso estoy seguro, ¡Habrá más, muchas más!

Tuve que detenerme y respirar. ¡Seguramente estos eran los desvaríos de un loco total! Había una claridad de pensamiento evidente en ciertas partes del texto, una banalidad casi urbana en las referencias a relajarse con un puro, la calidez de la noche y las referencias casuales "mejores herramientas la próxima vez". Luego, el increíble salvajismo de expresión en la descripción de la muerte de esa pobre mujer. Aunque breve, aterradora, escalofriante, obra seguramente de un hombre desprovisto de razón o conciencia. A pesar de que estos crímenes habían tenido lugar hace más de un siglo, las primeras páginas del diario me llenaron de un miedo y un pavor tan reales como si hubiera estado allí en Londres en 1888.

Aunque no es una frase que nos guste usar en estos tiempos, tuve que pensar en términos de los tiempos en que ocurrieron estos crímenes, pensé que esto no es correcto.

Jack el Destripador, por lo poco que sabía, era inteligente, un maestro del encubrimiento y la valentía, estas palabras no podían ser las del Destripador, ¡seguro que no!

Estas eran las palabras de un individuo seriamente perturbado, aunque el Destripador también tuvo que haber estado igualmente trastornado, parecía pertenecer más a los reinos de la fantasía que a la realidad. ¿Podría el escritor haber escrito este diario después del evento y como lo han hecho muchas almas engañadas a lo largo de los años, se imaginó a sí mismo como el notorio asesino? En otras palabras, ¿podría haber sido escrito por un individuo delirante gravemente enfermo que busca llamar la atención?

Mi conocimiento de los asesinatos de El destripador era escaso en el mejor de los casos, así que, antes de continuar, encendí mi computadora y accedí a Internet. Allí, encontré un montón de sitios que ofrecían información y especulaciones sobre los asesinatos del Destripador, y rápidamente imprimí un par de piezas informativas, con la esperanza de que pudieran darme algunos puntos de referencia útiles a medida que avanzaba en lo que creí era el diario de un loco tirado en el escritorio frente a mí.

Efectivamente, allí estaba. En las primeras horas del 7 de agosto de 1888, el cuerpo de Martha Tabram había sido descubierto en el primer piso de un edificio de 37 George Yard. En total, tenía 39 puñaladas en su cuerpo, y la mayoría en los senos, vientre y las partes privadas. Parece que, a medida que avanzaban los asesinatos del Destripador, algunos descartaron el asesinato de Martha Tabram como si hubiera sido cometido por el mismo hombre que mató a las otras víctimas posteriores. Si mi lunático (como pensaba de él en ese momento) había sido realmente El destripador, era evidente que Martha Tabram había sido quizás su primera aventura en el mundo de los asesinatos. En ese momento, sin embargo, la policía y el público no tenían ni idea de la carnicería que aguardaba, preparando desatarse en las calles de Whitechapel. Por supuesto, en 1888 la ciencia forense no existía, el uso de huellas dactilares para la identificación aún estaba a muchos años, y la policía, en el caso de la pobre Martha Tabram, prácticamente no tenía ni idea. En el momento de su muerte, tenía 39 años, la esposa separada de Henry Tabram, había pasado los últimos nueve años viviendo con un William Turner, quien la vio con vida por última vez el 4 de agosto, cuando le dio la suma de 1 libra. La noche de su muerte, testigos declararon que la vieron en compañía de uno o más soldados, y la teoría original de la policía era que pudo haber sido asesinada por un "cliente" soldado.

Desafortunadamente, el asesinato de una 'puta de a chelín' generó escasos titulares en la prensa o en la conciencia pública en ese momento. ¡Todo eso iba a cambiar pronto!

En ese momento decidí que necesitaba una estrategia, un medio para estudiar el diario, mientras me aseguraba de mantener el control sobre la realidad del caso. Qué fácil habría sido saltar directamente al final, leer las notas finales de mi bisabuelo, para ver si el Destripador fue identificado. No lo había conocido, había muerto antes de que yo naciera, pero había aprendido lo suficiente de él como para saber que era un médico muy respetado en su época, y estaba seguro de que sus conclusiones serían una revelación en sí mismas.

No pude hacerlo. Tuve que leer cada página en orden y asimilar la información en orden cronológica para entender de qué se trataba.

No era solo el Destripador, no, mi bisabuelo también estaba

guardando un secreto y antes de leer de qué se trataba, necesitaba entender qué había sucedido para llegar a su solución final, cualquiera que fuera.

Supuse que el diario me llevaría a un viaje a través de los terribles eventos que tuvieron lugar en 1888, así que decidí que el mejor curso de acción sería leer el diario, refiriéndome a las notas hechas por mi bisabuelo, y luego hacer referencia a los textos que había impresos de Internet, comprobando los hechos a medida que avanzaba. De hecho, me tomé el tiempo para encontrar más sitios web e imprimí montones de información sobre los asesinatos, y pasó mucho tiempo después de haberlos recopilado en una cronología funcional, me senté en mi silla, tomé otra sorbo de whisky y lentamente estire la mano para tomar el diario una vez más.

TRES
¿UN GRITO DE AUXILIO?

12 de agosto de 1888

Después del desayuno sufrí un violento dolor de cabeza.
Vino de la nada. Tan repentino que casi me derriba.
Obligado a acostarme, permanecí boca abajo durante un
tiempo. Son ellas, las voces, están gritando en mi cabeza,
aun cuando no puedo escucharlas, ¡deben ser! Habían
estado en silencio desde que terminé con la puta, sin
embargo, están ahí todo el tiempo, durmiendo. Deben
despertar dentro de mi cabeza y hablar, y no siempre las
escucho. No me gusta el dolor de cabeza.

El diagnóstico y tratamiento de las enfermedades mentales
en la década de 1880 era, como la ciencia de la criminología,
extremadamente básica en comparación con los estándares
actuales. Mi bisabuelo se habría asombrado al ver los avances
masivos que la ciencia médica ha logrado en los últimos cien

años. Hoy en día entendemos mucho más, tratamos con cuidado y compasión, sin embargo, en los días del Destripador, construimos enormes asilos góticos, donde encarcelamos y torturamos a esas pobres almas afligidas en nombre de la medicina. Estábamos, me temo, como profesión, en la Edad de Piedra.

Las pocas palabras que acababa de leer me convencieron de que el escritor padecía algún tipo de enfermedad mental. El escuchar voces es, por supuesto, la marca clásica del psicópata o posiblemente alguna manía. Sin embargo, este hombre sentía que las voces le hablaban aun cuando no podía oírlas. Era un hombre enfermo, pero, con el conocimiento y los recursos disponibles en el siglo XIX, era poco probable que hubiera recibido atención curativa o eficaz. El comentario *"No me gusta el dolor de cabeza"* muestra un deseo casi infantil de que alguien le quite el dolor. ¡Podía sentir su dolor, su angustia, aunque aún no estaba convencido de que fueran realmente las palabras de El destripador!

Ahora, puede que se pregunten por qué dudaba de la veracidad del diario. Era obvio que, por las razones que fueran, mi bisabuelo, mi abuelo y mi padre creyeron en la veracidad de los documentos que ahora tengo en mi poder, sin embargo, siento que con las ventajas de la tecnología moderna a mi disposición y el conocimiento que ahora existe en relación a los asesinatos del Destripador, puedo llegar a una conclusión diferente a la de mis antepasados. Solo leyendo el diario, las notas y comparándolas con los hechos que había descargado de la red, podría aspirar a llegar a una conclusión objetiva. La psiquiatría también ha avanzado a tal grado que quizás podría arrojar una luz diferente sobre cualquier cosa que mi bisabuelo hubiera sospechado del diario. Por supuesto, aún estaba por descubrir cuál había sido su participación en todo el asunto, y eso me preocupaba. Sin embargo, no sería justo saltar al final del diario. Tenía que ir despacio, un paso a la vez.

13 de agosto de 1888

No pude salir de casa hoy, mucho dolor y confusión en mi cabeza. Tengo que salir, hay tantas cosas por hacer. Mi trabajo debe continuar, pero debo tener las herramientas. Ahora conozco el camino a un escape seguro. No sabía cuánta sangre derramaría sobre mí la puta. No hay forma de esconder la sangre y no puedo arriesgarme a que me atrapen, !no cuando hay tanto que hacer! Las voces me dijeron cómo esconder la sangre. Ocultándome, la sangre también se ocultará. Ser invisible. Esa es la solución. LAS ALCANTARILLAS. Usar las alcantarillas, conseguiré un mapa, corren debajo de cada calle y casa, nadie me verá, no me encontrarán, no me ganaran. Soy invisible, invisible e invencible.

14 de agosto de 1888

Sintiéndome mucho mejor, tenía trabajo que hacer. No las putas, ellas tendrán que esperar, la oficina, aburrido, pero necesario. Todo normal, así es, para que nadie sospeche. Mi vecino me visito hoy, trajo una copia de La Estrella. Parece que alguien mató a una puta llamada Tabram. No sabía que las putas tenían nombres, !qué chocante! Me salí del trabajo temprano, conseguí lo que necesitaba en High Street. Bisturís de cirujano, tan

afilados y brillantes y todos los mapas que necesitaba
para completar la tarea. Cuídense putas ahí les voy.

Fue realmente escalofriante. Por fin comenzaba a creer que este podría ser el diario de El Destripador. Había una maníaca inteligencia detrás de estas palabras, de eso estaba seguro, un minuto coherente y metódico, al siguiente, ridículamente psicótico en sus pensamientos. ¿Le sorprendió que las putas tuvieran nombre o que alguien hubiera matado a Martha Tabram? ¿Se había separado en ese momento del asesinato a sangre fría, convirtiéndose un tiempo, en un ciudadano más, indignado por la repugnancia del crimen? Aparte de cualquier cosa, tuve que admitirme a mí mismo que, como estudio de caso, esto era totalmente fascinante. Podía sentir la tensión creciendo con cada palabra que leía en este extraño y arrugado diario. La misma edad del papel le daba una sensación decrépita, parecida a una tumba, y se sumaba al frío que comenzaba a rodearme mientras estaba sentado en mi cómoda silla, de repente nada se sentía igual que antes. Sentí como si me arrastraron lenta e inexorablemente hacia el pasado, de manera tan tangible que podía imaginar las vistas y sonidos del Londres victoriano justo afuera de mi cómoda casa. ¿Suena ridículo? Quizás sí, pero es cierto. Así es como sentí. Entre más leía, más me transportaba a esa época, podía saborear el miedo de la incertidumbre en esa gran, pero parcialmente miserable ciudad, comenzaba a darme cuenta del porqué mi familia había mantenido este secreto. El diario, aunque indistinto en muchos sentidos, y no proporcionaba muchos detalles de la historia, seguía siendo como una máquina del tiempo. Una vez que iniciabas, no podrías liberarte de su control. Tenía que continuar.

17 de agosto de 1888

Visité algunos de los bares en Spitalfields y Whitechapel.
Bebí cerveza en El Britania, El Princesa Alice y El Alma
en la calle Spelman. Me emborraché. Las putas me
querían. ¡A Mí! Use la bebida para evitar su pestilencia.
Interprete el adinerado, borracho. ¡No podía coger! ¡Ja!
¡Eso es lo que creían ellas! Las matare a todas, putas
sucias y podridas; ¡Las enviaré al infierno! ¡AL
INFIERNO, CON SUS MALDITOS CUEROS
PODRIDOS!

Cada día estaba más enojado y era claro que estaba
reconociendo el área, armando su plan para atacar cuando
estuviera listo. Era una premeditación a gran escala, se estaba
preparando para desatar el fuego y azufre de su propia marca
de infierno sobre las pobres mujeres desafortunadas de esa zona
tristemente despojada y abandonada de la metrópoli. Lo que se
sintió aún peor fue el hecho de que me sentí como si me
estuvieran dando un asiento en primera fila. Las palabras eran
tan gráficas, tan reales, tan aterradoras.

20 de agosto de 1888

Regresaron las voces, gritando más fuerte que nunca.
Llenan mi cabeza, me quieren, me necesitan; Estoy
contento de que vinieran, pero me lastiman cuando
todas gritaron a la vez. ¿Por qué no hablan una a la vez?

A veces son tan fuertes que no puedo escucharlas bien. Vaya, pero ese es un gran trozo de cordero en mi plato. Sabía que sería bueno antes de probarlo. No estamos listos para salir de nuevo, aun no. Cuando lo pidan, estaré listo, listo para la sangre, el río, el río rojo que correrá por las calles como el Támesis divide la ciudad. Las putas pagarán, y pagarán en su totalidad, no tendré más de su pestilencia, su calor de perra malvada ensucia el aire, llenando camas inocentes con su inmundicia, las matare a todas, putas, nada más putas.

Se han ido de nuevo, al menos por un rato, desearía que no me doliera tanto la cabeza. ¿Por qué me dejan así? No quiero que me duela la cabeza, no así. Ojalá se detuviera.

Entonces, un minuto él era el ángel vengador y el siguiente, un niño asustado, así vi a esta alma torturada. Casi podía imaginarlo acostado solo en su cama por la noche, llorando en su almohada, deseando que el dolor desistiera y cuando no lo hizo, pidiendo ayuda a gritos. Me pregunto si este hombre, este asesino, ¿lloraba por su madre?

Recurrí a los textos que había impreso sobre los hechos del caso. Quería comprobar la cronología del caso. El escritor del diario no había escrito entradas para todos los días, como lo haría uno en un diario, y me pregunte cuántas páginas más tendría que leer antes de llegar a la entrada del 31 de agosto. Sabía que habría una ese día, especialmente esa noche. ¡Fue la noche en que comenzó el verdadero terror de El destripador!

CUATRO
TENSIÓN

Tenía la boca seca, muy seca y sentí la necesidad de refrescarme. Aunque estuve profundamente tentado de llenar el vaso en mi escritorio, necesitaba mantener mi cabeza despejada, así que me levanté de mala gana y me dirigí a la cocina. El café seria la orden del día, y mientras esperaba que hirviera el agua, continué revisando las páginas sueltas que había impreso, tratando de extraer todo lo que pudiera antes de regresar al trabajo más intenso de estudiar el diario. Froté la parte trasera de mi cuello; se sentía tieso, la tensión me estaba agarrando con fuerza. Hace poco, había sido un tipo común, lamentando la pérdida de mi querido papá (supongo que sentía un poco de lástima por mí mismo) y a pesar de las garantías que le había hecho a Sarah, me hacía falta. Ahora, aquí estoy solo en la casa, de repente parece un lugar mucho más grande y solitario, aparentemente rodeado por fantasmas desconocidos del pasado, que se han levantado y me han tomado totalmente por sorpresa. ¿Cómo pudo mi padre haber mantenido esto en secreto durante tanto tiempo?

Mi abuelo había muerto hace muchos años cuando yo era

un niño, significaba que papá se lo había guardado prácticamente toda mi vida. ¿Por qué no me lo pudo haber dicho? Nunca dejo caer el más mínimo indicio de la existencia del diario. Fuera lo que fuera lo que aún tenía que revelar, era de una importancia tan profunda y conectada con alguna oscura participación familiar en los terribles eventos con los que estaba relacionada, que había mantenido su propio consejo sobre el tema durante todos estos años, como su padre antes que él.

Diez minutos más tarde, armado con una cafetera humeante y una taza, regresé al estudio. La luz del día era más débil, cuando me acomodé en mi silla, extendí la mano sobre el escritorio y encendí la lámpara. La iluminación arrojó un resplandor espeluznante sobre el manuscrito amarillento y ligeramente descolorido, y me estremecí involuntariamente. ¿Estaba siendo tonto? ¿Me estaba asustando todo? De alguna manera, sentí como si el día mismo me envolvía, sentí una sensación de opresión en el aire, una malevolencia, como si el espíritu maligno que había dejado al descubierto las palabras en el papel ante mí pudiera de alguna manera trascender los años, cruzando el vasto océano del tiempo para alcanzarme y tocarme, con la pura fuerza de su poder. "Vamos, Roberto", me dije en voz alta, "No seas tan estúpido. ¡Contrólate! Son solo palabras en papel, nada más".

Tomé un trago de mi café y al instante llené la taza, negro, sin azúcar, tal como me gusta, Sarah no podía entender cómo podía tomarlo así. Calmo mis nervios y regrese al diario.

"¡Maldición!" Exclamé cuando el teléfono empezó a sonar. Admito que casi salté de la silla y por un momento no pude hacer más que mirar fijamente el irritante trozo de plástico que sonaba en mi escritorio. El tono tintineante del timbre parecía adecuado para hacerme estallar los tímpanos; Nunca antes me había dado cuenta de lo fuerte que era esa maldita cosa.

¿Debería contestarlo? Me di cuenta de que si no, quienquiera que estuviera llamando probablemente seguiría intentándolo hasta que contestara y deseé haber traído el teléfono inalámbrico del salón al estudio, de esa manera habría podido ver quién estaba llamando a través del sistema de identificación de llamadas. Había insistido en tener un teléfono con cable antiguo en mi escritorio, ¡porque creí que combinaba mejor con el ambiente de la habitación!

"¿Hola?" Casi gritando.

"Roberto, cariño, ¿qué pasa? Suenas enojado".

Era Sarah.

"Hola cariño, no, lo siento, no estoy enojado, es que estoy leyendo unos documentos particularmente importantes y para ser honesto, estaba a kilómetros de distancia cuando llamaste. El teléfono me tomó por sorpresa, es todo".

"Oh Roberto, lamento mucho molestarte, cariño. Llame para ver si estás bien, espero que me extrañes".

"Por supuesto que te extraño, hermosa", le respondí, "¿Cómo están Jennifer y el bebé, y Tom por supuesto?"

"Todos están bien. Roberto, Jennifer y Tom han elegido un nombre para su bebé. ¿Quieres adivinar?

"Vamos, Sarah, mi amor, solo debe haber unas diez mil posibilidades cuando se trata de nombres de niños. Solo dime".

"Eres un aguafiestas, Roberto, realmente lo eres. Bueno está bien. Debo admitir que me sorprendió un poco su elección, pero es su bebé. ¡Lo van a llamar Jack!"

Me quedé atónito. Debí haberme quedado en un silencio sepulcral y no le respondí a Sarah durante unos segundos.

Roberto, ¿estás ahí, cariño? ¿Escuchaste lo que dije?

"Sí, por supuesto Sarah, lo siento, solo estaba reflexionando sobre eso en mi mente, ya sabes, cómo suena, ese tipo de cosas. Jack Reid. Sí, claro, me suena bien mi amor. Me alegro de que estén bien. Lo siento si sueno un poco distante. No te preocupes por mí; Estoy bien, solo un poco preocupado con estos papeles, es todo".

"Sí, lo sé, lamento haberte molestado cuando estás ocupado. Escucha te llamaré más tarde, cuando no estés ocupado. ¿La señora Armitage llama para ver cómo estás?

"Sí, cariño, tonta entrometida".

"No seas cruel, Roberto. Sabes que solo tiene buenas intenciones".

"Sí, lo sé, seguramente cree que soy un niño pequeño que dejaron solo en casa y necesita que lo cuiden constantemente.

"No te preocupes cariño, pronto estaré en casa. Cuídate. Como dije, llamare más tarde."

"Muy bien mi amor, dale mi amor a Jennifer y Tom, y al pequeño Jack por supuesto".

"Adiós, cariño, cuídate, te amo".

"También te amo, adiós Sarah".

La habitación se sintió silenciosa después de que colgué el teléfono. ¡Jack! ¿Qué demonios había inspirado a Jennifer y su esposo, mi primo, a llamar a su hijo Jack? Era demasiada coincidencia y ¿por qué Sarah había elegido este momento para telefonearme e informarme? Era demasiado espeluznante para expresarlo con palabras. Necesitaba más café, hacía frío, tendría que regresar a la cocina y hacer más antes de continuar.

Mientras hacía la recarga, reflexioné sobre mi conversación con Sarah. No había sido del todo sincero con mi esposa, aunque no por ningún deseo intencional de mentirle. Era solo que no creí que debería mencionarle el diario, al menos no en este momento. De todos modos, ni siquiera sabía la verdad, o cómo terminaría, así que pensé que era mejor guardarlo todo para mí por ahora. En cuanto a Jennifer, puede que no sea el mejor momento para revelar que estaba leyendo el supuesto diario de El destripador y que mi familia podría haber estado involucrada en el asunto justo cuando ella decidió llamar a su primer hijo Jack.

Estaba oscuro afuera cuando regresé al estudio. La lámpara del escritorio aún proyectaba su inquietante brillo sobre el escritorio, pero necesitaba más luz, así que encendí las luces de la pared. Su cálido resplandor pareció quitar algo de la penumbra y el frío del aire, y me sentí un poco más relajado cuando me senté una vez más. La llamada de mi esposa, por inconveniente que pudiera haber parecido en ese momento, había ayudado a liberar algo de la tensión que se había acumulado en mí, y me sentí profundamente agradecido con ella por eso.

Miré el diario y las palabras en el papel parecían prácticamente elevarse de la página para encontrarse con mis ojos mientras regresaba mi atención en esos días oscuros de 1888.

CINCO
CUENTA REGRESIVA AL CAOS

23 de agosto de 1888

Me he sentido bien los últimos días. Incluso las voces han estado en silencio, creo que han estado descansando, al igual que yo. Solo unos trabajitos, nada agotador y no sospechan nada. Estoy listo, podría comenzar mañana si me llaman, pero guardan silencio. No importa, los bisturís están afilados, mi mente está despejada y todo está listo para iniciar así que llámenme, háblenme, mis voces, llévenme por el camino de la destrucción, y erradicaré a las putas, la inmundicia, las rameras de las calles, las pondré a todas a dormir para siempre.

Esta tranquila la noche, intenté leer un rato, pero mis ojos eran pesados, necesito dormir, tener una hermosa noche de sueño. ¿Por qué son tan fuertes los dolores de cabeza por la noche? Ojalá desaparecieran. ¡Quizás cuando haya terminado con las putas!

Estaba tranquilo, o eso creía; más tranquilo que en entradas anteriores. Parecía estar en paz consigo mismo, como si estuviera en el ojo del huracán, en medio de la calma, pero con la amenaza de una violenta tormenta. A la luz de mis propias experiencias con pacientes perturbados a lo largo de los años, podía sentir que este hombre era muy nervioso, casi al límite por el incesante clamor de las 'voces' en su cabeza, sin embargo de nuevo, una súplica para que cesaran los dolores de cabeza. Dentro de los rincones más oscuros de su mente quedaba un vínculo pequeño y tenue con la realidad, una chispa de humanidad permanecía en él, pero, como demostraron los eventos que siguieron, esa chispa pronto se extinguiría.

24 de agosto de 1888

Resultados de la investigación sobre La Puta Tabram. Como era de esperar, "Asesinato por persona o personas desconocidas". Un informe elaborado por el inspector Reid, que no sabe nada. ¡Tontos, Estúpidos Idiotas! ¡Nunca sabrán, no me encontrarán, no NOS encontrarán, era invisible, nadie me veía! ¡Seré aún más invisible cuando regrese, al trabajo! ¡Oh, el deporte que me espera, será mejor que todos los trofeos en el gabinete! ¡Seré el mejor de la liga, poseedor del listón azul! ¡Conocerán mi trabajo, si no mi nombre y limpiaré las calles con sangre de putas! ¡La oscuridad será mi amiga, la noche mi compañera más cercana, las alcantarillas mi refugio seguro de miradas indiscretas! ¡Que se pudran todas, que lloren y lloren por sus almas ensangrentadas, mientras yo corto a las putas en abundancia!

Al referirme a mis notas, descubrí que un inspector Reid, envió un informe en esa misma fecha a Scotland Yard detallando la investigación de Tabram, como pudo saber nuestro hombre, como pudo obtener ese conocimiento tan rápido. Hasta que el Destripador atacara de nuevo, la policía no tenía idea de quién o con qué estaban tratando.

Martha Tabram fue consignada a la historia como uno de los muchos asesinatos sin resolver e irresolubles que eran demasiado frecuentes en la gran ciudad en esos días turbios. Las cosas cambiarían pronto; sin embargo, tragedia acechaba las calles oscuras, húmedas y cubiertas de niebla de Whitechapel.

Mis pensamientos regresaron por un momento a los días en que nuestro hombre no había hecho anotaciones en el diario. ¿Qué estaba haciendo? ¿Dónde estuvo? ¿Estaba todavía lo suficientemente cuerdo y lúcido como para tener un buen trabajo, o al menos un trabajo y que ninguno de sus conocidos había notado nada inusual en su comportamiento? ¿Tenía tanto control de sí mismo en público que podía parecer totalmente normal en todos los aspectos? El escritor de este diario era un fenómeno; Sospeché que pudo haber estado tan perturbado que el hombre que escribió el diario habría sido irreconocible, (incluso para él mismo) al hombre que se ocupaba de sus asuntos diarios de la manera más normal y ordenada. Esto explicaría las lagunas en el diario. El escritor no vio anomalías en las fechas faltantes. Esos días pertenecieron a otra persona, alguien aparentemente cuerdo. Para él, ¡simplemente no habían existido! Tuve que admitir que, como caso de estudio, la mayoría de los psiquiatras darían su ojo izquierdo por tener la oportunidad de trabajar con un paciente así, de estudiar de cerca el declive gradual de la cordura al abismo de la psicosis que estaba a punto de envolver a esta alma torturada de la víctima. Sí, es cierto que utilicé la palabra víctima, porque estar afligido por una enfermedad así, y seguramente es una enfermedad, debe ser una de las experiencias más aterradoras y desorientadoras para la mente humana. El autor del diario, si es que era El destripador, fue un individuo severamente torturado, tan víctima como esas pobres mujeres desdichadas que alcanzarían fama y tan trágica como sus víctimas. Sumado a eso, el diagnóstico de tal psicosis habría sido casi imposible en aquellos primeros días de la ciencia psiquiátrica y cualquier tratamiento, si se hubiera intentado, habría sido arbitrariamente punitivo y doloroso: la administración de descargas eléctricas y el uso de agua, los métodos deplorables y totalmente insatisfactorios. Debemos recordar que no había medicamentos específicos disponibles para aquellos médicos que hacían todo lo posible por ayudar a los enfermos mentales en el siglo XIX. No había antidepresivos, relajantes, ni enfermeras especializadas para atender a los afectados. Los asilos de la Inglaterra Victoriana eran poco más que lugares de encarcelamiento para los que estaban internados en ellos, abismos del infierno a comparación con los estándares modernos, donde los enfermos mentales podían ser encerrados lejos de la vista y mente de la conciencia pública, donde no podían hacer, ni hacerse daño; es decir 'protegidos', detenidos, encadenados y confinados en aislamiento. Tal era el tratamiento civilizado de nuestros enfermos mentales en la época de Victoria.

No estaba preparado para criticar a mi bisabuelo en ese momento, por supuesto, solo trabajaba dentro de los límites de su profesión en ese momento y estoy seguro de que siempre pensó que estaba haciendo todo lo posible por sus pacientes, al igual que todos los doctores de la época. Nadie era deliberadamente cruel o insensible.

Simplemente ignoraban las cosas que en estos tiempos iluminados tenemos muy presentes. Estaba seguro de que el diario fue obra de alguien que padecía una forma de esquizofrenia paranoide, aunque eso habría significado poco para los médicos de la época de mi bisabuelo. Debo agregar por supuesto, que esa teoría se basa puramente en lo que he leído hasta ahora y en el mejor de los casos, podría verse como poco más que conjeturas hipotéticas. Supuse que nunca podría ser más que eso, ya que obviamente nunca tendría la oportunidad de hablar con el autor para llegar a un diagnóstico informado.

La esquizofrenia, una enfermedad terrible, tal vez necesite una pequeña explicación. En ciertas épocas de la historia, se creía que los enfermos de esta terrible dolencia estaban poseídos por demonios y muchos desafortunados fueron encerrados en instituciones terribles, atormentados, exiliados, y en ocasiones cazados y asesinados como animales salvajes. Incluso hoy en día, a pesar de los tremendos avances en nuestra comprensión de la enfermedad y que se dispone de muchos tratamientos eficaces, la concepción pública sigue estando empañada por el miedo.

La víctima, en general, parecerá "normal" para la mayoría de las personas en la vida diaria. Sin embargo, si la enfermedad se afianza, el individuo puede comenzar a mostrar un comportamiento inusual causado por sus procesos de pensamiento radicalmente alterados. Pueden sufrir alucinaciones y volverse delirantes. Muchos escuchan voces imaginarias, como precursoras de alguna forma de autolesión o en algunos casos creencias falsas muy intensas (delirios). La violencia no siempre es un subproducto de la esquizofrenia y cuando es evidente, suele ser auto dirigida por el individuo en un intento de acabar con su propia vida. Sólo en casos excepcionales, (uno de los cuales sentí que estaba examinando en el diario), la violencia es dirigida al exterior a extraños o grupos de personas como en este caso. En nuestra sociedad moderna, el enfermo, una vez diagnosticado, tiene a su disposición opciones de psicoterapia, terapia de grupo y farmacoterapia en la búsqueda de un medio para controlar y aliviar su sufrimiento. Una combinación de medicamentos antipsicóticos, antidepresivos y ansiolíticos que pueden contribuir en gran medida a aliviar muchos de los síntomas cotidianos de la enfermedad. El patrón de habla desorganizado que se muestra en la redacción del diario me proporcionó una pista, esto junto con los procesos de pensamiento igualmente desorganizados revelados en la escritura, es un síntoma clásico de la enfermedad.

Sin embargo, ninguna de estas terapias correctivas estaban disponibles para nuestras contrapartes Victorianas y las posibilidades de un diagnóstico efectivo y lo que es más importante, cualquier forma de tratamiento de control o curativo eran prácticamente inexistentes. Si, efectivamente, el autor del diario padecía esta terrible enfermedad, sus posibilidades de obtener ayuda o incluso de lograr controlar su enfermedad eran inexistentes. El único pronóstico para este pobre individuo, si hubiera buscado ayuda o peor aún, hubiera sido cometido por sus acciones, hubiera sido un terrible encarcelamiento y un trato inhumano en uno de los citados manicomios góticos de la época.

La comprensión y compasión no eran las palabras clave de la era Victoria cuando se trataba de enfermos mentales, ¡pero creo que ya lo hice claro!

25 de agosto de 1888

Visité El Alma nuevamente esta noche. ¡Putas por todas partes! Qué casa más vil y de mala reputación es esa. ¡Olía a cerveza rancia, tabaco barato y putas! Música rota de un piano roto. Qué falsa alegría, y voces, voces por todas partes. Cantando, gritando, divirtiéndose como si no hubiera un mañana y para unas de esas putas no habría. ¡Me encargare de eso! Mucho ruido allí, apenas podía escuchar mis voces cuando me hablaban. Me hicieron retroceder, aun no es hora de empezar a trabajar, pero no pasará mucho, las he visto, sé dónde están, dónde encontrar la pestilencia, dónde voy a librar al mundo de su olor, de su enfermedad.

Mi dolor de cabeza empeoró tanto que tuve que irme, ¿por qué no desaparece?

El siguiente asesinato sangriento se acercaba y su dolor de cabeza empeoraba. Me pareció extraño que mi bisabuelo no hubiera agregado ninguna nota al diario, la primera página de notas estaba aún a unas páginas más. Entonces me di cuenta de que, en ese momento, ¡obviamente no había conocido al autor! Sus propias notas, evidentemente aparecerían después de algún encuentro o comunicación entre ellos. En otras palabras, no conocía al autor antes de que comenzaran los asesinatos o si lo conocía no tenía ni idea de su enfermedad. Después de todo, mi bisabuelo era médico y aunque no estaba equipado con los conocimientos y la ciencia de hoy, estoy seguro de que habría reconocido el estado delirante del autor si hubiera sido un conocido personal. Por lo tanto, sus notas incluidas en las últimas páginas del diario, eran importantes con respecto a los asesinatos. Esperare, se organizaron de esa manera con un propósito y decidí ceñirme al plan original y leer cada página cronológicamente.

Un vistazo a los textos impresos que había obtenido mostró que el escritor estaba ahora a solo seis días del próximo asesinato, el de Mary Ann Nichols. La última entrada que había leído mostraba que el autor se estaba enojando cada vez más con cada día que pasaba sus dolores de cabeza no mejoraban y las voces le hablaban a intervalos decrecientes. A medida que su ira continuaba creciendo, supe que el dolor en su cabeza y los delirios en su cerebro aumentarían exponencialmente hasta que algo cediera. Las siguientes entradas serían cruciales para ayudar a determinar su estado de ánimo en el momento inmediatamente a la noche de la espantosa matanza de la pobre y desafortunada Mary Ann.

SEIS

UNA ÚLTIMA APARIENCIA DE SERENIDAD

Estaba rígido y cansado. Había estado sentado en la silla de mi oficina tanto tiempo, con excepción de los descansos para tomar café, que no me di cuenta que me había contenido en un estado de animación suspendida. Seguramente sabes a qué me refiero cuando estás tan tenso que todos los músculos de tu cuerpo parecen tensarse y eres incapaz de realizar movimientos fluidos. Tuve que levantarme unos minutos, necesitaba relajarme un poco.

Me levanté de mi silla, estirándome para aliviar la rigidez en mi cuello y espalda, me sentía tan tenso, me dolían todos los tendones. Me di cuenta de que tenía hambre, no había comido en horas. ¡La señora Armitage se habría horrorizado! Ahora estaba oscuro afuera y aunque el día había sido agradable y cálido para la época del año, soplaba una brisa fuerte. Las ramas del árbol afuera del estudio comenzaban a balancearse con la brisa, proyectando las sombras espeluznantes sobre el cristal de la ventana. Me estremecí de nuevo, realmente estúpido, pero me sentí como si no estuviera solo en la habitación.

Sacudiendo esos pensamientos infantiles de mi mente, me

dirigí a la cocina. Saqué una comida grande para dos del congelador y puse el microondas a trabajar. Con la máquina zumbando de fondo, me senté en la mesa de la cocina con un vaso de agua y hojeé los documentos que había traído del estudio. Casi todo sobre los asesinatos de El destripador estuvo envuelto en misterio y una clara falta de información o hechos creíbles. A lo largo de los años, se habían sugerido tantos sospechosos que parecía que casi toda la población de Londres podría haber tenido un caso construido en su contra si uno trabajara lo suficiente en un caso circunstancial. Había médicos, abogados, carniceros, incluso un miembro de la familia real, pero nunca se había demostrado que ninguno de ellos tuviera conexión directa con los asesinatos. Las investigaciones sobre las víctimas había sido superficial en el mejor de los casos, información retenida en ocasiones, sin una aparente razón y la policía parecía haberse acercado a toda la serie de asesinatos sin un sentido real de liderazgo o dirección. Si bien los los oficiales directamente implicados en los asesinatos, parecían haber hecho lo mejor que podían, pero fueron obstaculizados por las actitudes y la falta de previsión de sus comandantes. ¡Las pruebas que pudieron haber sido útiles fueron suprimidas o en el caso de un grafiti que se dejó en una pared supuestamente por el Destripador, el oficial superior a cargo había ordenado que se eliminaran las palabras, para no ofender a ciertas secciones de la comunidad!

Estaba consternado por las cosas que estaba leyendo. A pesar de la falta de asistencia forense, había pistas disponibles, pero la policía no pudo o no quiso investigarlas a fondo. Quizás el bajo nivel de vida de las víctimas jugó un papel en esto, porque seguramente, si las víctimas hubieran sido damas de alta cuna de la sociedad, la protesta pública y la necesidad de justicia habrían impulsado a la policía a una ráfaga de actividad y el caso habría sido investigado mucho más enérgicamente y es probable que el asesino haya sido detenido.

El microondas sonó; la cena estaba lista. Mientras estaba sentado en la mesa comiendo la lasaña extremadamente grande, (recuerde hecho para dos), pensé en lo que había leído.

Era evidente que mi bisabuelo, un médico Victoriano que se ocupaba de enfermedades mentales, había entrado en contacto con el autor del diario. El autor, obviamente hombre, se había presentado de tal manera para convencer a mi bisabuelo de que era El destripador. Mi bisabuelo sintió, que podía hacer algo para detener los asesinatos. ¿Sabría de la intención del autor antes o durante la matanza? Ciertamente creyó la historia del hombre, lo suficiente como para tomar alguna acción aún desconocida. Aun desconocía yo esa acción. Fuera lo que fuera que había sucedido, lo considero importante, lo suficiente para pasárselo a su hijo, como un legado macabro, pidiendo que se mantuviera el secreto en la familia.

Aunque sabía que podía encontrar respuestas rápidas brincando al final del diario y leyendo las notas finales de mi bisabuelo, me sentí obligado a continuar a tomar una página a la vez, en el orden en que fueron escritas. Como si el diario tuviera vida propia, como si tuviese la intención de no revelar sus secretos más oscuros hasta que estuviera listo para hacerlo.

Ahí fui de nuevo, siendo tonto, pensé. ¿Cómo podría un diario de más de cien años tener tanto poder? No me dominaba; lo sabía, era un hombre racional, así que ¿por qué no me fui al final? No lo sé. Solo sabía que tenía que continuar con mi extraña búsqueda de la verdad, y sentí que el diario me llevaría a las respuestas si era paciente y minucioso. Tenía que entender más y la única manera era leer todas y cada una de las páginas.

Termine mi comida, puse mi plato, cuchillo y tenedor en el lavavajillas, con los platos y cubiertos de mis últimas cuatro comidas, ¡mañana los lavare! Salí de la cocina y regrese al estudio, escuché el sonido del viento. Había cobrado fuerza mientras yo comía y se había convertido en un vendaval. Me alegré de estar adentro. Cuando abrí la puerta del estudio, podría haber jurado que vi una sombra fugaz atravesando la habitación, de izquierda a derecha, desapareciendo detrás de la estantería a mi derecha. Una vez más, me reprendí por mi estupidez infantil. Debe haber sido la sombra causada por la puerta que se abría a la habitación y atravesó la luz, nada más. Sin embargo, no pude resistirme a echar un vistazo detrás de la estantería, antes de sentarme en la silla una vez más. No había nada, por supuesto.

Decidí que un whisky más no perjudicaría indebidamente mis procesos de pensamiento, así que me serví uno pequeño. Al regresar al diario, vi que el escritor había omitido dos días, siendo su siguiente entrada tres días después.

28 de agosto de 1888

Me siento bien, sigo esperando. Pronto llegará la hora de empezar y el mundo oirá mi voz, verá mi trabajo, y las putas temblarán. Gane algo de dinero, hay que mantener el cuerpo y el alma intactos. Pase la tarde en el club. Un caballero es un caballero ante todo. Compartí una comida y una botella de oporto con Cavendish. Es un doctor para la cabeza, ¡jajá!

¡Por fin! Cavendish! Mi bisabuelo. Así que lo conoció antes de los asesinatos, bueno, antes de que la mayoría tuvieran lugar de todos modos.

Recuerde que la mayoría de la gente descartó el asesinato de Martha Tabram de no ser obra del Destripador. Sin embargo, el diario coloca esa muerte junto a las demás, por lo que en lo que respecta a mi historia, Tabram fue la primera. Menciona un club, obviamente un lugar exclusivamente masculino, de los cuales existían muchos en esos días. Debió haber sido miembro o al menos un invitado, tengo entendido que eran lugares para pedantes, exclusivos, si no fueras miembro hubieras sido un indeseable y él debe haber sido un caballero o al menos pretendía serlo; hay otra pista. Menciona ganar dinero, ¿haciendo qué? ¿Qué tipo de trabajo hacía, este extraño "caballero"? ¿Sería también un médico, o abogado? En un breve párrafo, el diario me había llevado más profundo a los hechos de hace tanto tiempo. Me sentí más atraído por la telaraña que rodeaba a mi bisabuelo y al misterioso autor del diario.

El diario continuó....

Se mostró muy comprensivo cuando le hablé de mis dolores de cabeza. Solo los dolores de cabeza, por supuesto, nada más. No entendería las voces, aun no. De todos modos, no le hablarían. Sugirió una pequeña dosis diaria de láudano. Dijo que me ayudaría con los dolores de cabeza y calmar mis nervios. ¡Cree que he trabajado demasiado! Pobre Cavendish, pobres tontos, todos, simplemente ven, no saben, solo las voces saben, están conmigo todo el tiempo, aun cuando están calladas están ahí, durmiendo, descansando. Compre el láudano de la tienda de la esquina, suficiente para durar un rato, por si acaso no funcionaba de inmediato. Debo admitir que los dolores de cabeza no fueron tan graves anoche. Vaya Cavendish acertaste una. Aunque aún me duele un poco, mi frente. Estoy muy cansado esta noche, no hay pequeños viajes que hacer, solo dormir, dormir, dormir.

¡Láudano! Mi bisabuelo le había sugerido que lo tomara. Conocido como un curalotodo en la época victoriana, es un derivado del opio muy adictivo, habría tenido el efecto de calmar al autor, pero sus propiedades alucinógenas probablemente habrían servido para inflamar aún más sus delirios y quizás amplificar la severidad de las voces en su cabeza. Mi bisabuelo pudo haber ayudado a echar leña al fuego que ya ardía. El diario pasó al día siguiente.

29 de agosto de 1888

El láudano funciona. Entre más tomo, mejor me siento. Escucho las voces ahora mucho más claras, menos desorden, menos balbuceo. El dolor de cabeza sigue ahí, pero soportable. Otra visita a los bares, los pozos negros de la iniquidad, cerveza sucia en jarras sucias. Demasiadas putas que contar. ¡No olvidaré a la puta que se acostó conmigo y causó mi sufrimiento, sucia y enferma! Espero que haya muerto en agonía, pero las otras bastarán, malditas putas, son todas iguales, pestilencia repugnante sobre el mundo.

Estaba sin aliento con la tarea de leer la página que tenía ante mí. Ahora era como un viaje en la montaña rusa.

Se estaba acercaba el momento en que su enfermedad lo empujaría al límite, cuando las voces darían la luz verde y perdería su poco control sobre la realidad y se hundiría en el pozo de la condenación del que nunca escaparía... Su referencia a su coqueteo con una prostituta que lo llevó a 'su sufrimiento' me llevó a creer sin la menor duda que este hombre estaba infectado con sífilis y que muy probablemente se encontraba en las etapas posteriores o terciarias de la enfermedad cuando el propio cuerpo puede comenzar a presentar lesiones conocidas como gomas, que lentamente comen la piel, los huesos y los tejidos blandos. La parte más terrible de esta fase de la enfermedad es el daño cerebral progresivo que tiene lugar, antes conocido como parálisis general de los locos. Aunque los antibióticos y las pruebas efectivas casi han erradicado la enfermedad de los países desarrollados del mundo moderno, en la época de mi bisabuelo la sífilis era desenfrenada, y los médicos de la época habrían descrito a nuestro desafortunado autor como un 'desquiciado sexual'. Entonces, ahora sentía que el autor del diario estaba infectado con sífilis, sufría de esquizofrenia paranoide, ya sea como resultado de su sífilis o en conjunto y ahora sabía en el fondo, que este era el diario del ¡Hombre conocido a la historia como El destripador!

30 de agosto de 1888

Todos los preparativos están en su lugar. Mapas, ropa, las herramientas, sobre todo las herramientas, son lo más importante. Nunca me había sentido tan bien, tranquilo, sin dolor, los dolores de cabeza se han ido, las voces me cantan en voz baja, me tranquilizan, me dicen a dónde ir, qué hacer. Siempre seré invisible. Las calles oscuras serán mi hogar; mi corazón latirá al ritmo de la noche. Es una noche cálida, tranquila, muy tranquila y yo también estoy tranquilo y en reposo. Sí, debo descansar esta noche. ¡Mañana comienza mi trabajo!

Debo admitirle que, al leer esa entrada en el diario, sentí mi ritmo cardíaco aumentar. Aunque el autor puede haber estado tranquilo, yo era todo lo contrario; Estaba temblando física y visiblemente cuando dejé la página sobre el escritorio. Aunque estaba leyendo sobre hechos que ocurrieron más de un siglo atrás, confieso que tenía miedo, miedo de lo que iba a ver en las siguientes páginas. Pobre Martha había sido un ensayo. ¡Ahora el miedo que se conocía como Jack el Destripador estaba a punto de desatarse por completo!

SIETE
INICIA EL VERDADERO TRABAJO

En una acción, con la intención de calmar mis propios nervios un poco y de recobrar la compostura para lo que estaba a punto de leer, dejé suavemente el diario sobre el escritorio y tomé las hojas de datos impresas. Quería familiarizarme con los hechos del caso antes de regresar a las palabras de "El Destripador".

La noche del 30 de agosto de 1888, Mary Ann Nichols, (conocida por todos como Polly), fue vista caminando por la calle Whitechapel alrededor de las 11.30 p.m. A las 12.30 a.m. se le vio salir de un bar en el corredor Brick y fue vista por última vez con vida por su amiga y compañera de cuarto Ellen Holland a las 2.30 a.m. en la esquina de Whitechapel y la calle Osborn. Estaba borracha y se negó a regresar con Holland a su habitación en la calle Thrawl.

Su cuerpo sin vida fue encontrado en el corredor Buck, una calle oscura y solitaria conocida hoy como calle Durward, con la falda levantada, alrededor de las 3.40 a.m. por dos transeúntes, Charles Cross y Roberto Paul. Pronto llegaron tres policías y uno de ellos, el agente de Neil, notó que le habían cortado el cuello. Fue declarada muerta en el lugar por el doctor Rees Llewellyn, cirujano de la policía y su cuerpo fue trasladado al depósito de cadáveres en la calle Montague. Fue durante un examen posterior del cuerpo que descubrieron las horribles mutilaciones abdominales, que pronto se convertirían en la marca registrada del Destripador.

En la investigación convocada apresuradamente sobre su muerte, (ese mismo día), se reveló que la mujer había sufrido dos cortes en la garganta, tan profundos que llegaban hasta la vértebra, su abdomen había sido abierto, su lado izquierdo había recibido un corte que iba desde la base de las costillas hasta la pelvis. Tenía numerosos cortes en el lado derecho y dos puñaladas directamente en los genitales. Aunque inicialmente se pensó que había sido asesinada en otro lugar y el cuerpo arrojado en el corredor Buck, debido a la pequeña cantidad de sangre encontrada en la calle, más tarde se dedujo que su ropa había absorbido gran parte de la sangre y que el corredor, fue de hecho el escenario de su asesinato. Alguien clave fue el inspector detective Frederick Abberline, que estaba a cargo de coordinar la investigación. En este momento, sin embargo, la policía no tenía pistas qué seguir, ni testigos, ni sospechosos.

Si el Destripador hubiera terminado con la muerte de Polly Nichols, el crimen hubiera quedado sin resolver y olvidado, no hubiera sido más que una nota en la oscura historia de Londres y el nombre de El destripador no se habría conocido en el mundo.

Regresé al diario. Curiosamente, no había entrada para el 30 de agosto, cuando debió haber salido de su casa en busca de su víctima. ¿Estaba tan emocionado como para escribir? ¿Estaba tan ocupado en su tarea que se le había olvidado la existencia del diario? A la luz de mis teorías sobre el estado mental del autor, supuse que era la conclusión más probable. Estaba tan absorto en su "trabajo", que el diario habría sido insignificante para él, apenas digno de un pensamiento, como yo creía que era el caso.

Sin embargo, había vuelto a su relato literario el día siguiente y la entrada, aunque breve, fue tan escalofriante para mí como si hubiera escrito una disertación de cinco páginas sobre el asesinato de esa pobre y desafortunada mujer.

1 de septiembre de 1888

> *Estoy bien. Continúe el trabajo anoche. Después de la primera puta, fue fácil, ¡como destripar un pescado! Tan fácil, tan rápido. La puta nunca me vio, yaciendo borracha en la puerta sucia de la choza. Esto es real, no puedo detenerme, porque las putas están listas para desplumar y yo recogeré la maldita cosecha. Su sangre estaba tibia en mis dedos, pero la puta fría como la tumba, buen trabajo.*
>
> *Incluso regrese para ver, pero habían movido a la puta. Nadie vio, yo era invisible. Resolví el problema de la sangre. El delantal se lavará y las alcantarillas me mantendrán a salvo.*

Entonces, aquí estaba, probablemente por primera vez. Una confesión (de algún tipo) de los asesinatos de Martha Tabram y Polly Nichols. Si este diario era real (eso era más evidente con cada página que leía), todas las conjeturas pasadas sobre si Martha Tabram fue víctima de El Destripador se terminaban (para mí de menos).

¡Pobre Polly Nichols! Dejada a desangrarse en la calle en las profundidades de la noche, sin siquiera saber lo que le estaba pasando. Eso, supuse, era una especie de bendición. No la habían arrastrado gritando a su horrible muerte. Si había que creer al autor que encontró a su víctima prácticamente indefensa en el umbral de una puerta, demasiado estupefacta por la bebida para darse cuenta de que le estaban cortando el cuello, hasta que fue demasiado tarde. Aunque las mutilaciones posteriores fueron horribles en su extensión y ferocidad, al menos fueron infligidas post-mortem, no sintió la hoja cortando su carne, abriéndola, despojándola y profanando sus partes más íntimas y privadas. La profundidad de los cortes en la garganta de la mujer habría asegurado que hubiera muerto casi instantáneamente. Me senté y me estremecí de nuevo y aunque el acto había ocurrido hace tanto tiempo, recé una oración silenciosa por el alma de Mary Ann (Polly) Nichols.

Que pudiera ser tan escaso en sus palabras sobre el asesinato, los actos de depravación que había cometido eran aterradores, me estremecí por dentro cuando el viento aulló de nuevo y sentí una extraña sensación de nuevo, la sensación de no estar solo, aunque sabía que lo estaba. Me estaba poniendo nervioso, y no me extrañaba.

2 de septiembre de 1888

Las voces me llamaron hoy. Están celebrando, eufóricas, diciéndome que descanse ahora. El trabajo no desaparecerá, pero esperará, hasta que llegue el momento en que regrese al llamado. El dolor de cabeza regreso, mucho peor, pero el láudano ayudó.

3 de septiembre de 1888

Vi a "T" hoy. Cavendish hizo una visita de cortesía. Solo escuché, hablé poco. Le agradecí sus consejos. Preguntó cómo estaba. Bien, respondí. Iba al manicomio, había tantas almas infelices allí que quisieran disfrutar del sol, la libertad de caminar, de volver a ser humanos.

Sé que ese no es su destino, yo las trataría si pudiera, ayudarlas a encontrar la liberación que necesitan. Pero no puedo, debo esperar dentro de mis propios confines y encontrar consuelo en el trabajo, esperaré las voces, las dejaré descansar, también están cansadas, pronto sentiré la sangre de las putas en mi piel de nuevo, veré sangrar a la siguiente miserable puta mientras la corto bien y bonito. No tardará mi amor, no tardará mucho, lo prometo.

Ahí estaba mi bisabuelo una vez más y la mención de alguien a quien se hace referencia solo como "T". ¿Por qué el escritor no lo nombró, como lo hizo con mi bisabuelo? ¿Nombrarlo habría revelado demasiado, habría facilitado la identificación del autor si su diario hubiera caído en las manos equivocadas? Para mí era obvio que mi bisabuelo no tenía idea de la conexión del autor con los asesinatos o seguramente habría agregado algo a sus notas. No había nada y sí, el hombre "T", si era un hombre, debe haber sido muy cercano al autor como para identificarlo. También hubo una vaga referencia a su deseo de ayudar a curar a los internos del asilo. ¿Era solo el divagar de una mente loca o este hombre, como muchos sospechan del Destripador, tenía conexiones médicas? ¿Podría haber sido él mismo un médico? Eso sin duda explicaría su presencia en el mismo club que mi bisabuelo. ¿Serían colegas profesionales, me preguntaba, o simplemente conocidos? Sabía que podría resolver el misterio al instante saltando unas cuantas páginas a las entradas finales, tal vez viendo un nombre, pero no, no pude. Me sentí obligado a ver esto hasta el final, a leer todas y cada una de las páginas que se abrían ante mí, a seguir el rastro del diario hasta cualquier conclusión a la que llegara. Solo comprendiendo lo que había sucedido en esos días lejanos descubriría el oscuro secreto de mi familia y tal vez, al mismo tiempo, descubriría la identidad de El destripador.

4 de septiembre de 1888

Debo irme un par de días. Las putas pueden esperar, pero regresare a tiempo para cortar con fuerza a la siguiente.

Entonces, él se iba. ¿Trabajo? ¿A visitar a un amigo o quizás a la familia? Revise mis hojas de investigación, buscando una referencia de los muchos sospechosos que se ausentaron de Londres entre el 4 de septiembre y la fecha del próximo asesinato, que tendría lugar el 8. Había poca información sobre los sospechosos solo encontré sobre el príncipe Alberto Víctor, El Duque de Clarence y Avondale, el nieto de la reina Victoria. El príncipe se había hospedado con el vizconde Downe en Danby Lodge en Yorkshire desde el 29 de agosto al 7 de septiembre y de allí en el cuartel de caballería en York hasta el 10.

A menos que pudiera estar en dos lugares a la vez, eso dejó al príncipe libre en lo que a mí respecta. En cualquier caso, sentí que era una teoría absurda, aunque tal vez otros puedan haber actuado en su nombre. Sentí que era más probable que el autor estuviera cumpliendo con algún compromiso preestablecido, tal vez, como ya había pensado, para visitar a un pariente o si él mismo era médico, para atender algún asunto urgente fuera de la ciudad, tal vez él mismo estaba tratando a pacientes en un hospital, o Dios no lo quiera, ¡en un manicomio!

Por más que lo intenté, no podía evitar la idea de que estaba siendo arrastrado inextricablemente a un abismo tan vasto, tan profundo, que tal vez nunca volvería a ser el mismo. ¿El conocimiento que estaba a punto de conocer en las próximas horas me dejaría ileso o estaba destinado a llevar conmigo un secreto vil y amargo hasta la tumba? ¿Era eso lo que había hecho mi pobre padre y su padre de él? El papel amarillento, arrugado y envejecido que tenía en la mano se sentía cálido al tacto, como si el calor de la sangre de esa pobre víctima del Destripador se filtrara a través de las páginas del diario, extendiéndose a través de la inmensidad del tiempo para tocarme aquí, en los cálidos y seguros confines de mi estudio. Algo sobre la escritura en la página hacía que asumiera una apariencia casi tridimensional en mi mente, la página se movía hacia arriba en mi mano mientras veía cada vez más de cerca las palabras, buscando una pista oculta, algún signo de lo que fuera, me provocaba una reacción tan ilógica ante el viejo y gastado manuscrito. No veía nada inusual, nada en lo absoluto y sin embargo, había algo oscuro y malévolo, aunque no tenía idea de qué era. ¿Era El Destripador, sus palabras en sí mismas eran lo suficientemente escalofriantes, pero podría ser que algo del mal acechaba dentro de las hojas, podría de alguna manera haber quemado su propia marca de maldad en las páginas? ¡Basura! Qué tonto me sentí por siquiera pensar eso. Aun así, dejé apresuradamente el diario sobre el escritorio, avergonzado de mi propio miedo irracional y estupidez. Después de todo, era solo una colección de papeles viejos, ¿no?

OCHO
UNA TARDE TRANQUILA

La frialdad de las palabras se apoderó de mis pensamientos y emociones. Esperaba que el Destripador (si es que se trataba realmente de El Destripador) describiera su trabajo con mucho más detalle gráfico que el que había usado. Parecía como si el acto de matar a Polly Nichols, la barbarie de su brutal asalto a su cuerpo inerte, no hubiera sido más que un complemento, un acto casual, cometido sin más emoción que hubiera mostrado si fuera una mosca. La "sangre tibia" en sus dedos, no fue más que un simple comentario, una breve declaración del hecho. No le repugnaba el acto del asesinato, como ocurre con la mayoría de los asesinos después de darse cuenta de la magnitud de lo que han hecho. Este hombre era incapaz de arrepentirse, más que eso, disfrutaba de los actos que estaba perpetrando y los descartaba como un hecho cotidiano. Confieso que en ese momento tenía miedo, de que no podía estar seguro. Normalmente no era una persona propensa a los miedos irracionales o ilógicos, pero algo sobre este diario, esta noche, fue profundamente desconcertante para mi alma. Por razones que no puedo explicar (después de todo, era solo un viejo diario), sentí como si estuviera viendo a la boca del infierno mismo, con solo una pequeña parte de ese terrible destino que se me había revelado. Sabía que había más por venir, descripciones de eventos aún más horribles, que el derramamiento de sangre apenas comenzaba, envió paroxismos de escalofríos por mi columna vertebral. A pesar de la atracción embriagadora y adictiva del diario, tuve que apartarme de él, necesitaba descansar, para ganar unos minutos de respiro del horrible melodrama victoriano que se desarrollaba en palabras ante mí. Me tomó coraje, sé que no lo entenderán, pero es verdad coloque el diario en el escritorio, me levante de mi silla y salí a la cocina, donde hice más café y luego me hundí en el sillón junto a la chimenea con la cabeza entre las manos. Sin darme cuenta, el café se enfrió, mis ojos se volvieron pesados y en minutos caí en un sueño irregular y superficial.

Soñé, un sueño espantoso, de sangre y brillantes navajas, cortando y cortando mi carne. La sangre estaba por todas partes, fluía de mis brazos, mis piernas y cuando miré hacia abajo, una gran herida en mi abdomen se abrió de lado a lado a lo largo de mi cuerpo, mis entrañas colgaban y el piso de la cocina estaba manchado de rojo con el río de sangre que brotó de mis heridas. Traté de gritar, no pude, vi la sombra del hombre mientras levantaba su navaja una vez más, listo para dar el golpe final, para terminar con mi tormento y luego......

Me desperté temblando, sudando, la cocina estaba en silencio, el piso estaba limpio, seco, sin una gota de sangre a la vista. Casi inconscientemente sentí mi cuerpo, buscando heridas, no las había por supuesto, maldije mi propia estupidez, mi debilidad por ser engañado por un sueño. Definitivamente me estaba asustando. Eso era seguro. Traté de aclarar mi mente, de pensar racionalmente. Después de todo, yo era, de profesión, un hombre lógico y racional.

Pasé mi vida laboral intentando ayudar a quienes padecían

enfermedades mentales de todos los géneros y profundidades, incluso el raro caso de un individuo pobre que presento síntomas similares a las del autor del diario. Por qué debería estar tan afectado por las revelaciones contenidas en este texto del siglo XIX estaba más allá de mi comprensión.

Llegué a la conclusión de que el cansancio debe ser un factor importante que contribuía a mi malestar. No había descansado desde la muerte de papá y hoy en particular había sido tenso, iniciando con la visita a la oficina de abogados, seguida por mi fascinación casi obsesiva por el diario. Junto a eso estaban las palabras inquietantes que contenía, la amenaza velada de la participación familiar oculta mucho tiempo en uno de los grandes misterios criminales de la historia. Después de todo, me había quedado dormido en una silla, algo que normalmente nunca haría y por supuesto, me había bebido unos whiskies.

Decidí dejar el diario a un lado por la noche, dormir un poco y comenzar de nuevo por la mañana, cuando estuviera fresco, tendría la cabeza despejada y sin embargo, sabía que no podía. ¡No podía hacer eso! Necesitaba saber más, la sed de ese conocimiento, no podía esperar hasta la mañana para saciarme.

Sintiéndome como si me impulsara una fuerza invisible, un poder que no me dejaba ir, me levanté de la silla y me dejé arrastrar una vez más hacia el estudio, cada vez más profundo. ¡El mundo oscuro y manchado de sangre de El destripador!

Mientras me acomodaba una vez más en mi silla, decidí dejar de leer del diario por el momento. Quería más información, más antecedentes del caso. Accedí a Internet una vez más y encontré e imprimí otra colección de datos sobre el caso. Aunque el caso tiene más de cien años, existe una vasta red de sitios web dedicados a los crímenes de El Destripador y no hay escasez de información. Estaba buscando hechos, aunque, por supuesto, muchos de los supuestos hechos relacionados con los asesinatos del Destripador estaban abiertos a conjeturas. Al leer gran parte de la información que tenía, me pareció que lo que la policía y el público habían aceptado como verdad un día, en muchas ocasiones había sido condenado al reino de la fantasía, atravesar la mezcla de verdad, verdad a medias y falsedad absoluta fue como intentar atravesar un mar de barro mientras llevas un traje de buzo de aguas profundas.

No sabía que había tantos sospechosos o al menos presuntos sospechosos, muchos de los cuales ni siquiera habían sido considerados en el momento de los asesinatos. Parecía que, incluso hoy, se añadían nuevos nombres a la lista con una regularidad. En lugar de que el caso se acercara a una conclusión a medida que pasaba el tiempo, parecía que una solución cada día era menos posible. Hubo asesinatos antes y siguió habiendo después de los cinco asesinatos canónicos atribuidos a El Destripador. Martha Tabram, por supuesto, no había sido uno, aunque el diario ahora la colocaba firmemente en la lista de asesinatos del Destripador. Leí el relato del presunto Destripador sobre el asesinato de Tabram, seguido por su breve y escalofriante descripción de la muerte de Polly Nichols.

Aún estaban por venir, si el diario las traía todas, a Annie Chapman, Elizabeth Stride, Catherine Eddowes y Mary Jane Kelly, cuyo asesinato tuvo lugar el 9 de noviembre. Otros asesinatos durante los siguientes tres meses se atribuyeron en su momento a El Destripador, pero pronto se descartaron como obra de otros. Incluso se ha sugerido que una o más de las víctimas anteriores pueden no haber sido víctimas reales del Destripador, pero no tuve tiempo de intentar dar seguimiento a esa hipótesis. Si el diario se ejecutaba fiel a su forma, cualquier pregunta sobre el número de sus víctimas se resolvería leyendo sus páginas, siguiendo las palabras del escritor, (¿El Destripador?), Hasta su conclusión.

Volví a la lista de presuntos sospechosos. Por el poco conocimiento que había hasta ahora, encontré que eran demasiado extravagantes para palabras. Ya había descartado al Príncipe del Reino de mis pensamientos y miré a los que creía que eran los principales en el momento de los asesinatos.

Estaba "Delantal de cuero", un nombre atribuido al Destripador antes de su apéndice posterior, que muchos en ese momento pensaban era un zapatero polaco llamado John Pizer. Un residente de la calle Mulberry, Pizer, como otros sospechosos, era judío (que raro las veces que los judíos han sido los chivos expiatorios de crímenes atroces). Pizer fue absuelto de su participación por la policía.

Otro polaco, también judío, esta vez un peluquero también cayó bajo sospecha. Aaron Kosminski fue revelado en documentos posteriores como sospechoso en ese momento y una vez estuvo encarcelado en el Asilo Colney Hatch, donde mi bisabuelo atendía pacientes de vez en cuando. (¿Una conexión?).

El novio y por un tiempo amante residente de Mary Jane Kelly fue Joseph Barnett. Barnett fue entrevistado extensamente por la policía y luego liberado. Se cree que Barnett pudo haber cometido los asesinatos como un medio para intentar a que Mary Kelly abandonara el mundo de la prostitución, con la esperanza de que los asesinatos la ahuyentaran de las calles. Cuando eso falló, la mató en un ataque brutal y sostenido, solo para retirarse de sus actos asesinos a partir de entonces. Me admití a mí mismo que sería una posibilidad razonable.

Michael Ostrog, un hombre con muchos alias y de nacionalidad incierta, posiblemente ruso, tal vez polaco y sorpresa, sorpresa, descrito como judío, tenía un largo historial criminal en el momento de los asesinatos y un historial de enfermedad mental. Dicho por la policía en ese momento como "era un hombre peligroso", fue uno de los tres principales sospechosos de Sir Melville Macnaghten, subjefe de policía en Scotland Yard, de 1889 a 1890, que más tarde se convirtió en jefe de policía.

Junto con Ostrog y Kosminski, el tercer sospechoso principal de Macnaghten parecía ser un abogado respetable, pero ligeramente inestable, llamado Montague John Druitt. Deportista de primera clase y ex maestro de una escuela en Blackheath del Sr. Valentine, Druitt parecía haber sido empleado de manera regular, aunque no lucrativa, como abogado, mientras que en algún momento se había dedicado a la enseñanza para complementar sus escasos ingresos.

Ese lado de su vida parece envuelto en un misterio, como tiene mucho que ver con todos los sospechosos de ser el notorio asesino.

Había otros, demasiados para justificar incluirlos aquí. Después de todo, ese no es el propósito de mis palabras. Mientras leía y releía esas notas, creí que en unas horas tendría la respuesta que había eludido a la policía del Londres victoriano y a todos los eruditos e historiadores que habían intentado ponerle un nombre a El Destripador. Aun creía que era tan simple como eso. Pasó a la última página y estará allí, me dije. Compruébalo, seguramente el bisabuelo revelara la verdad, si realmente lo conocía y si el diario fuera genuino. No lo hice, por supuesto, no pude, ya lo he explicado, ¿no? Lo que sea que me estuviera esperando al final de mi extraño viaje al pasado que estaba siendo generado por el diario tendría que esperar hasta que leyera cada palabra en el camino, sentí el dolor de las víctimas mientras el escritor describía su horrible y atroz descenso a lo que ahora veía como una locura inevitable, para finalmente descubrir, el destino de El destripador.

Afuera estaba oscuro como boca de lobo y el viento se había convertido en un huracán aullador, mucho más fuerte que antes. Los dedos de la sombra oscura del árbol continuaban bailando su retorcido ballet a través de los cristales de las ventanas y de vez en cuando uno rozaba el cristal, sonando como si alguien golpeara suavemente la ventana, suplicando que le permitieran entrar, escapar del viento, el oscuro, la furiosa tormenta que se estaba acumulando minuto a minuto.

Sabiendo que no podía posponerlo más, extendí la mano una vez más para tomar el diario y haciendo un gran esfuerzo por estabilizar mis manos y mis nervios, pasé la última página que había leído y vi las palabras de la siguiente página, mientras dejaba la furiosa tormenta fuera de la ventana, ¡me encontré atrapado en una tormenta muy diferente!

NUEVE

¿METAMORFOSIS?

MI PRIMERA REACCIÓN al pasar a la siguiente página del diario fue de asombro. Me tomó menos de un segundo darme cuenta de que la letra había cambiado. Mientras que las páginas anteriores habían sido escritas con mano firme, mostrando casi la rabia en las palabras con la obvia presión aplicada a la punta del bolígrafo y los trazos expansivos mostrados en ciertas letras, ahora de repente, la escritura parecía más pequeña, erguida y muy ordenada en su aplicación. ¿Era una mano diferente en el trabajo? Miré de cerca la página e intenté compararla con la que acababa de leer.

Un examen minucioso reveló que muchas de las letras, aunque más pequeñas y aparentemente más ordenadas en su construcción, mostraban las mismas características. La construcción de la letra "f", por ejemplo, y la floritura aplicada a la "y" eran iguales. Hubo otros patrones presentes, todos me confirmaron que el autor de las dos páginas era el mismo. Por supuesto, se necesitaría un experto en caligrafía para confirmar esa conclusión.

¿Qué había cambiado? ¿Por qué la letra del Destripador (lo

sé; supuestamente del Destripador) había sufrido esta extraña metamorfosis? Supuse que podría descubrir la respuesta en las palabras que estaba a punto de leer.

5 de septiembre de 1888

El silencio del mundo pesa sobre mis hombros cansados. Es tan silencioso aquí. Ya no estoy seguro de dónde estoy ni de quién soy. Este lugar es oscuro y frío, la vida es luminosa y cálida, pero yo no. La soledad que me roba el consuelo del día yace como un manto sobre mi corazón. Estoy sepultado por la tristeza. Hay desesperanza en cada respiro que tomo, quiero estar vivo, odio este lugar, necesito respirar aire fresco. ¡Estas cosas no soy yo!

Era diferente, eso era seguro, al menos por ahora. La rabia mostrada en todas las páginas anteriores estaba ausente de este extracto melancólico. Estas fueron las palabras de un individuo infeliz y extremadamente deprimido, que parecía temer la soledad por encima de todo. Se veía a sí mismo aislado del mundo, como si viviera en él, pero no parte de él. En el momento de escribir estas palabras, dudo que él supiera o se diera cuenta de lo que había hecho en las últimas semanas. Había una calma lúcida, aunque sus pensamientos aún estaban distorsionados por la ansiedad y la represión. Además de esas otras psicosis que sospechaba que padecía; este individuo también podría haber sido afectado por lo que hoy se conoce como un trastorno de personalidad múltiple. El cambio en la escritura, la alteración en la construcción de la oración y el cambio repentino de la rabia a la depresión podrían haber sido un síntoma de esto, aunque no podía estar seguro, por supuesto.

¿Por qué nadie se había dado cuenta de los problemas de este hombre, me pregunté? Seguramente, debió haber tenido contacto con amigos, familiares o compañeros. Por lo que había leído, fue un individuo perturbado que debió tener dificultad ocultar lo.

¿Por qué nadie había sospechado de su oscuro secreto o habría alguien intentado y no conseguido ayudar a este hombre, tal vez había intentado obtener tratamiento el mismo? Sin embargo, quizás, si uno analiza sus palabras un poco más, es de hecho un hombre solitario y por lo tanto, con toda probabilidad, que vive, trabaja y mata solo. Había leído que había teorías acerca de que los asesinatos eran una especie de conspiración, que había dos o más asesinos involucrados, pero, si el diario fuera real, entonces solo había un hombre, pero ese hombre puede que tenía muchas caras diferentes. ¡Acababa de conocer al número dos!

Pause para referenciar mis hojas mis hojas informativas. Había escuchado y ahora confirmado, que a lo largo de la investigación del Destripador se había enviado varias cartas a la policía que supuestamente era de El Destripador. Muchas, si no todas, habían sido descartadas en su momento como falsas, en gran parte debido a las diferencias de escritura entre ellas. Se había llegado a la conclusión de que ningún hombre podía tener tantos estilos de escritura y que no podían ser obra del asesino. ¿Podría haber sido, me pregunte, que una de esas cartas sea del asesino, escritas mientras tenía la forma de una de sus personalidades claramente diferentes? Como ni siquiera había llegado al punto en el que había aparecido la primera de esas cartas, decidí reservarme el juicio por el momento.

6 de septiembre de 1888

*Donde está la paz, porque me elude. La muerte sería
una gran liberación de este tormento de agonía
perpetua. Tengo dolor de cabeza, palpitando en mi
cráneo. Hay láudano en la casa. Tomare un poco. Mejor,
mucho mejor. Hoy no vi a nadie, vi el mundo pasar por
la ventana, una niña bonita vendiendo flores en la
esquina, una niña joven, inocente como las flores en su
canasta. Veía vida, pero no para mí. Una cacofonía en
mi cabeza, un caleidoscopio en mi mente, ¿por qué tan
cansado, por qué? Me aparte de la ventana y me tome el
láudano.*

¡Entonces el láudano se apoderó de él! No sabía cuánto había tomado desde su primera compra, pero estaba claro que había excedido con creces la dosis segura de la sustancia. Le nublaba los pensamientos, adormecía sus sentidos y aunque sin duda ayudaba a aliviar el dolor de cabeza, también le ayudaba a alimentar su depresión y su sensación de aislamiento al alterar le la mente por sus efectos alucinógenos. No pude evitar notar su referencia a la vendedora de flores "limpia e inocente". Qué contraste con sus anteriores referencias a las mujeres de su vida, "las putas". Esto era una revelación menor para mí; aquí estaba el hombre que pudo haber sido uno de los asesinos más notorios en la historia del crimen británico, revelando no una sed de sangre perversa, sino un deseo de paz, casi invitando la muerte.

Esta no era la imagen de El destripador como lo imaginaba la historia o el público, ni los venerados historiadores que habían dado tantas opiniones variadas sobre los asesinatos.

¿Qué tan pronto podría uno volverse adicto al láudano? No estaba seguro. Como droga, apenas se había consumido unos años, pero sabia que cuanto más se tomaba en poco tiempo, más rápido sería el proceso adictivo y no tenía duda de que se había vuelto adicto.

También debe tenerse en cuenta que en el momento de los asesinatos del Destripador, no había un Servicio Nacional de Salud en el Reino Unido, ni un Programa Psiquiátrico como el que existe hoy. Muchas personas en el Londres Victoriano habrían vivido toda su vida sin tener acceso a atención médica calificada, como era en ese momento. La gente cambiaba de domicilio con mucha mayor frecuencia de lo que cabría esperar hoy. Había encontrado la respuesta a una de mis preguntas. Si el escritor hubiera elegido, podría haber vivido su vida en un espléndido aislamiento, con poco o ningún contacto con sus conciudadanos. Si hubiera trabajado solo o con poco contacto regular con sus colegas y familiares, habría sido muy posible que sus síntomas pasaran desapercibidos para quienes lo rodeaban, especialmente si pudiera (yo sabía que podía), mostrar un barniz de respetabilidad y normalidad durante sus jornadas laborales. El hombre habría desarrollado la capacidad de convertirse en un actor consumado frente a la vida cotidiana, mostrando un rostro público muy alejado de la persona que asumía cuando caía la oscuridad y sus 'voces' se despertaban en su mente, llevándolo por el camino empapado de sangre de asesinato y mutilación.

Por otra parte, podría ser que el autor del diario fuera un impostor, una pobre alma perturbada ansiosa por lograr algún tipo de infamia y notoriedad construyendo un relato elaborado y convincente de hechos que ya habían ocurrido. Aún estaba dentro de los límites de la posibilidad de que el diario se escribiera después de los hechos, pero luego, me di cuenta de que mi bisabuelo aún tenía un papel que desempeñar en esta historia, leería su versión de los eventos a su debido tiempo, llegaría al final del viaje en la mente de esta alma atormentada que se derramaba con detalles gráficos en sus palabras ante mis ojos. Sentí que las respuestas, llegarían si seguía paciente y leía el diario hasta su conclusión. Quizás en algún momento se exhibiría una pista que colocaría firmemente al diario en el reino de la actualidad, el escritor revelaría alguna información, por pequeña que fuera, que demostraría su participación tanto antes, durante y después del hecho. Había habido tantos fraudes en el pasado.

Pasé a la página siguiente, ¡y la rabia había vuelto! La letra regreso a ser la del personaje original de este aterrador melodrama. Una vez más, me sumergí en el lado más oscuro del personaje, del hombre que comenzaba a creer que realmente era El destripador, aunque no el de la leyenda. Se trataba de un ser humano, quizás gravemente defectuoso, pero seguía siendo un personaje humano, lleno de angustia e ira, plagado de psicosis incontrolable y con una gran necesidad de ayuda que tan obviamente nunca recibiría en el mundo en que vivía. Hubo otra diferencia significativa.

Mientras que las páginas anteriores habían sido escritas con lo que debió ser una tinta negra estándar, la página que tenía ante mí estaba escrita en rojo, ¡el color de la sangre que nublaba tanto su vida y su pensamiento!

7 de septiembre de 1888

Creen que están a salvo, todos creen que están a salvo, pero no, les mostraré. Se ríen y adoptan una postura decadente. Sí, son decadentes; ¡Malditas putas decadentes e inmorales!

Ofrecen su YO pútrido por un centavo, inclinándose y levantando sus faldas en callejones oscuros, cerdas en un cuchitril. ¡Se propagan a sí mismas y sus enfermedades por el precio de una dosis, putas sucias, rancias, malditas! El chancro de las calles, una llaga enconada, la profanación de todo lo femenino. Las voces están llamando, cada vez más fuerte, están conmigo cada minuto, y sabemos lo que debemos hacer. Hacen que me duela la cabeza, pero el láudano es mi amigo y me quita el dolor. Necesito más, tendré más, debo afilar mis espadas, agudizar mis pensamientos, dejar que las voces hablen claramente, juntos haremos que escuchen, a todos. Sangre, sangre y más sangre, solo la sangre librará las calles de la pestilencia.

Las cortaré y las destrozaré
morirán donde estén.
He afilado mis cuchillos,
así que morirán antes de gritar.

Cuidado, putas, sé dónde están y ya voy, oh sí, ya voy.

Esta entrada, fechada el 7 de septiembre, era particularmente escalofriante, por el uso del pequeño verso, perverso y aterrador. Fue como un grito de batalla, anunciando, al menos para él y su diario, que el Destripador estaba a punto de acechar las calles una vez más.

Un vistazo a mis notas confirmó que en la noche del 7 al 8 de septiembre de 1888, el Destripador atacó de nuevo. No pude sacudir la sensación de que yo estaba realmente allí, estaba tan absorto en las palabras del diario. Tuve conciencia del sentimiento más extraño, como si yo mismo estuviera siendo tocado por el terror que acechaba las calles de Whitechapel. Deseaba gritar, advertirle a alguien, poner fin a todo esto, pero esos pensamientos eran estúpidos e ilógicos, estaba separado de la escena por un abismo insuperable, más de un siglo de tiempo, sin embargo, pude saborear el frío de esa noche, sentir la humedad del rocío que se formaba en los adoquines de la calle Hanbury. Mientras colocaba las páginas del diario sobre el escritorio, me estremecí con un escalofrío involuntario, porque sabía, con la certeza sombría e inmutable de la historia, que el tiempo terminaba rápidamente para Annie Chapman.

DIEZ
DELANTAL DE CUERO

El mal que era El destripador trajo terror a las calles de Londres con el asesinato de Annie Chapman, la brutalidad y salvajismo del asesinato excedió con creces cualquier cosa del pasado. Su cuerpo fue descubierto por un anciano, John Davis, poco antes de las 6 a.m. del 8 de septiembre en el patio trasero del número 29 de la calle Hanbury. Su vestido había sido levantado sobre sus rodillas y sus intestinos eran visibles, sobre su hombro izquierdo. Llamó a James Green y James Kent, dos conocidos y los envió a buscar a la policía.

El cirujano de la policía, el Dr. George Bagster Phillips, llegó a las 6.30 a.m. y durante la inspección encontró evidencia de las mutilaciones más graves hasta el momento en la serie de asesinatos que ahora comenzaban a aparecer como obra de un individuo loco.

Le habían cortado la garganta, de nuevo la herida era tan profunda que casi le arrancaba la cabeza, le habían cortado el abdomen limpiamente y lo más horrible, faltaban ciertos órganos internos normalmente presentes dentro del abdomen. ¡El asesino se los había quitado y se los había llevado! Su cara estaba hinchada y su lengua salía ligeramente. ¿Pudo haberla asfixiado el asesino antes de infligir la herida fatal en el cuello de la pobre víctima?

Un testigo había colocado a Chapman en la entrada a las 5:30 de la mañana. Significaba que el Destripador había encontrado y asesinado a Annie Chapman en menos de treinta minutos, lo que indicaba un ataque frenético o un acto de habilidad. Cerca de la toma de agua en el patio trasero, la policía descubrió su primera pista en el caso, un delantal de cuero perfectamente doblado pero empapado. ¡Por fin tenían algo! Nadie había visto al asesino; había desaparecido como un espectro en la noche.

Esos eran los hechos del caso que pude averiguar de mis notas impresas. ¿Confirmaría el diario los hechos? Solo había una forma de averiguarlo. Pasé a la siguiente página.

8 de septiembre de 1888

Otra puta en el infierno. Aún hay sangre debajo de mis uñas. Lavar, lavar, lavar, se limpiará pronto. ¡Sangre vil, inmunda y de puta! Vaya, sangró mucho, putita gorda. Esta intentó gritar, no una puta soñolienta como la anterior. Primero tuve que silenciar a la perra, la deje sin aliento, jajá. La rebane bien, aunque tenía mucha grasa sino le habría quitado la cabeza. ¡Eso habría sido un espectáculo! Oh, sí, la sangre realmente habría corrido entonces. Tome unas de las entrañas de la perra y se las di a los perros callejeros cerca de la casa, un festín, jajá. Dejé algo atrás, el delantal, no me preocupe, hay muchos más y nunca sabrán que es mío, aunque es nuevo, que pena, un desperdicio, pero tenía que irme, había gente cerca, apenas llegue a la alcantarilla, mi escudo de invisibilidad. No me di cuenta de que la sangre se adheriría al cuero de esa manera. Pueden rastrear las calles para siempre, nunca me encontrarán, nunca me llevarán. Ojalá no hubiera tenido que irme sin él, cuestan mucho dinero.

Buen dinero que es mejor que las putas. No falta mucho para la próxima, las voces están contentas, quieren más. Más dolores de cabeza, más láudano.

Entonces, estaba celebrando la muerte de otra pobre mujer mientras al mismo tiempo lamentaba la pérdida de un delantal que le había costado "buen dinero". La cruel referencia a "buen dinero que es mejor que las putas" redujo la vida de pobre Annie Chapman a menos del valor de un delantal de cuero barato. En cuanto al delantal en sí, este fue el inicio de la fijación de la policía y el público con "Delantal de cuero", el nombre que ahora la prensa popular y la gente en general le dieron al asesino. El nombre de El destripador no se le daría al asesino hasta en unas semanas. Qué triste que la policía de la época no tuviera científicos forenses a su disposición. El delantal, dejado en la calle Hanbury seguramente habría dado huellas dactilares, pruebas de ADN y tal vez más pistas para permitir que se hiciera una identificación, si no de inmediato, en algún momento en el futuro. La falta de tecnología científica en el momento de los asesinatos del destripador fue en sí una de las mayores ventajas del asesino. En cuanto al diario, bueno, al leer la entrada sentí que el autor desconectaba cada vez más de la realidad. Veía el acto de matar como poco más que un ritual requerido por sus "voces" para satisfacer su necesidad de sangre. Estaba disfrutando el "rebanar las" y se burló de que casi degollaba a la pobre mujer. Fiel a sus planes, utilizo las alcantarillas como ruta de escape, llevándose órganos de la víctima, para dárselos a los perros que deambulaban por las calles de Londres de noche. ¡Qué horrible y terrible confesión! Me parecía lógico que hubiera usado esos pasillos subterráneos húmedos para evadir a la policía y cualquier testigo potencial; No podía creía qué la propia policía no había pensado en las alcantarillas como la ruta de escape del asesino.

También la referencia a sus dolores de cabeza. Luego aún más láudano. Sin duda era adicto. Probablemente lo hubiera anestesiado más contra los horrores que estaba perpetrando.

Dejé el diario una vez más y me levanté de mi silla. Estaba entumecido de nuevo y necesitaba estirar y relajar mis extremidades. Por primera vez en lo que parecía una era, miré el reloj. Solo eran las ocho. Se sentía mucho más tarde. Estaba oscuro afuera, el viento se había convertido en una terrible tormenta y la lluvia había comenzado a azotar las ventanas. Si alguna noche fuera adecuada para las revelaciones de uno de los asesinos más malvados que haya evadido la justicia británica, era esta. La luna había sido borrada por una nube y había poca luz natural visible a través de la ventana. Me sentí aislado de la realidad, del mundo, de la sociedad "normal", así debió sentirse el autor ese otoño espantoso y aterrador de hace tanto tiempo. Estaba solo, sin nadie con quien platicar, solo con mis pensamientos y miedos. A decir verdad, leer el diario estaba teniendo un efecto profundo en mí, mayor de lo que jamás hubiera creído posible. Nunca había sido una persona fantasiosa, ni propenso a creencias sobrenaturales y no me asustaba fácilmente con cosas que no entendía, pero estaba un poco inquieto mientras caminaba por mi estudio, tratando de aumentar la circulación en mis articulaciones doloridas.

Cada sonido en la habitación, desde el tic-tac del reloj a la lluvia contra las ventanas, se amplificaban dentro de mi cabeza, la tensión de las palabras escritas y la soledad solo servían para aumentar el sentimiento general de desapego que estaba empezando a sentir. Había una similitud en nuestras situaciones que no podía descartar fácilmente.

¿Cuántas noches, me preguntaba, se había sentado solo en su habitación, como yo estaba en este momento, rodeado por los sonidos de la noche, solo con sus pensamientos retorcidos? Puede que él estuviera en paz con las voces en su cabeza, eran su consuelo, sus compañeras y se sentía menos solo cuando estaban con él. Gracias a Dios, yo tenía a Sarah, nuestra separación era temporal, nunca había estado solo en mi vida y temía pensar en lo solitaria que sería la vida aislado de la sociedad, de los amigos y familia, que uno pudiera empezar a retirarse a un mundo de fantasía, donde las voces en la cabeza pudieran asumir el lugar de únicos confidentes de uno, las únicas "amigas" de uno. Así como un hijo único puede inventar un 'amigo imaginario' para aliviar la soledad y aislamiento, el autor del diario, aunque ciertamente no inventó las voces, había llegado a verlas como entidades reales, como sus aliadas más cercanas y de mayor confianza en un mundo que ciertamente no podía en ese momento y probablemente nunca comprendería su tormento mental.

Hacia el final de esta última entrada había declarado que no pasaría mucho tiempo para atacar de nuevo. Un vistazo a mis notas me dijo que, de hecho, pasarían más de tres semanas para el próximo asesinato del Destripador así que suponiendo que estuviera diciendo la verdad tal como el vio en ese momento, estaba a punto de atacar de nuevo y rápidamente, algo debe haber sucedido para retrasar su próxima incursión en las oscuras calles de Whitechapel. Solo el diario podía decírmelo y sin embargo, estaba tan cansado, mis ojos estaban pesados. Aún quedaban demasiadas páginas en el diario. No me quedaría despierto el tiempo suficiente para absorberlas todas, no con precisión. Necesitaba dormir, tal vez después de unas horas en la cama, podría comenzar fresco, menos afectado por las cosas que estaba leyendo y abordar los horrores de los asesinatos con más lógica y desapego de lo que sentía al momento.

Me prometí que leería solo una página más, solo una, luego me retiraría a tomar unas horas para dormir. Al pasar a la página y mirar la fecha, noté que se había perdido un día.

10 de septiembre de 1888

Casi dormí todo el día. He estado trabajando demasiado. Vaya, pero las calles están llenas de gente. Camine entre la multitud de Whitechapel, pobres tontos. ¡Creen que pueden atrapar a "Delantal de cuero" con solo exclamar justicia!, jajá, yo también grite por justicia. Reprendí a un pobre y tonto alguacil por no haber atrapado al terrible demonio: "¿Por qué, no pueden atrapar a esta persona malvada entre nosotros?" "¿No tiene ni idea la policía?"

"Muévase señor, muévase, ahora. Simplemente déjenos hacer nuestro trabajo y usted encárguese del suyo, atraparemos al asesino, no se preocupe".

Podría haberme reído en su cara. Pero él me dijo que continuara con mi trabajo, así que no temeré y me ocuparé de mi trabajo, porque están pidiendo a gritos que se haga.

Tantas putas y pestilencia en las calles. Me pregunto qué estarán pensando ahora, temblando en sus zapatos sucios, esperando el cuchillo, esperándome, esperando, esperando. La próxima vez, no solo dejaré que la sangre de la puta fluya, probaré su calor en mis labios, solo una probada, lo prometo.

¡El descaro del hombre! Caminar entre la multitud de ciudadanos preocupados, uniéndose a sus exclamaciones por justicia y la acción policial, era tan descarado. No podía imaginar al pobre alguacil siendo acosado por este hombre, buscando la manera de sacarlo mientras intentaba hacer su trabajo sin molestar a un "ciudadano ansioso y preocupado". El hecho de que el autor hubiera ido tan lejos como para citar la conversación con el alguacil mostraba su completo desdén por el oficial, su total desprecio por la ley y el orden y su creencia de que era intocable. Obviamente, se sentía inmune a la captura. Incluso creía que las palabras del oficial "encárguese de su trabajo" le daba licencia para continuar su matanza, sino de toda la fuerza policial de Londres. Había obtenido la aprobación que buscaba.

Lo que más me preocupaba era su amenaza de probar la sangre de su próxima víctima. Sombras del Conde Drácula, pensé. Aunque estaba seguro de que no iría tan lejos como para beber la sangre, sentí que estaba empezando a personalizar un poco más los asesinatos con esta acción amenazadora. Una vez que la sangre de su víctima entrara en contacto con su boca y sintiera y saboreara el calor de su víctima, se sentiría en total posesión del cuerpo, sería suya para hacer con ella lo que quisiera y como nos reveló la historia, lo peor estaba por venir.

Finalmente, estaba seguro de una cosa. El autor del diario era un hombre inteligente, bien educado, sus palabras me lo mostraban y su uso del idioma inglés. Suponiendo que fuera El Destripador, en mi opinión pude descartar como sospechosos al judío polaco Kosminsky, al fabricante de botas Pizer y al polaco

Severin Klosowski, otro sospechoso del que había leído pero no mencionado anteriormente. En mi opinión, las palabras del diario eran las de un hombre culto que escribía en su propio idioma, mostraba mucha familiaridad con la fraseología de su inglés. Un extranjero, sin importar lo bien educado que fuera, no habría jugado tan hábilmente con sus oraciones como el autor. No, este era un asesino de cosecha propia.

Eran las diez y media, no sabía adónde se había ido el tiempo. Estaba tan absorto, que había perdido noción del tiempo. Coloque el diario en el escritorio, aliviado de despedirme del oscuro mundo del destripador unas horas, recordé que había desconectado los teléfonos. Sarah puede haber estado llamando, como había prometido. Los volví a conectar, verifiqué los mensajes y allí estaba, un rápido "Hola cariño, supongo que estás ocupado, te llamaré mañana, buenas noches, te amo", subí las escaleras y me cobije con el edredón para caer en un sueño profundo, aunque perturbado y perseguido por el oscuro mundo de terror del Destripador.

ONCE
¿DEL INFIERNO?

A LO LARGO de mi vida, siempre me ha fascinado el cerebro humano y su gran capacidad de logro. Aunque relativamente pequeño, es sin duda una de las maravillas de la creación. Como una gran computadora, el cerebro tiene muchas funciones. Genera las señales que requiere el cuerpo para mantener su temperatura, la respiración y el flujo sanguíneo, nos dice cuándo tenemos hambre o sed, como un indicador de combustible. Tiene la capacidad de absorber y almacenar una gran cantidad de información, catalogándola en orden de prioridad, una que se necesitara recuperar instantáneamente, otra se almacena para uso en el futuro, en sus vastos bancos de memoria. No duerme, no descansa y produce un flujo constante de datos para mantener y regular la vida de su anfitrión, el cuerpo humano. El cerebro es un vasto almacén de información, listo para ser accedido cuando lo necesitemos y alojado en algún lugar profundo de ese almacén se encuentra la entidad compleja, que llamamos mente.

Invisible, sin forma física, compuesta de impulsos eléctricos e innumerables procesos de pensamiento poco comprendidos, la mente es un gran misterio; comparada con un tempano, con menos del diez por ciento sobre la superficie y la mayoría oculto y recóndito. Lo mismo sucede con la mente, tan compleja en su totalidad que conocemos tan poco sobre ella. Incapaz de ser vista, tocada o racionalizada, es lo que nos individualiza, nos diferencia de otros. La mente, en su similitud con un tempano, es compuesta de tres partes, la consciente, que es la que flota sobre la superficie, que podemos ver, a veces suave, a veces carámbanos que dan testimonio de las fuerzas que la moldearon, luego está el preconsciente, como el letargo, el agua ondulante de la superficie donde los elementos están en la punta del recuerdo consciente, y por último, está el inconsciente vasto e inimaginable que se extiende hacia las profundidades abisales, insondable y oscuro, aquí está todo lo que no podemos recordar conscientemente o reprimimos porque nos duele tanto. Son los fragmentos de recuerdos reprimidos que salen a la superficie y se convierten en neurosis, manifestándose visiblemente o invisiblemente, en un detrimento del individuo y en raras ocasiones a aquellos desafortunados que se encuentran en compañía del individuo.

Los psiquiatras y psicólogos utilizan enfoques diferentes para entrar a la mente e identificar y tratar las causas y efectos de las enfermedades mentales a menudo trabajan de la mano, para aliviar los síntomas de la neurosis de un paciente. La información y recursos disponibles hoy no estaban disponibles en 1880, un cerebro defectuoso o que funcionaba mal tenía poca o ninguna posibilidad de reparación por parte de la profesión médica.

Desafortunadamente, cuando estas neurosis surgen a la superficie es posible que, como en una computadora, la mente actúe como si estuviera infectada con un virus. Su programación y funciones normales exhiben signos de estar alteradas y el resultado puede manifestarse en lo que conocemos como enfermedad mental.

Los psiquiatras y psicólogos llevan décadas intentando comprender el funcionamiento de este componente complejo de la naturaleza humana, la psique, lo que nos hace quienes somos; sin embargo, apenas hemos arañado la superficie. Un desequilibrio de los químicos en el cerebro, un "cortocircuito" en los impulsos eléctricos, pueden conducir a diversas averías en los procesos de pensamiento que nos mantienen en la quilla de la vida. En casos extremos, puede ocurrir un colapso y la víctima puede descender a canales profundos de psicosis, lo que alguna vez se denominó como, "locura". Tal es la fragilidad de "la mente".

Mientras dormía, mi propia mente subconsciente me llevó al vasto mundo de los sueños. Menos entendido que la mente, el poder de soñar es, en opinión de unos especialistas, una válvula de escape, un medio para liberar las tensiones y ansiedades conscientes de la mente mientras el cuerpo descansa en su estado de recuperación, el sueño. Esa noche, sin embargo, fue todo menos una liberación. Perturbado por horas con insomnio por el cuadro horrible y gráfico que se desarrollaba en las páginas del diario, mis sueños eran una serie de pesadillas horriblemente vívidas. Los rostros de las víctimas y los sospechosos, reconocibles por los datos impresos del Internet que obtuve anteriormente, flotaban en un grotesco carrusel sin fin frente a mis ojos, las víctimas gritaban, sangraban por la garganta y boca, los sospechosos con una risa enloquecida y aguda, me amenazaban salvajemente con cuchillos destellantes, hacia mi cara cuando el viento demoníaco los llevaba más cerca de mi línea de visión. A veces, las víctimas y sospechosos se fusionaban entre sí, hasta que los rostros se volvían borrosos, se desvanecían y desenfocaban, disolviéndose en una niebla.

Cuando esta grotesca galería finalmente desapareció, me encontré solo en una calle del lado Este de Londres del siglo XIX. Miré hacia arriba, el letrero de la calle proclamaba que era la calle Dorset. Estaba afuera de una taberna, La Britannia, uno de los lugares predilectos de al menos una de las víctimas del Destripador. Se escuchaba un piano desafinado, acompañado de risas y cantos estridentes. Por más que intenté, no podía moverme, las puertas se abrieron hacia mí y en lugar de que la luz de adentro fluyera hacia mí, se derramó un río de sangre que me arrastró por la calle, gritando de terror, agitando los brazos en un intento por encontrar algo para agarrarme, cualquier cosa para salir del torrente de sangre, con dulce olor a cobre. Estaba siendo arrastrado a tal velocidad que los edificios de la calle eran indistintos, de hecho mis ojos, boca y nariz se estaban llenando rápidamente del líquido rojo que me llevaba inexorablemente hacia... ¿hacia dónde? Sabía que me estaba ahogando, ahogándome en la sangre de las víctimas del Destripador, grité y grité y grité, pero nadie me escuchaba.

Justo cuando parecía que mis pulmones estaban a punto de estallar, cuando sentía que no podía aguantar más, sentí una mano agarrando la mía. Lentamente y con gran fuerza, me sacó de ese espeso y viscoso rio de sangre. Como es la naturaleza de los sueños, de repente me encontré de pie, completamente seco e inmaculado por la sangre que momentos antes había saturado mi ropa y cuerpo, estaba en el hospital donde había trabajado cinco años y allí, a mi lado, estaba mi viejo amigo y mentor, el doctor TJ O'Malley.

O'Malley me había enseñado casi todo lo que sabía sobre la psiquiatría moderna, había sido mi maestro y amigo hasta su prematura muerte por cáncer hace tres años. Ahora aquí estaba, rescatándome de la sangre, del terror, del miedo. Extendí la mano para tocarlo, para agradecerle y simplemente ya no estaba, ¡se había ido!

Hubo otros sueños menos específicos, pero todos de similar naturaleza, el tema no varió del terror omnipresente de los asesinatos y de repente, me desperté.

No había escuchado la ventana abrirse, ni el viento soplando las cortinas, ni sentí la sombra que ahora se elevaba sobre mí, amenazante. En la oscuridad distinguí el contorno de un hombre, inclinado sobre mí, sus ojos tan rojos como la sangre de mis sueños. Los ojos parecían brillar en la oscuridad, penetraron mi alma y el miedo y terror que sentí fueron indescriptibles. Iba vestido de negro de la cabeza a los pies, la mitad inferior de su rostro enmascarada por una bufanda de seda negra. En la cabeza llevaba un sombrero de copa negro y en la mano llevaba un cuchillo largo, reluciente y de aspecto perverso.

Estaba paralizado por el miedo. No podía moverme. Se inclinó más hacia mí y habló con una voz directa de la tumba.

-Entonces, Roberto, me conoces, ¿no? Tú sabes quién soy. Sabes demasiado a Roberto, demasiado. Como has visto adentro de mi alma, también mire en la tuya. No puedo dejarte ir, eres mío ahora, Roberto, mío para siempre".

Antes de que le pudiera responder, rápidamente levantó la mano izquierda y se quitó la bufanda de la cara. Mientras caía, me embargó la mayor sensación de repulsión que jamás haya experimentado. Me asomaba al infierno mismo. El hombre abrió la boca y apareció una enorme apertura y el olor a putrefacción, rancia y asquerosa brotó de ese abismo y supe que él era la misma muerte. Su brazo derecho se alzó e incluso en la oscuridad de mi dormitorio pude ver el destello de la navaja mientras bajaba rápidamente hacia mi garganta. Cuando el cuchillo presionó mi carne temblorosa, traté de gritar, y luego....

Sudando, temblando y estremeciéndome incontrolablemente, realmente me desperté. Había sido la más aterradora de las experiencias, un sueño dentro de otro sueño.

Extendí la mano y encendí la luz de la mesilla de noche. La realidad de ese último encuentro había sido tan aterrador que me tomó más de diez minutos recuperar algo de compostura. Por fin, me sentí lo suficientemente confiado como para levantarme de la cama y bajar a la cocina, donde encendí las luces y puse la cafetera. Necesitaba una taza de café extraordinariamente fuerte.

Sentado en la mesa de la cocina en mis trusas, llegué a la conclusión de que el diario se había apoderado de mi mente consciente y subconsciente. Estaba totalmente absorto en el extraño y turbio mundo de El destripador, como lo percibía el autor de este increíble documento. Nunca me había afectado nada tan profundamente. Había algo de otro mundo en estas hojas de papel viejo, la tinta descolorida, los desvaríos de las palabras en cada página. Sentía como si él estuviera ahí conmigo, en la casa, en mi cabeza, en mi mente. Era totalmente irracional, sin sentido ni lógica, de alguna manera estaba en presencia de un gran mal.

Aunque sabía que nadie entendería lo que quería decir, sabía que esa noche no estaba solo en la casa. Miré el reloj. Era solo las 2:30 de la madrugada. Había dormido tres horas, pero sabía que debía regresar al diario, tenía que continuar el viaje, tenía que llegar hasta el final. Tenía que regresar a leer de nuevo, allí en la oscuridad de la noche, en silencio y con cuidado, vigilado, por el alma del hombre que ahora estaba seguro que era... ¡Jack el Destripador!

Me dirigí al estudio; café en mano, encendí todas las luces de la habitación y una vez más me senté en el escritorio. Con mis manos temblando mucho más de lo que hubiera creído posible hace unas horas, extendí la mano y tomé el diario una vez más.

DOCE
RELATIVA CALMA

12 de septiembre de 1888

*¡Qué noche! Sin dormir, solo sueños, sueños rojos,
enrojecimiento cálido y empalagoso por todas partes.
Los dolores de cabeza son peores. Ni el láudano los
detiene. Mira lo que me han hecho estas malditas putas.
Ahora me han robado mi sueño, mi descanso. Ellas
pagarán, oh sí, las haré pagar. Caminé kilómetros hoy,
sin taxis, las calles estaban llenas de personas
insignificantes, gusanos e insectos. El olor de las calles
era un asalto a mis sentidos, pero tenía que salir. Si el
láudano dejo de funcionar, necesitare algo más, debo
detener el dolor. Pensé en visitar a "T", pero me conoce
demasiado bien. En cambio, me encontré en la calle
donde vive Cavendish. Qué gran fachada, él vive bien.
Me presenté y me llevaron al salón. Parecía complacido
aunque sorprendido de verme. No somos muy cercanos,
seguido me pregunto cómo me vera, después de todo,
apenas nos conocemos, aunque hemos hablado seguido.*

Le dije que el láudano no era suficiente, que los dolores de cabeza eran peores. Indagó por otros "síntomas" que negué y dije que debería concertar una cita para una consulta adecuada. ¿Me consideró un tonto cuando me negué, dije que solo quería algo para aliviar el dolor? ¿Qué me importa? Me sugirió que tomara el aire en algún lugar, quizás el campo. ¿Ver la costa, quizás el mar? Creo que puedo. No conviene matar a las putas si no lo puedo disfrutar. Deshazte del dolor y luego destripa a las sucias perras de nuevo. Las voces están de acuerdo, descansemos un rato. Volveré cuando llegue el momento, cuando la sangre de las putas esté lista para derramarse de nuevo.

HABÍA SIDO una de las entradas más largas del Destripador. Me pareció extraño que estuviera describiendo una noche de sueños a la par de los que yo acababa de experimentar. La coincidencia era incomoda. ¿Qué extraño capricho del destino me había traído a esta página justo después de sufrir las pesadillas que acababa de tener? Sin embargo, hubo una diferencia significativa. Había escrito "sin dormir, solo sueños" y pensé que quizás se estaba refiriendo a las alucinaciones. Ciertamente, en su estado mental alimentado por las drogas, el sueño verdadero habría sido difícil y probablemente se hubiera quedado en un estado somnoliento por horas, con la cabeza llena de una imagen vívida tras otra, hasta que el dolor en su cabeza se sintiera como si estuviera a punto de explotar. Creía que el láudano ya no detenía los dolores de cabeza; de hecho, ahora sabemos que debido a las cantidades que consumía, estaba contribuyendo a perpetuar las terribles alucinaciones que sufría. Estaba en un espiral descendente interminable de abuso de drogas, como la que a menudo experimentan los adictos de hoy en día. Debió haber existido en un medio mundo, un lugar entre el sueño y la conciencia, acosado por terribles sueños empapados de sangre, un recordatorio constante de la orgía de destrucción en la que su vida había sido sumergida por múltiples asesinatos obsesivos. Ese espiral inevitablemente lo llevaría a un torbellino de autodestrucción caótico.

Para él, no podría haber vuelta atrás, nunca un día normal. Ya había ido muy lejos.

Aún estaba temblando, preocupado por mis propias pesadillas terribles y mi encuentro imaginado, aunque psicológicamente muy real, con el asesino enmascarado. Mi propio equilibrio mental se había visto profundamente perturbado por las últimas horas, la carta de mi padre, la nota del bisabuelo, el diario en sí y los sueños. No me importa admitirlo, estaba siendo atraído cada vez más a un mundo muy alejado de la realidad, hacia una oscuridad que no elegí. En resumen, me estaba identificando con la locura del Destripador y me daba una idea de ella.

Estaba intrigado por el misterioso 'T'. Lo menciono antes, sin dar pista a su identidad. Una vez más se había referido a él simplemente por su inicial, mientras identificaba claramente a mi bisabuelo por su nombre. ¿Por qué? Obviamente sentía la necesidad de proteger a 'T', incluso en su diario privado. ¿Era un pariente o quizás un amigo de alta posición social?

Admito que esta entrada fue quizás la más lúcida. Parecía tener más lógica que sus entradas anteriores; había menos incoherencia en sus palabras. Mi bisabuelo, se había ofrecido a aceptarlo como paciente, indicando que tenía los medios económicos para pagar el servicio. Sin embargo, el Destripador había visto algo de sentido en la sugerencia de tomarse el aire. Sus palabras me indicaron que quizás tenía familia o amigos tanto en el campo como en la costa. Dudo que hiciera cualquiera de las opciones sin conocer a un anfitrión complaciente y amigable. Me pregunto si se aburría de todo el asunto de matar. Sugiere con sus escritos que no obtenía placer de los asesinatos y necesitaba refrescar su sed de sangre. Hasta sus voces estaban en silencio, su cabeza probablemente tan nublada por un estupor inducido por láudano que estaba insensible incluso a esa parte de su psicosis. Sentí lástima del pobre familiar o conocido que se les impondría en un futuro próximo. Ignorarían por completo el hecho de que el asesino más notorio que haya caminado las calles de Londres fue su invitado.

En cuanto a mi bisabuelo, el buen doctor Burton Cleveland Cavendish vivía en una residencia suntuosa. Cuando era joven, me habían impresionado viejas fotografías familiares que mostraban su casa en una avenida arbolada desaparecida, en el área del cruce Charing de Londres. La casa tenía una fachada imponente, con cinco o seis escalones, flanqueados por barandillas de hierro pulido, que conducían a las pesadas puertas de roble, con un reluciente buzón de latón y tiradores. Aunque en blanco y negro las fotografías no dejaban duda del lujo de la casa o de la riqueza de su dueño. Burton Cavendish había comenzado su carrera como un humilde médico general, llegando a convertirse en un cirujano experto y finalmente decidió especializarse en enfermedades mentales, el ingresó en la rama de la medicina que ahora conocemos como psiquiatría. A medida que aumentaba su riqueza, aumentaba su filantropía y regularmente dedicaba tiempo para brindar consultas gratuitas en el Asilo Colney Hatch.

Dudo que sus razones fueran completamente altruistas, sus visitas al asilo lo habrían puesto en contacto con muchos pacientes que sufrirían aflicciones mucho más diversas de las que encontraría en su práctica privada. El asilo, llenó hasta el borde con una gran cantidad de material de investigación, ¡conejillos de indias humanos!

Si eso suena insensible, debo señalar que en el siglo XIX había pocos libros psiquiátricos, menos hospitales especializados en el tratamiento de trastornos psicológicos, la única forma de que un médico estudiara y aprendiera a tratar tales enfermedades, era el contacto con los que padecen tales dolencias y entre más graves, mayor será la oportunidad de estudiar sus efectos y causas y descubrir una cura.

Teniendo en cuenta que en términos de distancia el cruce de Charing no estaba lejos de Whitechapel, aunque en términos de riqueza estaba a un mundo de distancia, no tenía razón para dudar que el autor del diario hubiera visitado la casa de mi bisabuelo y ese pensamiento en sí mismo me hizo temblar una vez más. Aunque solo había visto fotografías de la casa y nunca la había visitado, había sido demolida años antes de mi nacimiento, aun me hizo sentir una extraña perturbación de que el Destripador pudiera haberse sentado a disfrutar el té de la tarde o de un evento social con mi bisabuelo mientras la población de Londres y de hecho el país, gracias a los informes de la prensa de la época, buscaban su aprehensión y convicción.

Por otro lado, en sus propias palabras de su relación con mi bisabuelo. Ellos, no eran cercanos, se preguntó cómo lo percibía mi bisabuelo, sin embargo, había escrito que se veían a menudo, aunque apenas se conocían. ¿Había un vínculo profesional (algunos pensaban que el Destripador era un médico o una especie de médico), una conexión social o lo peor de todo, podría El destripador tener algún vínculo distante y tenue poco conocido e ignorado, un miembro de la familia distante? Mis sentidos se opusieron a esa última posibilidad. Ni siquiera podía tolerar tal cosa, aunque no podía ignorarla. Después de todo, es posible apenas conocer a un pariente, si uno tiene poco o ningún contacto con esa persona un tiempo o a lo largo de su vida. Quizás mi bisabuelo lo explicaría todo en sus notas, a las que llegaría a su debido tiempo en este documento increíble, horroroso y fascinante.

Una referencia rápida a mis notas mostró que, hubo una pausa de veintidós días entre el asesinato de Chapman y el siguiente (violentamente sangriento) asesinato o debería decir asesinatos, ocurridos la noche del 30 de septiembre. El Destripador cometería no una, sino dos abominables atrocidades. Estaba intrigado por lo que podría estar a punto de descubrir. ¿Sera que entre el asesinato de Chapman y el espeluznante doble asesinato, se fue de vacaciones? ¿Se puso tan enfermo como para ser incapaz de continuar asesinando, fue hospitalizado y devuelto a la comunidad, horror de horrores, para volver a matar? ¿Por qué camino retorcido me llevaría, qué revelaciones me esperaban en esta asombrosa historia que se desarrollaba ante mí? ¿Descubriría el secreto de estas tres semanas perdidas en su carrera asesina?

Adormecido por mis pesadillas y la idea de que podría estar conectado por nacimiento con el asesino sangriento de mujeres indefensas, estiré mis brazos, alcanzando el techo, forcé mi ojos a abrir a pesar del deseo inconsciente de regresar a dormir y con miedo de saber qué vendría después, pero al mismo tiempo atrapado en la intriga del diario, mientras el reloj continuaba su inexorable tic-tac en la pared. Me pase a la página siguiente.

TRECE
UNA PAUSA PARA PENSAR

No me pregunten por qué, pero, justo cuando estaba a punto de pasar a la siguiente página, algo me detuvo. Hasta el día de hoy no puedo decir qué fue, tal vez el cansancio, las secuelas de las pesadillas o simplemente una necesidad básica de escapar de la intensidad de la situación unos minutos, pero decidí dejar el diario e indague más en el entorno, el mundo habitado por el Destripador y sus víctimas. Me estaba volviendo más inquieto de lo que imagine por el diario y su tema recurrente de asesinato, sed de sangre, las divagaciones locas de un hombre vilificado por la historia y el hecho de que aquí, en mi estudio, en mi escritorio, había un documento, que pudo haber sido escrito de la mano del notorio Destripador. ¿Colocaba mis propias huellas dactilares con las de el?

Por supuesto qué era obvio, que mi propio padre y los que lo precedieron habían manejado estos documentos y que habría varias huellas en las páginas, parecía irónico que en estas páginas, existía el medio potencial para contundentemente identificar al asesino de Whitechapel, si tan solo hubiera habido un registro de huellas dactilares, una especie de base de datos de la época de los asesinatos. Por supuesto, no existían tales registros y las huellas dactilares en las páginas eran irrelevantes como fuente de identificación y en el mejor de los casos, si se hicieran públicas, simplemente tendrían valor de curiosidad. "Las huellas dactilares de el Destripador", pude ver el titular, sin embargo, ¿qué haría para revelarlas? En el mejor de los casos, solo servirían para agregar más misterio al caso y solo podrían ser de interés para aquellos que buscan dramatizar todo el asunto. Para un estudio serio de los asesinatos, podrían ser de poco valor, quizás solo para establecer si las huellas eran masculinas o femeninas, si fuera posible y no soy experto en medicina forense para saber si es posible.

¡Basta de especulaciones! Quería conocer y comprender el mundo visto a través de los ojos victorianos, incluidos los de mi bisabuelo. Regrese a la computadora. Mucho de lo que averigüé sobre el Destripador y sus víctimas lo encontré en www.casebook.org, un sitio dedicado al caso del Destripador. Con cientos de miembros en todo el mundo, Casebook les daba no solo detalles de los crímenes, sino también una gran cantidad de información relacionada con Londres victoriano, acompañada de fotografías informativas y evocadoras.Ciertamente, el Londres habitado por mi bisabuelo le habría parecido otro mundo al habitante promedio del lado este, la riqueza y posición social le permitieron vivir una existencia privilegiada. Podía permitirse la mejor comida y ropa, era atendido por un séquito de sirvientes domésticos en su casa palaciega y su vida social habría girado en visitas a amigos, teatro, las carreras y por supuesto, su vida social en el club de caballeros. Mi bisabuela habría ocupado su tiempo "recibiendo" invitados, tomando té y participando en obras de caridad. Incluso las clases medias acomodadas no habrían dudado en emplear al menos uno o más sirvientes en sus casas, lejos de los barrios bajos de Whitechapel.

En cuanto a la nobleza real, los lores, damas y caballeros, se habrían alejado aún más de la realidad de la monotonía cotidiana de sus compañeros londinenses más humildes.

La gran mayoría de esos pobres desafortunados que tuvieron la mala suerte de habitar el lado este de Londres a finales del siglo XIX vivían en un estado continuo de pobreza abyecta, si no de completa penuria. Viviendas, donde existían, eran de mala calidad y familias enteras a menudo se veían obligadas a vivir en una sola habitación fría, pequeña y sin calefacción. Las ventanas a menudo no tenían cristales y para evitar las corrientes de aire, muchos rellenaban los huecos con periódicos viejos o trapos, cualquier cosa para protegerse del frío invernal. El trabajo era a menudo pasajero y siempre pesado, con salarios apenas suficientes para vivir. Las enfermedades y la mala salud abundaban, lo que no es de extrañar si se tiene en cuenta que las calles mismas eran poco más que las cloacas abiertas y la higiene personal era inexistente.

Muchos de los que no tenían un hogar se mudaban de un lugar a otro, durmiendo en casas 'Doss', donde se podía rentar una cama por unos centavos la noche. Seguido había sesenta o setenta personas compartiendo un dormitorio común en estas casas, que parecían más albergues que casas. Los trabajadores itinerantes y las mujeres que se prostituían en las calles utilizaban las casas Doss de forma regular.

Varios dignatarios y celebridades de la época visitaron el lado este, para horrorizarse por la degradación y privaciones que existían allí. Los autores Jack London y Beatrix Potter y nada menos que Charles Dickens, habían intentado llamar la atención sobre la pobreza y bajo nivel de vida de sus semejantes en Whitechapel y sus alrededores, pero se hizo poco para ayudar a aliviar su lucha diaria por existir.

A las mujeres les fue peor que a los hombres en este vasto

crisol de enfermedades y pobreza. En el siglo XIX, una niña de clase trabajadora era considerada apta para nada más que el trabajo más humilde y talvez un matrimonio final. La poca educación disponible estaba dirigida a los niños, no existía la necesidad de que las niñas recibieran una educación. Con una tasa de mortalidad prolífica y la posibilidad de la viudez a una edad temprana en este pozo negro de la humanidad, no era de extrañarse que tantas mujeres, ya sea por elección o por circunstancias, se vieran arrastradas al oscuro y peligroso mundo de la prostitución.

Sin embargo, sentí que era importante recordar mientras leía, que las víctimas del Destripador, como todos esos pobres desgraciadas que ejercían su oficio en las calles de noche, no nacieron en la prostitución. De hecho, muchas nacieron en familias respetables, crecieron para casarse, tuvieron hijos y la prostitución tendió a ser el último recurso para muchas, ya que sus vidas se desintegraron a por muerte, divorcio, abandono, alcoholismo o por muchas otras razones. Me sorprendí durante mi lectura de Casebook sobre las víctimas, al ver un retrato formal de Annie Chapman y su esposo John un cochero y sus hijos, tomado en 1869.

La imagen de normalidad, de domesticidad evocada por estas imágenes sirvió para recordarme y debería recordarles a los demás, que todas las víctimas tanto de El Destripador como del sistema que las produjo, se trataba de mujeres normales, no unas inadaptadas o rechazadas. La historia ha deshumanizado a las víctimas de El Destripador. Hemos olvidado que vivían, respiraban, eran almas cálidas y vitales, no queriendo nada más que vivir, comer, dormir y existir junto a sus semejantes, sin importar lo escuálido que sus vidas se habían convertido.

Chapman había tenido su propia infelicidad. Una de sus hijas murió de meningitis con solo doce años, su hijo era invalido y su matrimonio se desintegró (tanto ella como su marido tenían fama de ser bebedores). John Chapman aparentemente pagó a su esposa diez chelines (cincuenta peniques) a la semana, hasta su muerte por cirrosis hepática e hidropesía el día de Navidad de 1886. Se dijo que se angustió al escuchar la noticia y fue después que se dedicó a la prostitución, como su único medio para mantenerse. En el momento de su muerte estaba viviendo en una casa de huéspedes en la infame calle Dorset en Spitalfields, una calle que comprende un laberinto de casas de mala calidad, tres tabernas de mala reputación y un sitio notorio por las operaciones de prostitutas locales. En estas guaridas micro cósmicas de iniquidad llenas de humo, los sonidos tintineantes de los pianos viejos se fusionaban con las voces estridentes de las prostitutas empapadas en ginebra y sus clientes igualmente borrachos, las peleas entre los clientes eran habituales. Cualquiera que fuera la normalidad doméstica que Chapman haya disfrutado alguna vez, era triste ver lo lejos que había caído esta mujer, una vez respetable, en los dos años anteriores a su asesinato a manos de El Destripador.

Estos hechos eran ineludibles. Por fin pude identificarme con una de las víctimas. Annie se había vuelto real para mí. Las fotografías en particular me llamaron la atención. Evocaban días felices en la vida de una familia joven. En esas imágenes granuladas y en tonos sepia no había indicios de la tragedia que pronto se apoderaría de las fotografías. Hasta ahora, en el transcurso de mi viaje a través del diario, solo había visto los eventos a través de los ojos del autor y mis propios pensamientos. Ahora podía pensar en las víctimas mismas, no solo como las víctimas del Destripador, sino como personas muy reales y comunes. Habiendo leído los detalles de la vida y muerte de la pobre Chapman, su matrimonio, sus hijos, su eventual dolor y degradación, sabía que encontraría semejanzas en las otras víctimas y me prometí hacer eso.

El cuarto se sentía encerrado y abrí la ventana para dejar entrar un poco de aire fresco, se había convertido en una atmósfera opresiva. Leí los detalles del funeral de Annie y que su tumba fue tapada hace mucho tiempo, lo cual me pareció triste y mientras colocaba las hojas en el escritorio, mi corazón se sintió pesado por esa triste y solitaria víctima del Destripador.

Decidí que lo había pospuesto lo suficiente. Mis manos se estiraron para tomar el diario, pero, mientras lo hacía una corriente de la ventana debió atrapar las páginas de Chapman y crujieron levemente sobre el escritorio y casi flotaron sobre la superficie. Con una mano las palmeé suavemente sobre el escritorio, colocando un pisapapeles para mantenerlas en su lugar. ¿Había presencias de otro mundo en el aire? Definitivamente estaba lo suficientemente receptivo como para sentir sus presencias. Tratando de no dejar que mis nervios me dominaran, regrese a las palabras de El Destripador. Me imagine adónde me llevarían esas palabras, su mente, en esta noche oscura, ventosa.

CATORCE
¿DÓNDE ESTÁ EL INFIERNO?

13 de septiembre de 1888

El camino al infierno es de un solo sentido, una vez entrado en el camino, no hay vuelta atrás. Camino el mismo camino todos los días, siguiendo a las putas que se tambalean ciegamente hacia el olvido que les proporciono. Sus muertes están predeterminadas, cada una predicha por las voces que me guían por el camino. Su sangre debe fluir; sus vidas deben terminar en las calles donde venden sus cuerpos inmundos, su carne rancia. Continuaré mi trabajo, hasta que las prostitutas se hayan ido y la inmundicia desaparezca.

14 de septiembre de 1888

No me atrevo a salir de la casa. Las tentaciones son demasiado grandes, pero no puedo trabajar mientras sufro tanto dolor. La última dosis de láudano no parece tan fuerte como la anterior. Necesito más y más solo para mantener a raya el dolor. Quiero que cese el dolor. Puedo matar a sola una puta esta noche, pero no, no debo. Tengo que esperar a que las voces despierten y me den fuerza y propósito. Las putas esperaran. Déjalas creer que están a salvo.

15 de septiembre de 1888

Desearía poder evitar el dolor, sé que debe venir, pero todos los días debo vivir con él. Es fácil para las malditas putas. Su dolor es breve cuando las envío al infierno, mientras yo tengo que vivir en mi versión de ese miserable lugar. Hay tanto por venir, sin embargó diario me despierto con miedo de saber qué algún día llegar mi final certeramente. Nadie sabe, ni pueden saber, debo sufrir solo, mis pecados, mis indiscreciones terrenales que me llevaran a las más sucias profundidades de la desesperación.

HABÍA ALGO DIFERENTE, por primera vez, El Destripador, (ahora prescindiré de "El autor"), había colocado tres entradas en una página del diario. Todas las entradas anteriores, por breves que fueran, tenían una página entera dedicada a ellas. Por algún motivo, había optado por colocar estas tres entradas juntas. ¿Le faltaba papel? Había escrito que no había podido salir o simplemente las coloco juntos porque se relacionaban entre sí. Quizás no había motivo; solo cambio su formato de escritura. Cualquiera sea la razón, las entradas fueron reveladoras.

Descendía rápidamente hacia su destrucción y lo sabía. Su visión de un infierno en vida era evidente en cada palabra. Curiosamente, parecía verse a sí mismo compartiendo un camino común con sus víctimas, guiado por sus voces. ¿Las voces le dirían cuándo era el momento de detenerse o cuándo era el momento de poner fin a su propio descenso personal al infierno? La primera entrada concluyó con otra amenaza a las "putas", insinuando que sus muertes deben tener lugar en los mismos lugares donde vendían sus cuerpos por una miseria.

Las calles eran el lugar donde trabajaban y las calles eran el lugar donde morían, su sangre se derramaría por las alcantarillas de Londres, sus vidas no significaban más para El Destripador que la de un insecto. Para el, ¡ya estaban en el infierno! No tenía duda de que quería volver a matar y estaba desesperado por volver a su tarea mortal. Sin embargo, estaba controlado por su dolor, los dolores de cabeza empeoraban. Creía que el láudano era más débil; probablemente no era diferente al que había tomado antes, su cuerpo simplemente estaba acostumbrado a la droga y sus efectos. Ahora podía absorber cantidades mayores de la droga a base de opio antes de sentir algún efecto. Estaba tan intoxicado que no podía 'oír' sus voces. Estaban 'durmiendo', tal vez sus alucinaciones también permanecían dormidas, ciertamente estaba en un estado de confusión y sentía que su vida se había convertido en nada más que un infierno viviente. Sentí que estaba llegando a un punto de profunda desesperación.

Aparte de lo demás, El Destripador estaba profundamente deprimido, su infelicidad y miedo gritaban desde la página. ¿Miedo? Sí, tenía miedo al dolor, miedo a morir. Tampoco se refería solo a los dolores de cabeza, de eso estaba seguro. Lo había sospechado antes y ahora estaba seguro de que estaba sufriendo de las etapas posteriores del sífilis, probablemente contraído de una relación de hace mucho tiempo con una de esas damas de la calle que ahora despreciaba. Si fuera el caso, lo más probable es que tendría lesiones dolorosas en varias partes de su cuerpo, sus tejidos se romperían y llagas aparecerían en su cara (aunque quizás aún no), manos y otras extremidades. (Por eso había visto la visión de una máscara facial en la parte inferior de su rostro en mi sueño). ¡En mi estado subconsciente, había anticipado la sífilis! Posiblemente tenía daño cerebral grave en este punto, sin duda el hombre se estaba volviendo loco gradualmente. Había empezado a creer que era un hombre inteligente, por lo tanto, habría conocido el pronóstico de su enfermedad, eso aumentaría el terror que sentía, sabiendo exactamente lo que le estaba sucediendo, pero sin poder hacer nada para evitarlo. No había medicamentos para el tratamiento de la enfermedad. Si buscaba ayuda, lo más probable es que lo confinaran en un asilo, comprendía que no buscara ayuda médica. Él ya estaba muy avanzado de todos modos. Qué extraño pensar que hoy en día la enfermedad pueda tratarse eficazmente con antibióticos. Entonces, era una sentencia de muerte.

Quizás, no salía de la casa, especialmente de día, debido a esas deformidades físicas de la sífilis lo haría fácilmente reconocible como infectado. Sin embargo, recientemente había hecho una visita social a mi bisabuelo, así que era poco probable. Sin embargo, su dolor era indudablemente real. Cómo debió sufrir, incapaz de encontrar alivio a los constantes dolores de cabeza y otros síntomas igualmente de dolorosos que sin duda estaba experimentando.

Estas tres entradas me convencieron de que El Destripador no era un hombre casado. Seguramente ninguna esposa pasaría por alto los síntomas que debe estar exhibiendo. Sus palabras gritaban de una vida de soledad. Quizás había estado casado en el pasado, pero estaba seguro de que no tenía pareja cuando escribió este lamentable diario.

Según sus palabras, ¿debía sufrir solo por sus indiscreciones (quizás una aventura mientras estaba casado) o peor aún, según los estándares victorianos, era homosexual)?

Cualesquiera que fueran las respuestas seguramente se revelarían a medida que profundizaba en el diario, sabía que el caso de los asesinatos de El Destripador era mucho más complejo de lo que académicos y ripperologistas habían creído. ¿Era yo el primero en creer que quizás El Destripador era tan víctima de sus crímenes como de aquellos a los que asesinó y mutiló tan brutalmente? ¡Los puritanos creerán que estoy tan loco como él al sugerir tal cosa! Sin embargo, ese sentimiento no me dejaba; crecía con cada minuto que pasaba, con cada palabra que leía. Yo nunca intentaría excusar sus crímenes, oh no, pero, a la luz de lo que estaba aprendiendo sobre su estado de ánimo, las terribles enfermedades con las que estaba cada vez más seguro de que él estaba afligido, comprendía qué había detrás de sus crímenes.

16 de septiembre de 1888

¡Justicieros en las calles! Judíos, carniceros, zapateros, todos acusados, ¡ja! ¿Qué sigue? ¿Me uniré a la multitud, como antes? ¿Le gritare a la policía, al pobre joven carnicero que pasa por la calle con su delantal de cuero manchado de sangre? Ya me canse de este juego, me duele la cabeza de nuevo, me siento mareado, la expectativa invade mis pensamientos y creo que el público también tiene expectativas de mí. Esperan a ver cuándo volveré a atacar. Quieren ver y escuchar de mi trabajo. Temen a mi espada centelleante, pero en el fondo quieren escuchar y leer sobre otro sangriento

asesinato. No lo admitirán, oh no, no lo harán, pero sé que es lo que quieren. Quieren que cercene a la próxima puta, pero los haré esperar, esperaré mi momento, la próxima puta no sangrará hasta que esté listo, el río fluirá rojo una vez más y teñiré las calles con la sangre de las putas sucias. Es demasiada la multitud; uno no puede atender sus propios asuntos sin ser abordado por algún mugroso, buscando justicia, ja, como si una puta muerta necesitara justicia. Déjalas morir, déjalas sangrar, déjalas acobardarse ante mi frío y duro acero mientras que corta su carne caliente. Quiero ver el horror en el rostro de una puta mientras gorgotea y se atraganta con su sangre. La última fue demasiado rápida, demasiado fácil, la siguiente morirá un poco más lento, sí, gozaré de su miedo, ¡maldita puta despreciable! Me iré de viaje, ¿adónde? Mañana, lo decidiré. Dejaré que Londres sude, que las putas esperen, solo un poco más, pero espera, ¿puedo llevar mis espadas centelleantes en este viaje? ¿Dejaré que las calles de alguna otra ciudad se pongan rojas, hay putas por todas partes y que no merecen morir también? Me duele tanto la cabeza, debo intentar dormir, mañana decidiré cuestiones tan importantes. Me siento mal, necesito dormir, cerrar los ojos, descansar.

Sus palabras reverberaban en mi cabeza. Sus escalofriantes referencias al derrame de sangre de sus asesinatos, su regocijo ante la reacción del público a sus actos y su disgusto que las multitudes hormiguearán por las calles de Londres en busca del asesino, como si ellos, no él, fueran la causa de la agitación pública.

Estaba exasperando con la turba, con la necesidad de encontrarlo y vengar los asesinatos. Después de todo, el creía que las víctimas; esas pobres y desafortunadas mujeres que habían caído a la más baja profesión apenas eran humanas, por lo que no merecían la simpatía del público. Eran 'solo putas', como había escrito en una entrada, le sorprendió saber que las putas en realidad tenían nombres.

No eran nada, más que la materia prima de su trabajo. Así como un artista utiliza su lienzo y aplica sus pinturas diligentemente con sus pinceles, esas pobres mujeres eran sus lienzos, sus cuchillos sus pinceles y la carnicería que provocaba con esos cuchillos se convertía en su mente, obras maestras 'su trabajo'.

Aún más desconcertante, mientras estaba sentado leyendo este texto diabólico en la oscuridad de la noche, fue su deseo de ver la cara y escuchar el horrendo 'gorgoteo' de su próxima víctima mientras su vida se desvanecía. Matar a un ser humano a sangre fría es una cosa, pero disfrutar de los últimos momentos dolorosos y agonizantes de sus víctimas era realmente cruel y extremo. A pesar de sus desórdenes psicológicos, sentí una repulsión por el hombre que había escrito estas terribles palabras, que ya había matado tres veces, y estaba destinado a volver a matar, aún más horriblemente.

Me estremecí al darme cuenta de la hora. Mis ojos estaban pesados, me di cuenta de que estaba llegando a ese punto de estar adormilado, cuando los ojos comienzan a perder la capacidad de enfocarse, las palabras en la página comenzaron a bailar un macabro ballet y el cerebro comienza hacer trucos mentales. Tal vez por eso sentí que las palabras de esa horrible página cambiaban de forma, se alargaban y se hinchaban, balanceándose frente a mí hasta que parecían rezumar y gotear pequeños riachuelos de sangre, goteando lentamente por la página, hacia mis dedos que se aferraban con fuerza al diario.

Rápidamente me desperté de un tirón y al mismo tiempo, dejé caer el diario sobre el escritorio como si estuviera al rojo vivo en mi mano. Me di cuenta de que estaba demasiado cansado para estar leyendo esto a esta hora de la noche. La perturbación en mi mente causada por mi intento anterior de dormir y las pesadillas que habían acompañado al esfuerzo no era nada comparada con los miedos dolorosos y las visiones que ahora se agolpaban mi mente, como si alguien hubiera abierto una compuerta de irracionalidad en algún rincón profundo de mi psique. Esto era peor que los sueños que vienen con el sueño, porque ahora estaba en ese horrible lugar donde la realidad y la fantasía están estrechamente entrelazadas. Imágenes de figuras oscuras y sombras revoloteaban, aunque mis ojos eran incapaces de enfocarse, trate de ver a través de la niebla, una niebla roja, impenetrable, empalagosa, pegajosa y la sangre que formaba la niebla estaba llena de una vida propia y me gritaba en desesperación y agonía.

Estaba despierto, no había nada que temer y luego, las extrañas letras danzantes del diario llenaron mi cabeza nuevamente, la niebla se hizo más espesa y ahora, en lugar de los gritos de adentro de la densa nube a mi alrededor, los gritos que oía eran reales, ¡eran míos!

Mi cabeza golpeó el escritorio con un ruido sordo. Me había desmayado en un ataque de ansiedad, el impacto de mi frente en la superficie de madera me regreso a la realidad. Estaba temblando y me avergüenza admitirlo, llorando. Todo el viaje a través del diario se estaba convirtiendo en una tarea para la que estaba singularmente desprevenido.

Necesitaba a Sarah. Yo no era de los que se sienten solos por la ausencia de su esposa unos días. Seguido pasaba los fines de semana con su hermana en los Montes Cotswolds.

Nunca había sentido la necesidad de pasar cada minuto de mi vida con ella, ni ella conmigo. Estábamos enamorados y era suficiente. El rato que pasábamos juntos era precioso y especial como cualquier pareja pudiera esperar, y la ausencia ocasional de Sarah no me había molestado hasta ahora. Nunca me había sentido más asustado o solo que en este momento de mi vida. ¿Qué me estaba pasando? Quería levantar el teléfono y llamarle ahora mismo en medio de la noche y decirle que regresara, decirle cuánto la extrañaba y que la necesitaba. ¿Cómo le pudiera explicar que tenía miedo de unos papeles que mi padre me había dejado, que estaba asustado de estar sentado aquí, solo en la oscuridad de la noche leyendo las palabras de El Destripador y que tenía miedo de cada palabra? ¿Cómo podría explicarle que era como si él estuviera allí conmigo, mirándome, asegurándose de que no me perdiera una sola palabra?

Cerré los ojos y me recliné en la silla (tenía miedo de regresar a la cama) y dejé que un sueño repentino, profundo y oscuro se apoderara de mí. Esta vez dormí sin soñar o si soñé, fue de esos sueños que vienen en el sueño más profundo, los que nunca recuerdas haber soñado.

QUINCE
LA MAÑANA DEL SEGUNDO DÍA

Me desperté rígido, adolorido y sintiéndome extremadamente cansado. Mi cuerpo se sentía como si no hubiera dormido nada, aunque era un poco antes de las siete, y confirmado por los rayos del sol que invadían el estudio a través de la ventana. Había dormido entre dos y tres horas; No vi el reloj antes de ser superado por el sueño. El viento y la lluvia de la noche anterior se habían ido, la casa estaba quieta y silenciosa y me sentí relativamente tranquilo.

Entonces, la realización me golpeó. Recordé exactamente por qué estaba aquí, sentado en mí estudio, rígido y dolorido de la cabeza a los pies. ¿Cómo pude haber olvidado? Allí estaba el diario, en el escritorio frente a mí, exactamente como lo había dejado. De día, era bastante inocente e inocuo, sin embargo, mientras lo veía, sentí malevolencia, me parecía que palpitaba ligeramente, como si tuviera vida propia. ¿Habría un espíritu malicioso trabajando en las profundidades ocultas de las palabras? ¿Estaba siendo irracional? Con el tiempo espero que usted, el lector, pueda ser el juez de eso. Reprendiéndome por mis tonterías, me obligué a regresar a la realidad, fue entonces que me di cuenta de lo mal que me sentía.

Me dolía la cabeza, tenía la lengua seca, todos los músculos me dolían. Habría jurado tener resaca. De ninguna manera, solo había consumido un par de whiskies la noche anterior, ciertamente no lo suficiente para inducir tales sentimientos. De hecho, el dolor de cabeza era severo, al borde de una migraña, algo que no había sufrido antes. Me levanté y me estire para inducir el flujo sanguíneo a mis extremidades. Me tambaleé del estudio a la cocina, saque el botiquín de primeros auxilios y extraje un par de paracetamol, que bebí con un vaso de agua fría. Quizás ayudaran con el dolor de cabeza. Me senté en la cocina y apoyé la barbilla en mi mano derecha y suspiré profundamente. Se sentía áspera contra mi mano, necesitaba desesperadamente afeitarme y me atrevo decir que si me hubiera visto en el espejo, con mi cabello despeinado, hubiera dado la impresión general de un vagabundo. Me froté los ojos, me ardían, probablemente estaban rojos como la sangre. Me alegré que Sarah no estuviera allí para verme con ese aspecto. Mis temores se confirmaron cuando subí las escaleras unos minutos más tarde, me dirigí al baño y apenas reconocí el rostro que vi.

Me bañe, afeité y me vestí con ropa limpia y me arreglé, hasta que me parecía al yo que solía ver en el espejo todas las mañanas, luego, me dirigí a la cocina. Mi estómago estaba vacío; tal vez me sentiría mejor con un poco de desayuno. Sin embargo, cuando examiné el contenido del refrigerador, nada me llamó la atención. No me interesaba mucho la comida a pesar de las punzadas de hambre que me roían las entrañas. Decidí en pan tostado y café, algo sería mejor que nada y logré consumir tres rebanadas con mantequilla y dos tazas de café humeante antes de dejar que mi mente regresara al diario que me esperaba en el estudio.

Era extraño pensar que habían pasado menos de veinticuatro horas desde que vi por primera vez el diario.

Menos de un día y, sin embargo, aquí estaba, sintiéndome más perturbado y agravado de lo que jamás recordaba haber sentido en toda mi vida, tal fue el efecto profundo de su contenido sobre mí. He pensado en eso por un momento. Leí hasta que me agote, intenté dormir, me acosaron sueños extravagantes, abandoné el sueño, seguí leyendo, solo para ser perseguido por lo que solo podría describir como una serie de pesadillas despiertas, hasta que finalmente colapsé en ese sueño oscuro, más un estado de agotamiento en realidad, luego finalmente me desperté esta mañana en este espantoso estado de mente y cuerpo. ¡Todo esto en menos de un día! ¿Qué me estaba pasando? Después de todo, yo no era propenso a los delirios ni a las neurosis, ¡era un hombre de ciencia, por el amor de Dios! Yo era psiquiatra, no un paciente, no una de esas pobres almas desafortunadas que me visitaban por mi opinión profesional. ¿Cómo me diagnosticaría en este momento, me preguntaba? No respondí mi propia pregunta. No pude. Lo que sea que me haya sucedido en las horas transcurridas desde que entré en contacto con el diario desafiaba cualquier conclusión racional. No entendí cómo la lectura de unas páginas de papel arrugado y envejecido pudo haber tenido un efecto tan profundo en mi mente. Era ilógico e impensable que el diario en sí pudiera manifestar tales sentimientos en mi mente, ¿no es así? Eran solo palabras escritas en papel, no podían albergar ningún poder externo, no podían ser depositarias de malevolencia persistente imbuida en las páginas por el autor. El mal que era El destripador no se infundió en las páginas de su diario. De todos modos, eso es lo que me dije en ese momento.

Recuerdo que pensé que si no había nada de qué

preocuparse, ¿por qué no regresaba al estudio, cogía el diario y lo leía hasta el final en una sesión rápida? luego devuelvo todo a la caja fuerte, ¿y simplemente olvidarlo? Incluso cuando el pensamiento cruzó por mi mente, supe que esa opción era imposible. El diario no me permitía hacer eso. Sé que suena estúpido, pero así es como me sentía, sabía que no podía hacer eso. Tenía que continuar exactamente de la manera en que lo había hecho hasta ahora. Incluso el descanso ocasional para estudiar los hechos que había descargado de Casebook y otras fuentes eran parte del plan, una necesidad de entender cada punto del caso en una manera cronológica precisa, como para darle al diario una base sólida en mi mente, para que pudiera comprender la mente que había controlado la mano que había escrito las palabras diabólicas en cada página cargadas de terror.

Ahora bien, puede pensar que soy imaginativo para usar un término como "cargadas de terror", para mí eso es lo que el diario rápidamente llegó a representar. Estaba involucrado, casi en contra de mi voluntad (después de todo, no lo había pedido, ¿verdad?), en un viaje atreves de la mente, los pensamientos y las retorcidas y aterradoras conclusiones que se habían forjado como resultado de esos pensamientos, los pensamientos de un hombre profundamente perturbado y muy, muy enfermo. Supuse que la mayoría de la gente, expertos o laicos, había perdido de vista que El Destripador, quienquiera que haya sido, solo era un hombre, el hijo de alguien, quizás el esposo de alguien, hermano, amigo.

Aunque sus crímenes pueden haber sido monstruosos tanto en su sustancia como en su ejecución, fue capaz, al menos en algún momento, de sentir amor y emociones profundas. Después de todo, había que recordar que sus crímenes fueron cometidos mientras estaba bajo la influencia de un estado emocional profundo, por más distorsionado y retorcido que pueda parecer a la mente racional. Estaba, pensé, fuertemente atado por las palabras de su diario a lo que ahora me doy cuenta de que serían las últimas semanas en la carrera asesina de El destripador, estaba atado a la historia de sus crímenes, y créanme cuando digo que nunca había conocido tal terror, ya fuera real o imaginario, tenía mucho miedo de las revelaciones que se exponían ante mí mientras continuara el testimonio del Destripador.

Desee hablar con Sarah, pero creí que era muy temprano. Aunque no tenía duda de que ella y Jennifer estaban despiertas, las demandas del bebé la mantendrían ocupada. Quizás en una hora intentaría llamar, hablar con Sarah sería la mejor terapia que podría prescribirme.

Antes de regresar al estudio, recordé algo, algo que había estado inquieto en el fondo de mi mente. Medio olvidado desde mi incómodo sueño en la silla, lo recordé cuando recogí mi plato y refresqué mi taza de café.

¡Había dicho que se marchaba de Londres! ¡Por qué! ¿A dónde iba? Evidentemente, si el Destripador se hubiera marchado de Londres a principios de septiembre, explicaría por qué se detuvieron las matanzas, por qué no hubo más ataques hasta la noche del espantoso doble asesinato. Sin embargo, si ese hubiera sido el caso, la pregunta seguía siendo. ¿Adónde se había ido? ¿Había cometido más atrocidades? Por un comentario en su última entrada, me pareció que estaba indignado por la reacción del público a sus crímenes. La aparente simpatía de la prensa y el público por sus víctimas parecía enfurecerlo; los londinenses que pululaban por las calles en busca del asesino. Después de todo, ¿no estaba desempeñando un servicio público al librar de las calles a quienes había relegado al papel de alimañas? Pensé que probablemente se divertía con las payasadas de la turba, de ahí que originalmente se uniera a la multitud; ahora el clamor se estaba convirtiendo en una irritación para él, y la gran cantidad de justicieros en las calles fue quizás decisiva para que tomara la decisión de abandonar la ciudad un tiempo. Puede que me haya equivocado, pero el pensamiento tenía algo de razón en mi mente.

Decidí que mi primera tarea debería ser continuar mis investigaciones, utilizando la información proporcionada por Casebook y otros sitios web, ver si hubo asesinatos al estilo del Destripador en cualquier otro lugar de Gran Bretaña durante septiembre de 1888. Entonces me asaltó la idea de que podría haber salido del país. No era inverosímil que pudiera haber viajado a Francia, Holanda, quizás Alemania, y haber permanecido en silencio durante un tiempo, o haber usado el tiempo para perfeccionar su 'arte' matando en otro país. Aunque esto tal vez sería más difícil de establecer, me prometí que trataría de averiguar lo que pudiera sobre los asesinatos relacionados en el continente, si el diario confirmaba que El Destripador había abandonado estas costas.

Sin embargo, ¿qué diablos haría si no me indicaba su paradero? ¿Me informaría el diario o me desviaría? ¿Habría un hueco, días perdidos, páginas en blanco, simplemente porque quizás no tenía nada que decir, o porque había dejado el diario en casa y no había tenido forma de mantenerlo actualizado? ¿Volvería repentinamente después de una ausencia de días o semanas, listo para asaltar las páginas con más revelaciones sangrientas? Todavía me dolía la cabeza, pero sentí que no podía posponerlo más. Me hice la promesa de telefonear a Sarah en exactamente una hora, sin importar lo que el diario me esté revelando en ese momento. Las preguntas en mi mente comenzaban a absorber mis pensamientos, quería respuestas, necesitaba saber qué sucedió a continuación, encajar la siguiente pieza del rompecabezas en su lugar, así que finalmente me dirigí a mi silla una vez más, fortalecido temporalmente por comida y bebida, y al menos parcialmente renovado, retomé el diario una vez más sabiendo que había una única forma de averiguarlo.

DIECISÉIS
LA ENFERMEDAD REPENTINA DE JACK

17 de septiembre de 1888

Un viaje agradable en todos los sentidos. Salí de Londres temprano, un compartimento para mí solo, clic-clac, clic-clac, el sonido del tren que traqueteaba por la vía. Cuantos lugares para ver en el camino, campos, árboles y fábricas. Casas y pueblos en abundancia, veía el mundo a través de la ventana, y había más. Había animales, vacas, ovejas, gansos y el olor del humo del motor que me alejaba de la ciudad lúgubre, hacia el norte. Vi las torres de la Catedral de Minster, la gran iglesia de York, la espléndida Catedral de Durham y la gran ciudad de Newcastle, situada sobre el rio Tyne. Vi castillos, grandes edificios históricos y el mar mientras la locomotora me acercaba cada vez más a mi destino. Por fin, la ciudad, con su gran castillo en lo alto, qué vista y la estación, en sí misma una maravilla de la arquitectura moderna, tan grande y espaciosa. Qué aire.

*Respiro tan fácilmente. La gente, aunque de voz
extraña, es amigable. La habitación es satisfactoria, con
cama limpia y personal atento. Exploraré más mañana,
visitaré el gran puente sobre el estuario, esa maravilla de
hierro, aunque no está listo para los trenes, deleitaré mis
ojos con su grandeza y como se extiende a lo largo de las
turbias aguas, pero ahora, me relajare, quizás una buena
comida, y después a dormir, refrescar mis huesos.
Mañana, sí, visitaré las calles, recorreré la ciudad,
disfrutaré de las vistas, encontraré un buen farmacéutico
y caminaré. Pero por ahora, descansaré, mi trabajo está
esperando, pero no se irá aunque esté ausente de la
ciudad. Puede esperar. Después de todo estoy cansado;
Estoy tan cansado. Regreso el dolor de cabeza.*

Encontré que esto era una revelación monumental. Había
salido de Londres y por la descripción de su viaje, no cabía
duda de que se había dirigido al norte, a Edimburgo. Este
discurso podría haber sido escrito por otra persona. Aquí había
evidencia de pensamiento lúcido, de lo que solo podía
describirse como normal. Había dejado de renegar, salvo por
una pequeña referencia a su 'trabajo' al final. Había descrito su
viaje como lleno de maravillas, York, Minster, la catedral de
Durham, que, como describió, se asienta sobre una loma con
vista hacia la ciudad y la gran ciudad de Newcastle, que a fines
del siglo XIX debe haber sido toda una escena. La estación de
Waverley en Edimburgo era una maravilla, incluso en la época
Victoriana era uno de los mejores ejemplos de construcción.
Con sus elegantes arcos y amplias escaleras que conducían de
plataforma en plataforma, que se abría a la calle exterior, era

una estación de la que la gente de Edimburgo estaba orgullosa. ¿Y qué hay de la promesa que se hizo a sí mismo de visitar el gran puente Forth? Actuaba más como un turista que como un asesino seriamente trastornado que intentaba esconderse de la vasta persecución. Pero no había hecho nada malo, ¿verdad? Al menos no en su propia mente.

Simplemente se había ido de la ciudad para recargar las pilas, por así decirlo, para escapar de la multitud de gente que abarrotaba las calles, para descansar y prepararse para la siguiente ronda de su tarea.

No sé por qué, pero algo en sus palabras parecía reforzar mi creencia de que era un hombre de sustento; ciertamente, nadie de la clase obrera en el lado este habría tenido el dinero para viajar a Escocia en tren o para pagar una habitación en lo que parecía un hotel de calidad. No había dicho mucho al respecto, solo sentí que era un buen establecimiento, como sería el caso de un hotel donde 'el personal es atento'. Quienquiera que fuera el Destripador, no era un hombre pobre o sin cultura. Había educación en sus antecedentes; este era un hombre con conocimiento del mundo.

Evidentemente, disfrutó del cambio de aires, Edimburgo habría sido muy diferente a Londres. Más pequeño, con menos industria y contaminación, era un medio ambiente mucho más limpio y saludable que la gran metrópoli de finales del siglo XIX. Lógicamente, encontró a la gente 'de voz extraña', ya que, para alguien que probablemente nunca había visitado la ciudad, el acento escocés podría haberle parecido una lengua extranjera.

¿Podría ser que simplemente se había ido a Edimburgo por su salud, para descansar, unas vacaciones? Al menos, por el momento, sus demonios parecían haberlo dejado en paz. Había una cordura definida en sus palabras, que había estado notoriamente ausente en las demás entradas de su diario. Mis pensamientos inmediatos fueron que, al menos durante un corto tiempo, estuvo en paz, y mientras sus 'voces' permanecieran en silencio, no representaba peligro para quienes lo rodeaban. El tiempo lo dirá, pase lo que pase de su estadía en la capital de Escocia, sabía que en poco menos de dos semanas volvería a acechar las oscuras calles de Londres, donde infundiría un nuevo miedo en los corazones de la gente de esa gran ciudad con no solo uno, sino dos asesinatos brutales.

18 de septiembre de 1888

Qué lugar de belleza. Me encontré tan en casa hoy. Los hermosos parques y jardines de esta hermosa ciudad son maravillosos para la vista. Di un paseo en un ómnibus para ver el puente, es un espléndido testimonio de la habilidad del ingeniero, tal vez debería estar un poco nervioso de aventurar a través de una extensión de agua tan masiva aun sobre una estructura tan sólida. Dicen que pronto estará abierto al tráfico ferroviario. Miré a través de un telescopio que pedí prestado a otro espectador y vi muchos barcos pequeños en el estuario y pude ver a la gente tan lejos que a través del telescopio parecían hormigas, en las playas lejanas. La ciudad tiene un buen museo, me cautivó con tantas cosas maravillosas que ver. Sin embargo, hay cosas que debo hacer, mientras estoy aquí, en este lugar, me puso nervioso escuchar a compañeros en el ómnibus hablar del lado oscuro de esta hermosa ciudad, y debo ver lo por mí mismo. Esperaré hasta mañana y cuando llegue la noche, iré.

Un pensamiento repentino me golpeó. Por supuesto, había muchos sospechosos, que en un momento u otro a lo largo de los años habían caído bajo sospecha de ser el Destripador. Me pregunte si alguno había sido documentado que visito a Escocia durante la época de los asesinatos. Regrese más a mis notas, tal como estaban. Aunque no eran exhaustivas, eran, el resultado de muchos años de investigaciones realizadas por académicos en el caso.

No pude encontrar nada que respaldara el indicio de una visita a Edimburgo de cualquiera de los sospechosos. Había extraordinariamente poca evidencia documentada de los movimientos de cualquiera de los principales sospechosos. Aparte del hecho de que se había demostrado que el Príncipe Real estaba fuera de la ciudad en el momento de los asesinatos en virtud de un estudio de la época, no había información sobre los movimientos o el paradero de ninguno de los sospechosos.

También me molestó la última entrada del diario. Después de su breve descripción de su visita al Puente Forth, que, como tan acertadamente señaló, aún no estaba abierto al tráfico ferroviario, (lo busqué en Internet, no abrió hasta 1890, aunque habría parecido casi completo cuando lo visitó), allí estaba su repentina referencia a una conversación escuchada sobre el 'lado más oscuro' de la ciudad. Tenía pocas dudas sobre a qué se refería esto. Edimburgo habría sido poco diferente a cualquier gran ciudad de su tiempo. Con su gran población, y sus instalaciones portuarias cercanas, la gran ciudad tendría su lado más sórdido, la zona rosa, llámelo como quiera, en otras palabras, tendría un número grande de prostitutas trabajando en las calles de noche. El destripador estaba a punto de hacer un recorrido por el lado menos atractivo de Edimburgo y una vez más, sentí una punzada de miedo viajar por mi columna.

Sabía lo que tenía que hacer. Sin duda, el diario estaba

generando una sensación de miedo y tensión en mi mente, como nunca antes había experimentado. También me estaba convirtiendo en un 'Ripperologo' aficionado bastante bueno, como se le conoce a los que siguen el caso. Antes de pasar la siguiente página, me tomaría un descanso, le marque a Sarah, y después revisaría las notas que había reunido. Necesitaba saber si había algún asesinato de prostitutas sin resolver en Edimburgo en septiembre de 1888.

¡Tomar un descanso! Esa fue la primera vez. Desde que comencé mi extraño viaje a través del diario, este fue el primer descanso genuino y consciente que me permití. Dejé el diario en el escritorio, me levanté de la silla y salí decididamente del estudio a la cocina, donde me preparé una taza de café (lo sé, más café), luego me fui al fondo abrí la puerta y salí.

¡El aire fresco me golpeó como una bofetada en la cara! Era la primera ráfaga de aire natural que recibía desde que llegué el día anterior con el diario debajo del brazo. Había una ligera brisa, lo suficiente para agitar las hojas de los árboles y me senté en una de las sillas del patio y dejé que el aire fresco me envolviera. Sabía bien, esa embriagadora mezcla de café y brisa otoñal y después de sentarme en el patio unos diez minutos me sentí lo suficientemente refrescado como para llamar a Sarah.

Quince minutos más tarde le colgué el teléfono a mi encantadora esposa, sintiéndome un poco triste y deprimido. Parecía que mi nuevo sobrino, el pequeño Jack, se había puesto enfermo durante la noche y Jennifer había llamado al médico, que se esperaba que visitaría a Jack en las próximas horas. Sarah, después de preguntarme cómo estaba después de mi difícil día de ayer (por supuesto dije que estaba bien), me pregunto si me importaría que se quedara unos días más para ayudar con el bebé, sería doblemente difícil de cuidar enfermo, pobrecito. Sin decirle cuánto la extrañaba, le dije que, por supuesto, no me importaría, que estaría bien y que estaba la Sra. Armitage a quien llamar y asegurarse de que yo aún estuviera en la tierra de los vivos. (Tendré que hacer algo con la señora Armitage, pensé, para evitar que me interrumpa sin despertar sus sospechas).

"Te amo, Roberto", dijo Sarah cuando terminó la llamada.

"Yo también, cariño", le respondí, coloque el teléfono en la mesa y de repente me sentí muy solo en la casa y a pesar del calor de la habitación, me estremecí involuntariamente y sentí una especie de pánico comenzando en mi mente, como si estuviera en algún peligro. Me tomó unos minutos luchar contra ese pánico y me reprendí por ser irracional y estúpido. ¿Qué diablos podría pasarme aquí en mi propia casa, solo estaba leyendo unos cuentos viejos, verdad? Por horrible que sea su contenido, no eran más que trozos de papel. Tuve que convencerme de eso, pero, una vez logrado, regresé al estudio para continuar mi investigación, sobre asesinatos sin resolver en Edimburgo.

¡No había ninguno! Puede imaginar mi sensación de perplejidad y frustración al hacer este descubrimiento inesperado. A pesar de que fue y obviamente una buena noticia para la gente de Edimburgo, no pude evitar sentirme un poco decepcionado. Sin embargo, ahí estaba, en blanco y negro, de una fuente confiable. Ni un periódico de la época había informado de un solo asesinato inexplicable de una prostituta o de una mujer durante septiembre de 1888. Me resultó difícil aceptar que, después de leer la amenaza de El Destripador de visitar el lado más oscuro de Edimburgo, no habría hecho nada para liberar sus propias tensiones y su sed de sangre mientras estuvo allí. Visité tres sitios más, todos proporcionando información histórica y noticias de las fechas relevantes, ¡no había nada! ¿Podría ser que realmente estaba tomando un descanso, como acabo de hacer yo, tal vez por un poco más de tiempo, por supuesto, o había algo más siniestro esperándome en las próximas páginas?

Me recliné en mi silla, respiré hondo, cogí el diario y cuando las palabras del Destripador llegaron a mí desde la página una vez más, mi extraño viaje a la historia continuó.

DIECISIETE

DONDE LOS HOMBRES BAJAN AL MAR EN BARCOS

20 de septiembre de 1888

Que noche. ¡Qué divertido! Tomé el camino a los muelles, un camino largo, sin un taxi a la vista. Aun así, el aire estaba bien y me llenó de vigor para la tarea que tenía por delante. Los muelles eran grandes, aunque no como Londres. Qué poco imaginativo de estos escoceses, llamar a la carretera de Leith, Calle Leith. Qué lugar tan complicado. Tantos barcos amarrados, cascos crujientes y olores a mar. Y fuera de las puertas, esperaban, putas en abundancia para que los marineros se contaminen. Todas descaradas, sin ningún signo de decoro, tan obvias en su intención de atraer a los desprevenidos a una enfermedad devastadora. Observé de lejos, hasta que el muelle quedó en silencio. El mayor insulto este se llamaba muelle Victoria, y aquí las putas ejercían su malvado oficio. La última puta que abandonó el muelle no era tan grande, anoche el comercio era poco y no había encontrado un marinero al que tentar. Cabello

oscuro, delgada, con caderas balanceadas. *En su camino
para encontrar consuelo en la bebida, no llegó a su
cantina. Se acercó a mí y tuvo el descaro de preguntarme
si me gustaría su compañía. No respondí, la arrastre
hacia las sombras. Olí su perfume barato, tan dulce. Me
moví tan rápido que le corte la garganta en segundos,
casi de cabo a rabo, casi le quito la cabeza a la perra esta
vez. Lo intentó pero no pudo gritar, pequeña puta
estúpida. La dejé sangrar por un desagüe; hay muchos
desagües a lo largo del muelle. La destripé tan rápido
como a un salmón, la abrí y deje correr sus entrañas por
las piedras. Las piernas se movieron un rato, ninguna de
las otras hizo eso. La corté bien y rápido también, toda
caliente y pegajosa, sus partes expuestas como
corresponde a una puta. Pensé en dejarla allí donde
yacía, abierta al mundo, pero no, tal vez les habría
parecido extraño encontrar una prostituta tan al norte y
la policía puede haberme rastreado hasta aquí. Es mejor
deshacerme del cuerpo, así que dejé que sangrara un
rato, luego la arrastré hasta la orilla del muelle y la
arrojé. La marea se la llevará, ¿y quién extrañará a una
putita apestosa? Me puse mi abrigo, aunque no había
mucha sangre, y regrese a dormir, refrescado y mis voces
vinieron y me saludaron. Me he quedado demasiado
tiempo, creo que me iré pronto. Hay putas en
abundancia dondequiera que vaya. ¿No me darán paz?
¿Debo destripar y derramar la sangre de todas las
prostitutas de la nación? Me empieza a doler la cabeza,
debo tomar más láudano y descansar antes de irme.*

CON LAS MANOS TEMBLOROSAS, dejé el diario. Esta había sido la entrada más larga, y la más horrible hasta ahora. Había dejado una fecha en blanco para el día 19, pero eso se explicaba fácilmente. Debe haber pasado todo ese día preparándose para su visita a Leith esa noche y la entrada del 20 que acababa de leer estaba relacionada con su excursión asesina.

Si había matado en Edimburgo. Creo que no había tenido la intención de hacerlo, pero escuchar esa referencia de los lugareños había hecho que su obsesión surgiera de lo más profundo de su alma negra para obligarlo a llevar a cabo este último acto de salvajismo.

Su descripción del asesinato de esa pobre chica, joven fue espantosa y me heló los huesos.

Mi mente estaba llena de imágenes salvajes que sus palabras inspiraban en mí. Casi pude ver su ataque silencioso y feroz, la hoja cortando brutalmente la garganta de la pobre niña, casi decapitándola. ¿Qué terribles pensamientos pasaron por su mente mientras tosía y farfullaba su último aliento en ese frío y oscuro muelle hace tantos años? Dudaba que ella supiera mucho sobre esos últimos segundos, al menos, esperaba que no, y él había descrito con detalle íntimo su mutilación demoníaca del cuerpo de la joven. Pensé que los muelles tendrían cualquier número de pequeños desagües espaciados a lo largo de ellos y esto lo había ayudado a deshacerse de la sangre de su víctima, fácil y rápidamente. Eso también explica por qué él mismo no estaba saturado de sangre, porque se había quitado el abrigo antes de comenzar.

Mi pulso estaba acelerado, mi corazón parecía latir fuerte en mi pecho y podía escuchar el latido de la sangre bombeando en mis venas, tan horrorizado estaba por esta última entrada. Había matado y luego regresado casualmente a su hotel para dormir y refrescarse, sin ser visto ni oído como de costumbre; no podía haber estado manchado de sangre, ya que, seguramente incluso en 1888 habría alguien en el hotel a cualquier hora y lo hubieran notado si hubiera tenido sangre en su ropa, ¿no?

Una mancha roja parecía flotar ante mis ojos, como si la sangre de esta última, pobre y desgraciada víctima flotara en mi alma, nublando mis pensamientos. ¿Por qué no encontré registros de este atroz crimen? ¿Había una fuerza policial en Edimburgo o específicamente, en Leith en 1888? Mi investigación me había dicho que la Policía Metropolitana solo se había formado en Londres en 1829, así que pensé que era posible que no hubiera una fuerza policial en Edimburgo en el momento del asesinato de la niña, tal vez no había nadie para investigar el muelle manchado de sangre, porque debe haber quedado señal de su brutal asalto a la chica.Rápidamente me conecté a Internet e intenté, sin éxito, obtener información histórica relacionada con la policía de Edimburgo. Mi mayor esperanza era una referencia moderna al sitio web de la Policía de Escocia, específicamente a la División de Lothian and Borders, la fuerza que vigila Edimburgo hoy. Rápidamente envié un correo solicitando información sobre la historia de la fuerza policial de la ciudad y solicitando detalles de cualquier desaparición no resuelta de mujeres jóvenes en la época en cuestión, todo bajo el endeble disfraz de investigar crímenes no resueltos del pasado para una historia. Me di cuenta de que podría averiguar poco más hasta que respondieran, si es que podían molestarse en responder a tal solicitud.

Mientras tanto, pensé que seguramente la niña habría sido extrañada por alguien, padres, familiares, amigos. Quizás era de fuera, no conocida localmente en Leith. Supuse que en Escocia, hace tantos años, Edimburgo habría tenido la misma atracción a los pobres que Londres en Inglaterra.

Quizás era una chica de campo, recién llegada a Edimburgo desconocida en la ciudad, o posiblemente una huérfana. Sin embargo, ¿por qué no se había descubierto su cuerpo?

Nuevamente, la respuesta a mi pregunta fue obvia. Si hubiera dejado caer su cuerpo al agua como había dicho, la marea con toda probabilidad habría llevado su cuerpo hacia el mar. El Fiordo de Forth es en sí una gran extensión de agua y el mar abierto está a solo unos kilómetros. Sí entendía qué el cuerpo de la niña pudo haberse ido flotando para nunca ser descubierto. La sangre que goteaba de su cadáver eviscerado habría actuado como un imán para todo tipo de criaturas submarinas en busca de comida y se habría consumido fácilmente. ¿Había tiburones en el mar frente a la costa de Escocia? Más preguntas, pero pocas respuestas.

No pude evitar sentir una inmensa pena por la pobre niña, probablemente una de las muchas que se dirigieron a la ciudad de los pueblos y aldeas periféricas en busca de una mejor vida, al igual que muchos de los jóvenes que se dirigen a Londres, Edimburgo y otras ciudades metropolitanas. Quizás incapaz de encontrar trabajo, encontrándose con hambre y en la calle, se dedicó a la prostitución, vendiendo su cuerpo joven por el precio de una cama para la noche, o una comida barata, entregándose a cualquier hombre que le ofrecía unos centavos, la oportunidad de vivir otro día, otra noche. En cambio, había terminado en un muelle oscuro y húmedo, su sangre derramada por un desagüe sucio y su cuerpo brutalmente mutilado y arrojado a los peces. Quienquiera que fuera, seguiría siendo tan desconocida en muerte como lo había sido en vida. Sabía con certeza que había poco o nada que pudiera hacer para intentar identificar a esta nueva víctima misteriosa; permanecería tan anónima como lo había sido en vida. Eché un vistazo a mi computadora, deseando que llegara una respuesta de la policía.

Dije una oración por el alma de la pobre niña mientras estaba sentado en mi silla, su alma después de todo era conocida por Dios, si por nadie más. Mis propios sentimientos en ese momento eran una mezcla de horror, repulsión y una profunda tristeza, tristeza por otra pobre alma perdida, arrebatada de la vida por la hoja bien afilada de un loco. A pesar de mi formación profesional, y no era una palabra utilizada por mis colegas modernos, sabía que El Destripador estaba loco; Enfermo, sí, con muchos síntomas de los más terribles trastornos psicológicos, pero locura era el único término que podía usar para describir estos actos desenfrenados. Sin embargo, su propia alma también debió estar turbada; porque también era conocido de Dios, ¿no es así, si Dios realmente existía? ¿Sus hechos lo habrían colocado fuera de la buena gracia de Dios, o habría sido recibido en el Cielo, junto con las almas de sus víctimas, a pesar de sus pecados? Era mejor evitar la cuestión teológica. Eso era para que otros debatieran.

Volví a la pantalla de mi computadora y vi el icono que me decía que tenía correo. Me sorprendió ver que la fuerza policial de Edimburgo había respondido tan rápido. Parece que mi solicitud original había sido transmitida a un empleado que era un experto en la historia de la fuerza y también un ávido aficionado a la delincuencia. Estaba complacido, de proporcionarme la información que le había solicitado, y cualquier otra que pudiera solicitarle en el futuro.

La Policía de Edimburgo, como se conocía entonces, se estableció en 1805, lo que significa que la capital de Escocia estaba muy por delante a Londres en la formación de su fuerza policial, la Metropolitana no se estableció hasta 1829, como recordará. La Policía de Leith se formó un año más tarde en 1806, Leith era en ese momento un barrio.

Edimburgo era pequeño en esos días, los suburbios se encuentran en áreas fuera de la ciudad, estaban cubiertos por la Policía de Edimburgo o Midlothian, formada en 1840.

Inmediatamente vi que esto podría haber dado lugar a dificultades logísticas. Si las fuerzas se parecían a las de

Inglaterra, la comunicación entre ellas puede no haber sido del más alto grado y si la niña hubiera sido asesinada en Leith, aunque pudo haber vivido dentro de los límites de la ciudad o en otro lugar, su desaparición podría no ser registrada. Un dato curioso incluido con la información de mi contacto escocés. Aunque el cuartel general de la fuerza estaba en el número 1 de la calle Parlamento, la mayoría de los ciudadanos y la propia policía se referían al edificio como 'calle Alta' y era común predecir el destino de arrestos como "terminar en la calle Alta". Obviamente, el Destripador había tenido cuidado de evitar este destino.

¡El siguiente fragmento de información me puso los pelos de punta! En respuesta a mi pregunta sobre desapariciones inexplicables o sin resolver, mi informante, con el fino nombre escocés de Angus MacDonald, había planteado una posibilidad. Hasta donde él sabía, dijo, de acuerdo con todos los registros que aún existen de esos días, solo hubo una desaparición sin resolver en la zona que puede ser de mi interés.

El 30 de septiembre de 1888, una joven llamada Flora Niddrie entro a la pequeña comisaría de Corstorphine, al oeste de Edimburgo, para informar que su amiga, Morag Blennie, de 22 años, se había ido a la ciudad hace dos meses, y no sabía de ella desde entonces, a pesar de sus promesas de mantenerse en contacto. Huérfana, Morag hablaba bien y tenía un poco de educación, había abandonado el pueblo con la esperanza de encontrar trabajo en la ciudad. Al ser una comisaría unipersonal, el oficial tomo la declaración de la niña sobre su amiga, sin darle importancia. Después de todo, muchas jóvenes siguieron un camino similar y simplemente no regresaron a casa, no se mantuvieron en contacto o no hicieron ningún tipo de contacto con sus conocidos. El alguacil también era consciente de la posibilidad de que Morag se hubiera dedicado a la prostitución y no quería que la encontrara su amiga o cualquier persona que la conociera. Su desaparición habría sido de baja prioridad para la policía de la época.

Las manchas de sangre en el muelle habían sido encontradas por trabajadores portuarios e investigadas el día después del asesinato, en ausencia de evidencia, la policía de Leith había llegado a la conclusión de que probablemente se había producido una pelea en el lugar, (una ocurrencia común en los muelles), y que después de derramar tanta sangre, pero sin un daño grave, los protagonistas se habrían arrastrado hasta su casa para lamer sus heridas.

La noche del asesinato, un hombre que se dirigía a su casa de la cantina había visto a un hombre al que describió como en un estado de agitación y con las manos manchadas de sangre caminando por la calle George en Edimburgo.

Informó de esto a la policía el día siguiente, ya que pensó que podría haber una recompensa en juego si había presenciado algo de importancia. Sin otros informes del hombre, o de cualquier crimen violento en la ciudad, la policía no tuvo otra opción que simplemente presentar el informe y no tomar más medidas.

Individualmente, todos estos eventos aparentemente inconexos significaban poco y sin embargo, ¿Qué tal si...? ¿Si la joven descrita en el diario era Morag Blennie? ¿Si la policía de Leith hubiera informado de las manchas de sangre en el muelle a la policía del Parlamento, hubieran establecido una conexión con el hombre que el testigo vio en la calle George con las manos manchadas de sangre? Aunque no denunciaron su desaparición hasta el 30 del mes, diez días después de su asesinato, es posible que la policía haya podido hacer algo. Tal vez hubieran revisado las costas del Fiordo de Forth y encontrado alguna prenda de vestir, un zapato, algo que hubiera identificado a la pobre víctima de este asesinato sin sentido. Quién sabe lo que podría haber pasado si hubieran unido todo y hubieran rastreado al hombre misterioso con sangre en sus manos hasta un hotel en la ciudad, sí, pensé, ¿Qué tal si...?

No fue hasta 1920 que la fuerza de Leith se fusionó a la policía de la ciudad cuando los límites de la ciudad se ampliaron para incluir la pequeña ciudad portuaria. De repente, todos los delitos cometidos dentro de los límites de la ciudad caerían bajo los auspicios de una fuerza centralizada. No así en 1888. Sabía en mi corazón que los oficiales de la época, en todas las fuerzas involucradas, habían hecho su trabajo lo mejor que podían, pero esa pequeña pregunta se repetía en mi cabeza, ¿Qué tal si...? A partir de 1920, todos los informes de sospechosos, manchas de sangre inexplicables o personas desaparecidas caerían bajo el brazo investigador de esa única fuerza policial, tal vez la comunicación hubiera sido más rápida y efectiva. Si El Destripador hubiera visitado la ciudad de Edimburgo después de 1920, es posible que no hubiera tenido tanta suerte, ya que me pareció que había sido un poco descuidado esta vez, en comparación con su invisibilidad al cometer sus atroces actos en Londres.

Aunque no había resuelto ninguna de mis preguntas, estaba agradecido por la información del señor MacDonald, al menos en mi mente, me inclinaba a pensar en esa pobre chica, su cuerpo flotando hacia el océano en la oscuridad de la noche, como Morag Blennie. Creí que era mejor darle ese nombre a ninguno, después de tantos años a nadie le importaría.

Sentía la boca seca y la cabeza me palpitaba. Vi el diario frente a mí y me estremecí. Había algo aterrador en las hojas, como si el mensaje viniera de las profundidades del infierno. Las palabras en cuanto más las veía, parecían estar imbuidas de la vida y alma de la horrible mano de quien las había escrito, esas páginas gastadas y descoloridas, que extrañamente, se sentían cálidas al tacto. Claro que estaban cálidas, las tenía en mis manos por mucho tiempo, mi calor corporal debió haberse transferido a las hojas. Me reprendí por semejante tontería, al mismo tiempo creía mis miedos irracionales y poco profesionales.

Era capaz de pensar con lógica evidentemente al saber que dejar a su víctima expuesta, habría provocado una respuesta inmediata de la policía.

Este último asesinato fue lejos de las calles de Whitechapel, pero seguramente la noticia de una prostituta mutilada en Edimburgo habría llegado a oídos de la policía metropolitana y a los detectives. A pesar de que ya se habría ido, era evidente que no quería que nadie supiera de su visita a Edimburgo.

Pude ver pensamiento lógicos en su decisión de arrojar el cuerpo de la pobre niña al agua, sangrando y destrozado al olvido.

Aun veía a las prostitutas como un contaminante a la sociedad, un azote que tenía que destruir, sin duda se veía como a un ángel vengador. No se detendría hasta librar al mundo de esas pobres desafortunadas con las que probablemente había envenenado su propio cuerpo.

Me preparé para seguir leyendo, respire profundamente, mi pulso se aceleró con la idea, mi miedo de lo que estaba por venir crecía minuto a minuto. Cuando me incliné hacia el escritorio, vi que mis manos temblaban, estaba paralizado por el antiguo dilema del hombre 'lucha o huye'. ¿Debería seguir o salir corriendo y buscar refugio? ¿Refugio? ¿Refugio de qué? Me pregunté. Obligándome a pensar racionalmente, lentamente extendí la mano sobre el escritorio, aun temblando notablemente y justo cuando estaba a punto de tomar el diario...

¡El timbre sonó! Maldita sea, me olvide por completo de la

señora Armitage. Tenía que ser ella, venía a revisar que estuviera bien. Sin duda, si no abría la puerta pensaría cosas horribles y preocuparía a Sarah con todo tipo de problemas inventados. Respiré, debo admitir, con alivio de tener la excusa de dejar el diario unos minutos, lo deje en medio del escritorio, me levanté de mi silla y salí tranquilamente, casi en silencio, pensé, con dedos temblorosos giré la llave para abrir la puerta principal.

DIECIOCHO
¿UNA VOZ DESDE LA TUMBA?

"¿Roberto? Roberto, ¿qué diablos te pasa? Te ves terrible, ¿estás enfermo? ¿Sarah sabe en qué estado te encuentras? Dime qué te pasa, por qué no me has llamado, me hubieras dicho que estabas enfermo, habría venido de inmediato".

La Sra. Armitage, apenas respirando mientras estaba en modo vecino preocupado. La verdad es que no me di cuenta de que me veía tan mal, considerando la prueba mental por la que me estaba sometiendo con cada página que estaba leyendo.

"Estoy bien Sra. Armitage, honestamente, ¿qué le hace pensar que estoy enfermo?"

Roberto, ¿cuánto tiempo que te conozco? Te ves como si hubieras estado despierto toda la noche (lo cual, por supuesto, era cierto), querido muchacho, ¡estás tan pálido! Pensaría que fueras de esos hombres que entra en declive solo porque su esposa sale unos días. ¿Cuándo fue la última vez que comiste?

"Desayuné temprano y anoche cene una buena comida, así que estoy bien como le dije. No pasa nada, solo estuve trabajando y no dormí mucho, pero la verdad estoy bien".

"Bueno, no parece, te ves tan demacrado, pareces haber

visto un fantasma". "No ha pasado nada que te asusto, ¿verdad?"

"Vamos, señora, soy un adulto, por el amor de Dios, ¿a qué demonios le tendría miedo en mi propia casa? Es solo por el trabajo, es todo".

"Se suponía que tomarías un tiempo libre para arreglar los asuntos de tu pobre padre, no para empantanarte con trabajo. Deberías descansar, han sido unas semanas estresantes".

"Sí, lo sé. Escuche, señora, agradezco su preocupación, de verdad, pero debo seguir. Estoy bien, de verdad lo estoy, dormiré bien esta noche y me sentiré mucho mejor mañana".

No me gusto ser despectivo con nuestra vecina cariñosa, era entrometida, pero tenía un corazón de oro. Tenía buenas intenciones y yo lo sabía. Sin embargo, había captado la indirecta.

"Muy bien Roberto, si tú lo dices", respondió ella, "te llamaré mañana a ver si estás bien, Sarah nunca me perdonaría si no me asegurara de que te cuidaras mientras ella no está".

"Está bien, ahora, por favor, Sra. Armitage?"

"Roberto, cuídate, si me necesitas, llámame y te veré mañana".

Por fin, estaba solo. Observé a la señora mientras desaparecía por el camino, se regresó a su casa y me dirigí a la cocina. Necesitaría más café antes de regresar al diario. Pasaron cinco minutos mientras preparaba café y seleccionaba unas galletas de chocolate. Me sorprendió un poco que la señora hubiera visto un cambio tan notable. Tendré que esforzar me para no dejar que el diario me afecte tanto (¿cómo ya lo había hecho?) Me fijé dos horas como máximo para continuar con el diario, me prometí que me detendría para comer, tomaría una dosis de aire fresco, me daría un paseo por el pueblo para comprar un periódico. Al menos ese era el plan.

Regrese al estudio, la atmósfera de la habitación me pareció pesada y opresiva, como si una presencia que no podía explicar estuviera en el aire. No lo había notado antes, que extraño, nunca había experimentado nada parecido. Era como si, en el tiempo que me tomo hablar con la señora y preparar mi café, la habitación hubiera sido invadida por un aura que impregnaba todo, un sentido más que un ser. Era estúpido, me dije, simplemente me estaba asustando y angustiando el contenido del diario. Estúpido o no, la sensación era bastante real y a pesar de que el sol entraba a raudales a través de las ventanas, encendí la lámpara del escritorio, es un resplandor cálido que proyecta un brillo reconfortante en el escritorio. La habitación también se sentía incómodamente cálida, era inusual, ya que no había calefacción en el estudio y el clima aún no era lo suficientemente frío como para que la calefacción central estuviera encendida. Abrí las ventanas para permitir un poco de aire fresco en la habitación y tomé mi lugar en el escritorio una vez más.

Si el sonido del timbre había sido mi primera sorpresa del día, la segunda no estaba lejos. Mientras pasaba la página del diario, esperando encontrar la próxima entrada de El Destripador, imagina mi asombro cuando, en cambio, encontré, escondida entre la página anterior que había leído, una página de vitela vieja y de buena calidad inscrita en la mano de mi bisabuelo. Era más pequeña que las páginas del diario, por lo que hubiera permanecido entre las páginas, probablemente desde que mi padre había leído el diario por primera vez.

No tenía fecha y estaba dirigida simplemente a "Hijo mío". Ese, habría sido mi abuelo. La letra era pulcra, muy pulcra, como correspondía de un miembro del Colegio Real de Cirujanos Mi bisabuelo había escrito lo siguiente:

Hijo mío,

Escribo esto después del asesinato. Es fácil decir que debería haber actuado antes, pero en ese momento creí que estaba actuando en el mejor interés del paciente, el hombre que escribió el diario que ahora estás leyendo. He colocado esta nota en este punto porque es en este momento, según la cronografía, cuando me involucré en estos trágicos asesinatos. Que soy un desgraciado sin duda, desearía haber tenido más previsión en ese momento, pero el pasado es historia y no se puede cambiar.

Fue el 23 de septiembre del año de Nuestro Señor de 1888. Sí, el 23, estoy seguro. Estaba en mi consultorio en la calle Charles, cuando alguien llamó a mi puerta. Recibí la visita de dos representantes del hospital de Charing Cross, para solicitarme que visitara lo antes posible. Que tenían un paciente, recién ingresado, que estaba en un estado de mucha confusión, casi delirio. Un oficial de policía lo había llevado al hospital después de ser encontrado deambulando de día mostrando signos de estar muy desorientado, perplejo y perturbado. No sabía quién era, ni dónde estaba, ni de dónde había venido, por lo que lo trasladaron al asilo donde lo atendieron los médicos.

Hablaba poco, pero había logrado darles mi nombre como conocido, sin ningún otro medio para identificarlo y sin saber qué padecía, el doctor Silas Malcolm, los había enviado urgentemente a mi puerta con esta solicitud de visitarlo.

Conocía al Dr. Silas Malcolm de mis días en Lincoln's Inn Fields. Habíamos calificado como cirujanos al mismo tiempo, por lo que era natural que concediera su petición de asistencia.

Imagina mi sorpresa, hijo mío, cuando llegué al hospital y me mostraron al paciente. Lo había visto por última vez hace unas semanas, no hace mucho, me preocupo su estado decaído. Dr. Malcolm me saludó cordialmente y después de que le confirmara que conocía a su paciente, dijo que el hombre sufría de una fiebre cerebral inducida por el uso excesivo de láudano. Le explique que el paciente, (no lo nombraré aun), me había comentado en privado hace tiempo y había indicado que sufría de fuertes dolores de cabeza y que yo había sugerido una pequeña dosis regular de láudano, que eso le ayudaría. Sin embargo, parece que el paciente se tomó mis palabras al extremo y se había vuelto adicto a la droga, como usted sabe, causa trastornos extremos de conducta si se ingiere en cantidades demasiado grandes.

Fue al día siguiente que el paciente fuera lo suficientemente coherente como para hablar lúcidamente, sé sorprendió un poco, aunque obviamente se alegró de verme junto a su cama cuando lo visité. Aún estaba en un estado de confusión, parecía creer que había estado en un viaje en tren, aunque no recordaba a dónde y estaba obsesionado con la idea de que había matado a una chica. Dijo que su mente estaba "llena de sangre" y que no podía cerrar los ojos sin ver la sangre de su víctima "filtrándose por el desagüe".

Todas estas cosas las atribuí al efecto alucinógeno de su sobredosis de láudano, ¡qué tonto fui! Le aseguré que sufría de una leve y temporal demencia provocada por el uso de demasiado láudano y que volvería a estar bien en un día o dos. El Dr. Malcolm había recetado una serie de purgantes que estaban expulsando rápidamente el láudano de su sistema y que se le permitiría salir del hospital en dos días.

¿Por qué no le creí? ¿Por qué, hijo mío, por qué? Quizás se podría haber evitado tanto dolor y tanta sangre derramada por las calles de Londres. Pero no le creí, no le creí y siempre tendré que vivir con ese conocimiento. Puedes preguntar por qué tomé tanto esfuerzo en visitar a este hombre al que no he nombrado, interesado en su bienestar. Te digo hijo mío, que si pudiera regresar el tiempo, lo habría rechazado cuando lo vi por primera vez hace unos meses, en mi club. Allí se me acercó y me preguntó si lo conocía. Por supuesto, no por su propio rostro, sino por sus ojos. Tenía los ojos de su madre y nunca he olvidado a esa gran dama que le dio a luz hace tantos años. Por honor a su memoria, fui lo suficientemente cortés con él, lo traté tan amable como pude y lo consideré un buen joven en su mayor parte.

Sé que debes sorprenderte de mis palabras, quién era él, quién era su madre, y te lo revelare a su tiempo, pero aún no. Por ahora, ten en cuenta que hay razones por las que me guardo esto. Continúa con tu lectura del diario hijo mío, y te contaré más después, te prometo.

La nota terminó allí, un final de suspenso para una declaración desconcertante. Sentí que las palabras de mi bisabuelo habían planteado más preguntas, que respuestas, al menos estaba seguro de un vínculo genuino y sólido entre el bisabuelo y El Destripador. Esta mujer, su madre, ¿habrá sido una amante del bisabuelo antes o durante su matrimonio con mi bisabuela? ¿Por eso que se negó a nombrarla? ¿Pudo haber sido El Destripador su hijo, un antepasado ilegítimo mío? La idea me hizo estremecer, porque, si fuera cierto, entonces la sangre de El Destripador podría estar fluyendo por mis venas en este mismo momento, ya que ambos compartiríamos los genes del bisabuelo. Creí saber todo sobre la historia de mi familia, pero tal vez había esqueletos de los que no me había enterado. Tenía miedo saber que estaba a punto de descubrirlo.

Cualquier sensación de aprensión que había sentido se había duplicado en intensidad. Cualquiera que sea la verdad del asunto, las revelaciones que permanecieron ocultas en las páginas aún no leídas del diario, sentí que mi paz mental, nunca volvería al estado de equilibrio que había disfrutado antes de que me absorbiera en este documento de depravación maligna y enferma. Me pregunté, adónde me llevara este extraño viaje, porque aunque no había puesto un pie afuera desde que llegue con el diario, psicológicamente había sido transportado al oscuro y lúgubre mundo de la Whitechapel, había sido testigo de... macabros y viciosos actos de asesinato y mutilación, viajado al Edimburgo del siglo XIX para observar aún más escenas de asesinatos inoportunos y feroces, ahora, mi mente estaba asediada por pensamientos de que el Destripador podría haber sido un pariente mío, que la semilla de mi bisabuelo puede haber sido plantada en ese asesino cruel e inhumano, y puede estar fluyendo aun por mis venas.

Mis palmas estaban sudando, mi ceño profundamente fruncido y mi corazón latía con fuerza en mi pecho. Sentí como si una explosión de emociones profundas, desaprovechadas se hubieran liberado repentinamente en lo profundo de mi alma y a pesar de mis intentos de convencer a mi mente de que todo estaba bien, que nada había cambiado, sentí el inicio de lo que se convertiría en el La pesadilla viviente más larga y aterradora que podría haber imaginado. Créame cuando le digo que el infierno existe en muchas formas. En las palabras de su diario, El Destripador sintió que estaba allí, ¡y mi propio descenso a ese terrible lugar apenas estaba comenzando!

DIECINUEVE
DE DIARIOS Y EL PERIODISMO

A MEDIDA que las palabras de la nota de mi bisabuelo se hundían profundamente en mi conciencia, creció la sensación de que estaba enfrentando a innumerables preguntas, a las que no tenía respuesta. En primer lugar, no había ni un dato en la nota que explicara exactamente dónde se había encontrado al Destripador deambulando incoherentemente. Tampoco nada que me explicara cuándo o cómo había comenzado este ataque de desorientación y pérdida de la memoria. ¿Habría comenzado a alucinar mientras regresaba a Londres en el tren? ¿Habría llegado a su casa primero, solo para sucumbir a esta extraña y repentina reacción después?

La última entrada del diario estaba fechada el 20 de septiembre y la nota de mi bisabuelo el 23. Supuse que el paciente había sido ingresado uno o dos días antes de esa fecha, por lo que quizás el colapso había ocurrido el día 21, que era el día en que habría regresado en tren a Londres. A más tardar, habría sido admitido en el hospital el día 22, no había el abismo de fechas en blanco que podría haber existido. Explica por qué no había entradas en el diario para esas fechas. No le habría sido posible acceder a su diario, alojado en un hospital.

Debo admitir que me intrigaron las referencias a la madre del Destripador. ¿Quién podría haber sido? Si no era una amante secreta o pariente de mi bisabuelo, entonces, ¿qué inducia este sentimiento de responsabilidad hacia el hombre? ¿Era lógico suponer que el hombre era el hijo bastardo de una relación ilícita entre el bisabuelo y esta misteriosa mujer? Claro que no, me dije. Podría haber muchas razones para su benevolencia hacia este joven, aunque admito que por nada, ¡en ese momento pude pensar en una! De repente me di cuenta que había creído que el hombre era joven. ¿Por qué? El bisabuelo no había mencionado su edad, solo que le recordaba a su madre, sin embargo, tuve la sensación de que tenía razón, el Destripador era un hombre joven, más joven que yo en este momento, simplemente lo sabía, sin ninguna evidencia concreta, simplemente lo sabía.

Mis notas estaban sobre el escritorio frente a mí, donde las había dejado preparadas para mi excursión a través de las páginas del diario. De repente, en la página superior, pareció saltar del papel y golpearme directamente entre los ojos. Era una fecha, el 30 de septiembre de 1888. La fecha del 'doble asesinato', cuando Elizabeth Stride y Catherine Eddowes encontrarían sus horribles finales. Sin embargo, había más, no pude pensar en qué, pero había un significado en esa fecha que se me estaba escapando por el momento. Estrujé mi cerebro, pero no me vino a la mente ninguna revelación cegadora. Tendría que esperar a que mi memoria entrara en acción y que el significado de la fecha se me revelara.

Supongo que la falta de una buena noche de sueño, porque, aún era temprano en el día, de repente sentí a mis ojos pesados, mis pensamientos parecían arrastrados, como si estuviera atrapado en un remolino de embriaguez. Me sacudí en un intento de aclarar mi mente. Creí escuchar un sonido detrás de mí, un susurro silencioso, como alguien pisando hojas secas.

Me volví rápidamente, sabiendo lógicamente que no había nadie, pero mis temores y tensiones ilógicas eran tan graves que tenía que comprobar lo. Si estaba, por supuesto.

El pensamiento más importante en ese momento era; ¿será posible estar solo, sin estar solo? Cualquiera que haya estado enamorado reconocerá ese concepto, la sensación de que, sin importar cuán lejos estén, dos amantes pueden sentirse juntos a través de los kilómetros. Desafortunadamente, el sentimiento en mi no era el de estar junto con Sarah, la dama más hermosa con quien compartía mi vida y que estaba a muchos kilómetros de distancia en la casa de su hermana; no, mi sentimiento era de unión con la fuerza malévola que estaba contenida en las palabras y páginas del diario. Como una masa cancerosa gigantesca, la sensación me agobiaba, mi mente nublada por pensamientos de muerte, de una locura que se descontrolaba, hacia un clímax inevitable de destrucción; pero de quien, ¿el suyo, o el mío? Su destrucción, por supuesto, era un hecho histórico. Habían pasado más de cien años desde que había pasado la serie de asesinatos que había perpetrado, y el Destripador, quienquiera que fuera, ya había muerto hacía mucho tiempo. Entonces, ¿por qué estaba haciendo la pregunta? ¿Era posible que mi propia mente fuera marcada y retorcida por las palabras que emanaban a mis ojos de esas páginas viejas, del papel mismo extrañamente cálido al tacto?

Me sacudí una vez más en un esfuerzo por disipar el sueño, el sentimiento de otro mundo que parecía estar colgando sobre mí, colgando sobre todo el estudio, flotando justo debajo del techo, una nube de depresión y miedo, de malas intenciones y propósitos. ¿Por qué no me rendía y tiraba el maldito diario a la basura o mejor aún llevar lo al jardín y quemarlo? No podía. Sin importar cuánto haya querido deshacerme de él, para no leer ni una sola página más de las depravaciones cometidas por el Destripador, era impulsado por una compulsión que no podía negar, como si una voluntad más fuerte que la mía estaba invadiendo mi cuerpo y mente.

Me dolía la cabeza y el corazón me latía ruidosamente en el pecho y cada parte lógica del hombre que era yo, me gritaba que lo dejara, sabía que nunca abandonaría mi viaje por el diario. Hasta que leerá la última página empapada de sangre y llena de horror y descubra el secreto contenido en sus páginas o en las palabras de mi bisabuelo que había iniciado esta maldición sobre nuestra familia al legar el diario a mi abuelo, que había seguido la costumbre, o debería decir, la compulsión. Me vino a la mente que mi abuelo y padre experimentaron estos sentimientos a los que ahora estaba siendo sometido. Me pregunte cómo se la arreglaron con cualquier conocimiento que eventualmente se me revelara. Sabía que mi abuelo había pasado los últimos años de su vida como un recluso, rara vez salía de su casa y alejaba a las visitas de su puerta, excepto a los más cercanos de su familia. Simplemente lo había considerado un poco senil, ahora era el momento de revisar esa opinión, pero ¿con qué reemplazarla? Mi padre cambio de personalidad en los últimos años. Su rostro una vez alegre fue reemplazado por uno que parecía destrozado, marcado por líneas de preocupación, un ceño fruncido y una pérdida de su sentido del humor. Quizás no solo era el resultado de su larga batalla contra el cáncer.

Tal vez algo mucho más malévolo le había carcomido el corazón y alma, como pudo haberle hecho a los que lo precedieron.

Esto era malo, increíblemente malo; Simplemente no podía librarme de esta terrible sensación de pesimismo, de depresión y opresión. Esa era la palabra para eso, opresión. La habitación estaba llena de una sensación tangible de crueldad y tiranía, sentía como si ya no tuviera control de los eventos, un manto se cernía sobre mí y no iba a desaparecer hasta que hubiera completado mi tarea, eso significaba llegar a la última página, la última palabra del diario, el último vestigio de información del bisabuelo. ¿Me estaba riendo a carcajadas? Mi mente analítica y entrenada profesionalmente era capaz de ser influenciada por fuerzas externas. Lo sabía y me preguntaba cuánto me afectarían las páginas restantes del diario.

Debí haber vuelto a caer en uno de esos "sueños de vigilia"; cuando crees que estás despierto, pero en realidad te has dormido un rato y despiertas sintiéndote como si hubieras dormido horas, cuando en realidad pasaron unos segundos. De repente me desperté con una violenta sacudida, por un momento ni siquiera estaba seguro de dónde estaba. Sin embargo, me repuse rápidamente y miré el reloj. Me di cuenta de que había pasado el tiempo en que me prometí, que tomaría un descanso, tal vez un poco de aire fresco en mis pulmones. Por mucho que quisiera continuar mi expedición a través del diario, sabía que necesitaba dejar el estudio y ordenar mis pensamientos y darle a mi mente y cuerpo la oportunidad de refrescarse. Entonces, con un esfuerzo supremo, me levanté de la silla, dejé el diario y mis notas y salí del estudio sin mirarlos. Creo que si hubiera echado un vistazo en su dirección habría seguido.

La caminata al centro del pequeño pueblo donde Sarah y yo establecimos nuestra casa hace cinco años no era larga, pero fue agradable. Mientras caminaba por la calle, aspiré varias bocanadas de dulce aire fresco. Los pájaros cantaban, un hermoso canto resonante que llenaba el aire. Zorzales, gorriones y varios pinzones se unieron en un concierto armonioso canto de pájaros, todo aparentemente coreografiado y dirigido por la voz tumultuosamente melódica de un único mirlo, a quien vi posado majestuosamente en un poste en el lado opuesto de la calle, con el cuello hacia arriba, el pico amarillo como bastón de director mientras coordinaba la sinfonía. El sol me calentaba el cuello mientras caminaba y una brisa servía para crujir suavemente las hojas de los árboles mientras caminaba, olmos, serbales y el único gran roble que hacía guardia en el único cruce del pueblo. . Por unos minutos, mientras caminaba, los horrores de la Whitechapel, los terribles crímenes del Destripador, todos los pensamientos de locura, demencia y los efectos extraños y profanos del diario quedaron atrás. Con lo que mi mente estuvo ocupada las últimas veinticuatro horas había sido liberada repentinamente, para disfrutar de los placeres simples, la sinfonía de los pájaros y la suave, apacible serenata de las hojas que bailaban y susurraban con la brisa y los maravillosos rayos cálidos del sol.

Crucé la calle principal y me acerqué a la única tienda del pueblo. A medida que me acercaba a la pequeña tienda, las palabras estampadas en los periódicos junto a la puerta me llamaron la atención. ¡MUJER MASACRADA EN UN VICIOSO ASESINATO!

Mi escape de los horrores del Destripador no había durado mucho. Los pensamientos sobre el canto de los pájaros, el susurro de las hojas y los cálidos días soleados inmediatamente se disiparon con esas palabras crudas, escritas con rotulador negro, sobre ese papel blanco. Estaba rodeado por la muerte, por la terrible verdad de la realidad, que aquí en medio de nuestra sociedad moderna, la brutalidad y asesinato aún estaban a la vuelta de la esquina, esperando como el Destripador en la noche, para golpear y destruir a vidas inocentes.

Entré a la tienda, fui recibido por el rostro sonriente y amistoso de Rashid, el dueño, quien, a pesar de su nombre y ser extranjero, había vivido en el pueblo más tiempo que la gran mayoría de sus residentes actuales. Traté de responder a su jovial "Buenos días, doctor" con una alegría que ciertamente no sentía, rápidamente compré una copia del Daily Mail y el periódico local, cuya portada estaba dedicada al brutal asesinato anunciado en la puerta.

Cinco minutos más tarde, estaba sentado en un pequeño banco de madera que daba al pequeño estanque del pueblo, poblado por sus patos residentes, remando inocentemente a través de la superficie reluciente, sus sombras reflejadas al revés en el agua clara... deje el Daily Mail por un lado, rápidamente escaneé la historia principal del periódico local. Encontraron a una mujer de treinta años en un callejón en la ciudad de Guildford, no lejos de aquí. A la pobre mujer le habían cortado el cuello y la habían mutilado horriblemente. El informe concluía: *"En un crimen que recuerda a los asesinatos de Jack el Destripador del Londres del siglo XIX, la policía busca con urgencia al autor de este atroz y bárbaro acto, que por el momento parece no tener motivos. Con poca evidencia para avanzar en el caso, el oficial a cargo del caso pide que el público permanezca alerta y que las mujeres de la zona tengan más cuidado si salen solas después del anochecer".*

Mi cabeza daba vueltas, el temblor en mis manos regreso y el periódico se estremeció visiblemente mientras intentaba sujetarlo, como si fuera el último objeto sólido en un universo que se desmorona rápidamente.

"¿Por qué ahora?" Pregunté en voz alta, a nadie en particular (pues, estaba solo). ¿Por qué tenía que suceder esto en este momento exacto? Mi corazón estaba con la pobre víctima de este horrible y sádico crimen y con su familia, por supuesto, pero era demasiado para mi mente que hubiera ocurrido justo cuando el diario había caído en mis manos, de hecho, en la misma noche en que había comenzado a explorar sus siniestras y antiguas páginas. Agregue a eso la referencia del periódico al propio Destripador, la coincidencia era asombrosa, como si el presente estuviera reflejando el pasado de alguna manera.

No, no puedo aceptar eso. El Destripador había muerto hace mucho tiempo y nadie sabía de la existencia del diario, por lo tanto, el asesinato de esta pobre y desafortunada mujer había sido una espantosa coincidencia, eso es todo. Seguí repitiéndome eso mientras caminaba lentamente hacia la casa, mis pies pesados, mi corazón pesado y mi mente en un torbellino. Los pájaros probablemente seguían cantando, las hojas crujían y el sol estaba tan cálido como antes, pero nunca escuché ni sentí nada, lo juro.

Debí haber ido como un zombi de regreso a la casa, tiré los periódicos sobre la mesa de la cocina y me senté en la silla junto a la chimenea con la cabeza entre las manos, mientras ese manto de tristeza y depresión rezumaba del el estudio a la cocina y rápidamente me envolvió. La verdad es que nunca me había sentido tan desgraciado, perturbado y sin confianza. Sentí como si mi mundo elaborado y cuidadosamente construido estuviera siendo arrancado de mí por un poder, una fuerza que aún no conociera. Sabía que en poco tiempo regresaría al estudio, tomaría el diario una vez más y profundizaría en la mente y mundo de El destripador. Lo que encontraría era una incógnita. Ciertamente no quería prever lo que podría golpearme la próxima vez que leerá esas páginas; Aun estaba perturbado por la coincidencia del asesinato de la pobre mujer a pocos kilómetros de mi casa la noche anterior. Mientras estaba leyendo las palabras del Destripador, la habían arrastrado a un callejón oscuro y aterrador y degollado con gran crueldad. Recuerdo haber pensado que aunque el Destripador estuviera muerto desde hace mucho tiempo, algo de su crueldad debe existir en todos y cada uno de nosotros, en lo profundo del subconsciente de hombres y mujeres racionales, pero aun ahí, esperando ser liberado por un catalizador, en algún momento.

Sintiendo que estaba siendo atraído por una extraña inevitabilidad y sintiéndome más tenso y nervioso de lo que hubiera creído posible en mí hace solo veinticuatro horas, me levanté. El diario me estaba esperando...

VEINTE
'ESTIMADO JEFE'

25 de septiembre de 1888

La confusión reina en mi cabeza. Estoy preocupado por los acontecimientos. Me tenían, en ese lugar, en esa cama, y con mucho dolor.
¡Gracias a Dios por Cavendish! Él es mi roca, mi ancla, al menos me entiende y no me reprocha mi locura. Sin embargo, me mantuvieron alejado de la única cosa que me ayuda con este dolor de cabeza, mi láudano.

Han pasado horas ya estoy mejor, mucho mejor. Tengo la cabeza despejada y puedo centrar mis pensamientos en lo que debo hacer. No estaba lúcido en el hospital, no puedo recordar cómo llegué allí, me sentí mal en el tren y mis sentidos me fallaron, recuerdo haber hablado con Cavendish. Le echó la culpa al láudano. ¿Qué le dije? No estoy seguro. ¿He dicho demasiado, cosas que no debería mencionar? Sé que le hablé de la puta escocesa, pero nada más. Su sentido de lógica, juicio profesional y su lealtad lo harán guardar silencio.

Tengo mucho que hacer. Las calles están llenas de putas que necesitan ser ejecutadas, consignadas a su merecido fin. Esta vez me divertiré, porque permanezco invisible y los oficiales son unos incompetentes, que no me atraparan.

Supongo que les escribiré inmediatamente, no directamente, porque eso no sería justo. La prensa tendrá mis palabras e imprimirán la promesa que haré, el público leerá esas palabras y temblará y la policía se retorcerá ante su incapacidad de capturarme. Disimularé mi escritura, para confundirlos, necesitaré un nombre que se ajuste a mí, la tinta será tan roja como la sangre de las putas que destripo. Ahí está; el nombre con el que me burlaré de los pobres necios. Porque, ¿acaso no soy el original Jack se ágil, Jack se rápido? ¿Acaso no destripo a las putas rápido y hábilmente? ¿Un poco largo? Quizás. Entonces 'Jack, el Destripador', el destripador de putas, que persigan sombras, mientras extiendo mis caminos a través de las grutas maravillosas del señor Bazalgette, quien tan amablemente me proporciono el manto de invisibilidad con el que evito a los oficiales.
Necesito regresar a las calles, las voces han dormido demasiado, me hablaran una vez más, juntos cosecharemos la sangre que por derecho me pertenece.

Comenzaré mi carta inmediatamente; Se la enviaré al jefe, no solo de una agencia, ¡sino a todas las agencias más grandes de la ciudad! Que me conozcan y me

*teman. Escrita en el color de la sangre de las putas;
Ojalá tuviera sangre real para escribirla, tal vez en el
futuro. Mis palabras llegarán profundamente al corazón
de las sucias putas y ellas temblarán, porque sabrán que
vengo por ellas, una a la vez, una tras otra. Tiemblen
señoritas de la noche; conserven sus entrañas mientras
que pueden, Jack viene por todos ustedes.*

Así que ahí estaba, ante mis ojos. ¡Sentí como si, en esas escasas palabras, hubiera presenciado el nacimiento de Jack el Destripador!

Sin embargo, que mundana y casual fue su decisión de usar ese nombre, ahora sinónimo de la muerte de esas pobres mujeres hace tanto tiempo. El nombre de Jack era icónico en la época victoriana.

Casi todas las ficciones de la época tenían un 'Jack'. Estaba Jack Tar, para los marineros, y la rima a la que había aludido era la vieja "Jack sé ágil, Jack se rápido, Jack salta el candelero". Había tomado la más inocua de las rimas infantiles y la había adaptado a sus crímenes y así inventar un nombre infame que pasaría a la historia.

Me sentí mal, mi cabeza latía violentamente y supe sin ver que mis manos estaban temblando. Hablo de su estadía en el hospital tan a la ligera, casi sin preocuparse de haberle confesado a mi bisabuelo. Parecía entretenido con el hecho de que mi bisabuelo no le creyera. ¿Era una estratagema? me pregunté sobre su estancia en el hospital ¿La había diseñado para atraer atención? ¿Pudo haber sido lo suficientemente descarado, sabiendo que el bisabuelo le atribuiría su confesión a una alucinación provocada por el láudano? No sabía si algún día lo sabría, pero tenía mis sospechas de que el Destripador podría haber sido lo suficientemente arrogante como para confesarle a mi bisabuelo y saber que no sería creído. Puede ser que estuviera enfermo, de hecho, gravemente trastornado mentalmente, pero era inteligente, muy inteligente en verdad.

Era obvio por el tono y contenido de esta última entrada que el Destripador se estaba preparando para atacar de nuevo. Sabía por mis notas que se acercaba cada vez más a la noche del 30 de septiembre, cuando cometería el espantoso doble asesinato. Ahí fue cuando recordé, lo que había estado tratando de recordar. El 30 tenía un significado para mí a la luz de lo que ya había leído. Ahora sabía que la misma noche en que él estaba en las calles de Whitechapel masacrando a sus últimas víctimas, a trescientos kilómetros al norte de Londres, una pobre muchacha escocesa entraba a una comisaría para reportar la desaparición de su amiga, Morag Blennie. Flora Niddrie nunca volvió a ver a Morag, ni nadie más, sentí una tristeza desoladora, un vacío en mi alma que no puedo describirles en estas páginas.

Me sentí enfermo ante su elogio por la obra de Joseph Bazalgette. No necesite buscar el nombre para saber su significado. Las 'maravillosas grutas' a las que se refería el Destripador eran, las nuevas (en ese momento) alcantarillas de Londres, que fueron diseñadas y construidas por Bazalgette y habían hecho mucho para aliviar lo que se conocía como 'El gran hedor', un hedor espantoso que revolvía el estómago, que había invadido las casas y edificios de Londres. Londres había pasado de ser una alcantarilla abierta a una ciudad moderna y desinfectada como resultado de su trabajo, Joseph Bazalgette bien merece un lugar en cualquier lista de grandes ingenieros e innovadores de Inglaterra. Sin embargo, para el destripador, su sistema de túneles y canales interconectados era para ser utilizado en otra cosa, no pude evitar pensar que el transporte de miles de toneladas de aguas residuales habría sido un propósito más noble y virtuoso que ser utilizado como vehículo de escape para evitar la detección por el notorio asesino de Whitechapel.

En cuanto a la carta, bueno, muchos 'expertos' la han descreditado dicen que la carta 'Estimado jefe', fue obra de un periodista buscando sensacionalizar los asesinatos, aquí estaba era genuina. Observará, que ya no tenía duda de la autenticidad del diario. Aunque no tenía pruebas científicas de que fuera del Destripador, sabía en mi corazón que no era un intento de capitalizar con los crímenes, ni una falsificación, las notas de mi bisabuelo confirmaron eso. Para los que nunca han visto u oído hablar de la carta, me tome el tiempo de copiarla aquí, en el color usado por el Destripador y usando su ortografía original, los errores de gramática son un intento de desviar a las autoridades de sus orígenes e inteligencia. Decía lo siguiente:

25 de septiembre de 1888

Estimado Jefe

Sigo escuchando que la policía me ha atrapado, pero aún no. Me rio cuando se creen tan inteligentes y dicen estar por el camino correcto. Ese chiste sobre delantal de cuero me dio verdaderos ataques. Estoy enamorado de las putas y no dejaré de destripar las hasta que muera. El último fue un gran trabajo. No le di tiempo de gritar. ¿Cómo podrán atraparme? Amo mi trabajo y quiero empezar de nuevo. Pronto sabrán de mí y mis juegos divertidos. Guardé sangre roja en una botella de cerveza del último trabajo para escribir esta carta, pero se espesó como pegamento y no puedo usarla. La tinta roja será suficiente, espero. En el próximo trabajo que haga, le cortaré las orejas a la puta y se las enviaré a los oficiales solo por diversión, ¿Qué no? Guarden esta carta hasta que haga más trabajo, luego entréguenla. Mi cuchillo está bien afilado y quiero ponerme a trabajar de inmediato. Buena suerte.

Atentamente
Jack el destripador

A petición de la policía, la Agencia Central de Noticias mantuvo la carta del público hasta el 1 de octubre, después del doble asesinato, el nombre Jack el Destripador estaba en boca de todo Londres. ¡Había obtenido su fama, exactamente como sospeche que fue su intención! En uno de sus dos asesinatos del día 30, le cortó la oreja a una de sus víctimas. La agencia recibió la carta el día 27, ¿cómo podría haberla escrito un periodista, con predicción o conocimiento de los planes del Destripador? A menos, que el Destripador fuera un periodista. ¡Ahora una nueva posibilidad! Mis pensamientos estaban abarrotados, cerrados y regreso el pulso en mi cabeza palpitando en mis sienes. Hubo un repentino destello de luz afuera, que sentí más que vi a través de la ventana, seguido de un trueno inmenso y aterrador, el más fuerte que recuerdo. Sacudió la casa, el estudio reverbero con el inmenso estruendo y luego, como si una horda de demonios se hubiera desatado del infierno mismo, iniciaron los chillidos de las alarmas de las casas y autos a lo largo de la calle. Una desarmonía como nunca antes había escuchado, otro relámpago volvió a brillar y otro inmenso trueno, la habitación se estremeció y los cielos se abrieron, la lluvia comenzó a azotar las ventanas con la intensidad de mil demonios.

Me senté, casi paralizado en mi silla mientras la tormenta estallaba afuera, las alarmas chillaban, la luz del día se convertía en oscuridad, estaba a la deriva en un mar de desorientación. Con los siguientes destellos y terribles truenos, la lámpara de mi escritorio parpadeaba, como si estuviera poseída de una vida propia y esa vida luchaba por su existencia. Más de veinte minutos duro, esa furiosa tormenta, no pude escapar de la idea de que esta asombrosa demostración de ira de la naturaleza había sido iniciada en las profundidades de una extravagante pesadilla. Tan repentinamente como había comenzado, se terminó, y el sol salió de detrás de las nubes oscuras, trayendo luz y calor de regreso al mundo. Sin embargo, no lograba llegar a mi habitación. Uno a uno, los sistemas automáticos apagaron las alarmas y una extraña quietud y silencio se extendió por la calle, solo el sonido del agua goteando de las canaletas y hojas de los árboles llegaba a mis oídos a través de las ventanas.

La habitación se sentía fría, como si ya no estuviera en mi cálido y cómodo estudio, sino sepultado en una cripta oscura, aislado de cualquier fuente de calor y luz. También detecte un aroma extraño, un olor fétido, húmedo y rancio, como el hedor a muerte o simplemente el olor del mal. Eso era una tontería, por supuesto, mi propia mente jugando conmigo, tenía que serlo. No había nada en la habitación que pudiera ser la causa de ese olor, estaba solo, rodeado de mis pertenencias personales, como lo había hecho miles de veces, nada había cambiado, no debía haber un extraña olor, a menos que, claro era el olor de mi propio miedo, impregnando mis pensamientos y mi mente consciente.

Y tenía miedo, eso era cierto, aunque aún no tenía ni idea por qué. Cada gramo de lógica en mí me decía que no había nada que temer; Simplemente estaba leyendo unas hojas viejas, ¿qué podría ser más inofensivo? Unas cuantas hojas de pergamino viejo no podían hacer daño, ¿verdad? Entonces,

¿por qué el miedo? ¿Qué me podría estar causando esta reacción a estas palabras que ahora parecían estar cobrando vida propia y mi estado mental cada vez más inestable? Empecé a creer, por irracional que pudiera parecer y sigue siendo hoy, que había mucho más en esas viejas y arrugadas hojas de papel de lo que había pensado. No tenía ni idea de qué era ese algo, pero estaba decidido a no rendirme, a terminar el diario, pase lo que pase.

Me prometí a mí mismo utilizar mis procesos de lógica, mi mente profesional y analítica, para evitar quedar atrapado en el aura etérea que emanaba del diario. Me sentí estúpido en ese momento, por tener esos pensamientos, por creer que podría haber algo oscuro y siniestro en el diario y, sin embargo, mi corazón intentaba anular a mi mente, me estaba dando una advertencia, una advertencia que debería ignorar bajo mi propio riesgo, pero como médico, las advertencias del corazón no eran suficientemente tangibles como para que les hiciera caso, puse mi confianza en la lógica y ciencia, en las realidades del siglo XX, y hasta el día de hoy, debí haber escuchado a mi corazón.

VEINTIUNO
PENSAMIENTOS DEL PASADO Y PRESENTE

Mi almuerzo fue sombrío ese día. Aunque la nevera estaba surtida (Sarah se aseguró de eso antes de irse), agarré lo primero que vi, un paquete de pollo en rodajas, hice un sándwich y me serví un vaso de jugo de naranja fresco y holgazaneaba en la cocina, devorándome lentamente esa escasa comida. La verdad es que no tenía interés en comer, la comida era simplemente un medio para asegurarme de que mi estómago recibiera algo nutricional, estaba comiendo por necesidad, no por placer. Mi cabeza estaba inundada de pensamientos, ninguno agradable. Ayer, mi vida parecía ordenada, incluso tranquila. A pesar del dolor por la reciente pérdida de mi padre, estaba feliz, al menos tan feliz como cualquier hombre podría estar. Ahora, a través del diario y el poder de sus palabras, me sentía como si estuviera en un torbellino de pensamientos ilógicos, imágenes mentales horribles y una confusión que me había dejado tambaleando en la delgada línea entre la realidad y la fantasía. Con cada página que leía, con cada nuevo horror descrito por la mano del Destripador, estaba siendo arrastrado imperceptiblemente a una oscuridad, un mundo ajeno del mío, donde las imágenes, los sonidos y los olores de las malolientes y fétidas calles de El Londres Victoriano se estaban volviendo horriblemente real, donde podía ver, en lugar de imaginar, la sangre de las víctimas del Destripador brotando incontrolablemente de las heridas abiertas en sus cuerpos, casi saboreando el olor a cobre que acompañaba el fluir de esa preciosa fuente de vida. Sin saber por qué, había imaginado los momentos finales de terror y pánico que debieron haber pasado por la mente de Polly Nichols y Annie Chapman, y de la pobre escocesa, (¿Morag Blennie?), La realización al darse cuenta que estaban viviendo los últimos segundos de sus vidas. Esa era la parte más aterradora de todo esto, que realmente podía sentir todas esas cosas, realmente podía verlas sucediendo, reales como si estuvieran siendo representadas allí, en mi estudio, un panorama de muerte y repulsión escenificado solo para mí, ¡una visión privada del infierno!

¿Era raro que mi mente estuviera confundida? No había razón lógica para sentir esto, no era más que un viaje a las profundidades de mi imaginación, un sueño, alimentado por la intensidad de este diario infernal. Al menos, eso es lo que me decía. Sin embargo, a medida que paso el tiempo, me di cuenta que inconscientemente estaba posponiendo regresar a mi estudio y seguir leyendo el diario. ¿Por qué no lo abandonaba? Podría haberlo tirado a la basura, una docena de cosas, que me habrían sacado del mundo antinatural en el que había entrado, pero no lo hice. Con mis extremidades sintiéndose pesadas y mi frecuencia cardíaca aumentando debido a la emoción que corría por mis venas, regresé al estudio. Sí, había una emoción unida con el horror al que me estaba exponiendo, no una emoción agradable, pero una emoción no obstante. Esta excursión en la mente del Destripador se estaba volviendo obsesiva, una adicción fuerte como lo había sido el láudano para el propio asesino.

Mientras me acomodaba en mi silla una vez más, reflexioné sobre el hecho de que ni mi caminata al pueblo había aliviado el estrés y tensión que aumentaba gradualmente en mí. El paseo había sido agradable, pero los pensamientos de paz y tranquilidad se disiparon con la noticia del horrible asesinato prácticamente en mi propia puerta. Las similitudes entre él y el contenido del diario eran inquietantemente similares. Aunque la víctima no fue una prostituta (el informe la describió como una mesera), había sido asaltada camino a casa del trabajo a altas horas de la noche y horriblemente mutilada según los informes; "Masacrada" es la palabra utilizada por el periodista para ilustrar el punto. Además de los inquietantes efectos del diario, me quedó claro que en las cercanías había un nuevo asesino igualmente de sádico suelto. Tenía la esperanza de que la policía hiciera un arresto pronto, que al menos este asesino copia del destripador fuera detenido, y que las calles fueran seguras para las mujeres.

Todos estos pensamientos y más corrían por mi mente mientras me acomodaba lo más cómodamente posible en mi silla y me preparaba para continuar mi viaje por el mundo del Destripador. Sin embargo, cuando extendí la mano para recoger el diario, me detuve en medio de la acción me detuve. En cambio, descolgué el teléfono y marqué el número de mi cuñada. Quizás si hablaba con mi encantadora Sarah, solo por un par de minutos, me daría más valor y ayudaría a disipar el aura de tristeza que había comenzado a descender sobre mí en cuanto regresé al estudio. El teléfono sonó y sonó hasta que se encendió la contestadora de Jennifer. ¡Maldita sea! Nadie estaba en la casa. Le dejé un breve mensaje a Sarah, nada demasiado detallado, le dije que la amaba y que la extrañaba y que probaría su móvil, y si eso fallaba, le llamaría más tarde. ¡Su teléfono móvil estaba apagado! Supuse que estaban en un lugar donde los móviles tenían que estar apagados. Esperaba que el pequeño Jack no hubiera decaído, y padeciera en una cama de hospital, ¿o sería un catre? Pensé en todo tipo de pensamientos sombríos y malsanos sobre el bebé, pero luego decidí que Sarah me habría llamado si las cosas se hubieran puesto mal. Tendría que esperar y hablar con ella más tarde.

Decidiendo que lo había pospuesto todo lo que pude, redirigí mi mano temblorosa al diario que estaba sobre el escritorio, lo recogí y pasé a la siguiente espantosa página. Había un intervalo de un día, como era frecuente, me estaba acostumbrando, el diario continuó:

27 de septiembre de 1888.

¿El teatro hace eco de la vida o es al revés? Anoche visité el Teatro Lyceum y presencié la representación nueva, "un fenómeno del escenario", la llaman, "El extraño cuento del Dr. Jekyll y el Sr. Hyde" de Robert Louis Stevenson. Una gran interpretación del Sr. Richard Mansfield, el gran actor estadounidense, en el papel principal, sin embargo, muy parecido a mi trabajo. ¿Soy el perfecto caballero, el 'Dr. Jekyll', y también el instrumento de miedo y terror que es 'Sr.Hyde'? ¡Oh, ver las miradas de asombro en los rostros de la audiencia! Podría haberme reído reír a carcajadas de sus lastimosos gritos y jadeos, pero no lo hice.

Si tan solo supieran, ¿qué pensarían, cómo reaccionarían? Conseguiré una copia del libro, para estudiar con más detalle las palabras del autor sobre el tema, interrumpidas por las necesidades del escenario.

Me pregunto, ¿la prensa ya recibiría mi carta? ¿Qué harán con ella, me pregunto? ¿Descartarán mis palabras

como una broma, o una mentira? Pronto verán que no
miento. Se acerca el tiempo de regresar a trabajar, las
calles están secas de sangre de las putas, debe correr una
vez más el río de la vida, abriré la fuente y liberaré el
flujo de sus miserables cuerpos, sangrarán y morirán.
Las voces son cada vez más fuertes, me duele mucho la
cabeza. El láudano ayuda, pero no lo detiene por
completo. El dolor a veces es más de lo que puedo
soportar. Solo la sangre de las putas lo hará desaparecer.
Tomaré una dosis mayor, y el sueño oscuro llegará, si
tengo suerte, un hermoso sueño largo, y entonces, mi
trabajo puede comenzar de nuevo.

¿Una visita al teatro? Apenas podía creer lo que estaba leyendo. A tres noches del doble asesinato de Liz Stride y Catherine Eddowes, disfrutando felizmente de la obra de teatro más célebre de Londres. Mis notas habían comprobado que cuando comenzaron los asesinatos del Destripador, Richard Mansfield, un actor estadounidense de renombre, protagonizaba en el Lyceum esa misma obra, y que después del doble asesinato, la obra fue cancelada porque la gente creía que su contenido inspiraría al asesino a atacar de nuevo. Hoy en día encontraríamos tal cosa ridículamente ingenua e infantil, pero, para las facciones sensibles de la sociedad Victoriana, parecía lo correcto en ese momento. No sé si el Sr. Mansfield fue compensado por la cancelación de su compromiso, ya que no pude obtener esa información. El Destripador se estaba burlando de sus compañeros de teatro. Decir que sintió ganas de 'reír a carcajadas' cuando fue testigo de la conmoción y horror ante las escenas más espeluznantes de la obra fue otro ejemplo de su total desdén por sus conciudadanos, a quienes obviamente ridiculizaba y despreciaba. Me intrigó su alusión a las similitudes entre el personaje de Jekyll y Hyde y él. Sabía que existía una similitud, por lo que, aún no había pasado el punto sin retorno, al que se estaba precipitando con inevitabilidad. De haber pasado ese punto, dudo que tuviera la claridad para hacer tal comparación. Por ahora, se estaba aferrando a un vestigio de razón y cordura.

En lo profundo la rabia crecía. Las voces estaban guiándolo. Independientemente de la psicosis que estuviera en su mente, estaba seguro de que pronto perdería el control. La sed de sangre era más fuerte, ahora veía los cuerpos de sus víctimas como 'fuentes' que le daban la sangre que necesitaba para satisfacer a sus voces. Estaba seguro de que estaba en la etapa final de sífilis, y el daño a su cerebro era irrevocable. No entendía cómo no le habían diagnosticado la enfermedad. Seguramente, a lo largo de los años había consultado a médicos, ¿y ese médico no notaria los signos? Los primeros signos de la enfermedad son evidentes externamente, y si hubiera optado por no buscar ayuda, la etapa inicial habría pasado con o sin medicación, la segunda fase permitiría que la enfermedad permaneciera dormida, posiblemente por años, antes de levantarse como una fénix, de las cenizas para comenzar su etapa terminal.

Obviamente, estaba ignorando los síntomas y a los médicos, incluyendo a mi bisabuelo, que lo había tratado en su último 'ataque' de amnesia temporal. Era evidente por aumentar la dosis de láudano, que probablemente ya estaba en proporciones peligrosas. Era adicto al opio de la droga y, como cualquier adicto, cualquier intento de ayudarlo habría sido infructuoso sin apoyo y asistencia médica. Sabía que el láudano induciría lo que él describió como un 'sueño oscuro', un sueño alucinógeno profundo, durante el cual vería y oiría todo tipo de aberraciones, que alimentarían sus pasiones sádicas en cuanto regresara a un estado de vigilia. Me habían descrito este tipo de sueño en muchas ocasiones pacientes menos perturbados que el autor de este espantoso texto. Ya medio loco por la sífilis que se extendía por su cuerpo y sus células cerebrales, ahora también era un adicto enloquecido por las drogas y sujeto a otros trastornos psicológicos. Me asombró que se las arreglará para funcionar en el mundo cotidiano y que nadie veía a través de su máscara externa, su máscara de normalidad. En muchos sentidos era como el actor Richard Mansfield, que creo una personalidad escénica tan impresionante y aterradora que la gente a menudo salía corriendo y gritando del teatro, tal era el miedo que engendraba en ellos, pero Mansfield era solo un actor, al final de cada actuación se limpiaba el maquillaje, y regresa a su casa a ser él mismo. El Destripador era diferente, muy diferente.

En pocas palabras, a diferencia del personaje interpretado por Richard Mansfield, a diferencia del Dr. Jekyll y Sr.Hyde de Roberto Louis Stevenson, Jack el Destripador no era producto de la imaginación, ni creación ficticia de un cerebro literario. No, mientras las palabras de su diario gritaban sus amenazas de más caos, las calles de Londres esperaban sin sospechar que la sangre fluyera una vez más, el personaje con dos mentes, dos personalidades, pero un único objetivo de asesinato horrible y brutal, era real, y estaba a punto de pasar a la historia con el nombre que los vendedores de periódicos pronto estarían gritando en cada esquina. En unos días todo el mundo lo reconocería por el nombre escalofriante que él mismo eligió. El 'Asesino de Whitechapel' y el 'Delantal de cuero' estaban a punto de ser consignados a la historia, ¡El destripador estaba a punto de anunciarse a su público!

VEINTIDÓS
UNA IMAGEN DEL INFIERNO

MI PADRE, Dios lo tenga en su santa gloria, siempre me dijo que los psiquiatras están entre los médicos más ignorantes. Cuando le pregunté por qué, me dijo que, aunque la gama de enfermedades, psicosis y otras que intentamos tratar es enorme, prácticamente sinfín, el conocimiento clínico a nuestra disposición es mínimo en comparación. No podemos, por ejemplo, escudriñar la psique humana, entender cómo funcionan realmente los procesos de pensamiento del cerebro humano o cómo puede ser que un conjunto de circunstancias lleve a un individuo a, digamos, lo más profundo de una trauma o depresión, cuando las mismas circunstancias pueden no tener el mismo efecto en millones de personas. Psiquiatría no es y probablemente nunca será una ciencia exacta. En la mayoría de los casos tratamos, en lugar de curar a los pacientes, solo logramos aliviar algunos de los peores síntomas de su enfermedad.

Comparado con un cirujano corazón, por ejemplo, hay tanto conocimiento sobre el funcionamiento de ese órgano en particular, que la cirugía cardíaca esta tan avanzada que ahora podemos trasplantar un corazón sano de una persona a otra, dando a los que de manera estarían destinados a una muerte prematura una nueva oportunidad de vida, tal vez verán lo que quise decir y por qué comprendí su razonamiento.

No solo eso, mis experiencias es mi experiencia que dos o tres psiquiatras tengan diferentes diagnósticos y tratamientos para un paciente, a pesar de que les presenten exactamente los mismos síntomas. Así es la imprecisión de mi profesión. Los pacientes que ingresan al mundo de la psiquiatría siempre son tratados con las mejores intenciones y con la máxima profesionalidad de su psiquiatra, pero lo que podemos hacer es limitado por nuestro conocimiento del funcionamiento del cerebro, la mente y la psique.

Les hago estas observaciones para que puedan apreciar (como yo no pude) que sucedía en mi mente en ese momento. En circunstancias normales, leer el diario de un asesino muerto hace mucho tiempo no debería haber tenido un efecto adverso en mi mente profesional, sin embargo, aquí estaba, sintiéndome cada vez más perturbado con cada página. En retrospectiva, quizás estaba comenzando a mostrar signos de disonancia cognitiva. Los humanos no podemos pensar en dos cosas opuestas al mismo tiempo, por ejemplo sabemos que los cigarros hacen daño, pero seguimos fumando. Para poder hacerlo, la mente racionaliza el pensamiento o percepción que va en contra de nuestro comportamiento. Como psiquiatra acaso, ¿creía que estaba "por encima" de ser afectado por un diario de este tipo? ¿Sería porque mi padre, abuelo y bisabuelo habían leído estas páginas, y cada uno había guardado el secreto por años, sin decir una palabra sobre de su existencia hasta después de su propia muerte? ¿Me sentiría como yo mismo, al llegar a la última página, guardaría esos secretos, como ellos lo hicieron? ¿Había algo mucho más siniestro en el diario de Jack el Destripador?

¿Qué me atraía al pasado, un pasado tan real que me veía caminando a su lado mientras esperaba en las sombras, solo para revelarse a sus víctimas en la oscuridad y asesinarlas? Mientras me preparaba para continuar, sentí un latido fuerte en mi cabeza, ¡y me di cuenta de que era el latido de mi corazón!

No hubo entradas el 28 y 29 de septiembre. ¿Podría asumir que había caído en ese 'sueño oscuro' al que había aludido? ¿Estaba en su casa o quizás en un fumadero de opio, en un estado de intoxicación total? La idea del fumadero de opio me parecía una posibilidad. Aunque no lo había mencionado, creí que si no estaba recibiendo el efecto paliativo que deseaba, una infusión directa de opio puro tal vez hubiera sido su siguiente paso lógico. Por otra parte, mi hipótesis podría ser completamente equivocada, había una sola manera de averiguarlo.

30 de septiembre de 1888

¡Cómo dormí! Nunca había conocido tal sentimiento, estaba dormido pero no dormía, y los sueños, oh, esos sueños. Atravesé campos adornados con cadáveres de prostitutas, colgando de los árboles y chorreando sangre sobre el pasto que crecía a sus pies. El cielo era azul, pero teñido de rojo, las nubes teñidas con la sangre que se elevaba en una niebla del sácate y los cadáveres se desvanecían mientras las almas de las putas se elevaban en agonía, buscando el cielo, solo para caer repentinamente, girando en un espiral mientras caían, gritando mientras descendían al infierno. ¡Hay

demasiadas como para que yo solo pueda librar al mundo de ellas, pero eliminare a todas las que pueda, atacaré de nuevo esta noche! Las voces están aquí, me susurran suavemente al oído, dicen que es el momento adecuado, ¡esta noche será mi noche!

Era la primera vez desde que comencé mi odisea a través del diario que él había hecho una entrada 'diurna', anunciando sus intenciones para la noche siguiente, en lugar de relatar los hechos el día posterior a sus hechos homicidas. No solo eso, las imágenes gráficas evocadas por sus palabras que describían su sueño eran extremadamente horribles. No menciono fumaderos de opio, solo una alusión a un sueño extraño, 'dormido, pero no dormido', lo llamó. En otras palabras, estaba alucinando probablemente, pero en ese estado de alucinación inducido por el opio. Usó pocas palabras y, sin embargo, describió una escena de horror demoníaco que mi repulsión fue superada por el terror de la escena en mi mente. Su descripción de las 'almas en ascenso' de esas pobres mujeres, que se elevaban al cielo, solo para ser arrojadas al Infierno, era similar a una escena del *Infierno de Dante*, del descenso al Infierno de almas retorcidas, gritando en agonía, de alguna manera, la versión del Destripador, aunque descrita únicamente con palabras en lugar de imágenes, me horrorizo y aterrorizo mucho más que Dante.

Lo que más me angustio fue que podía ver toda la escena en mi mente, como si fuera un espectador a la espeluznante panoplia que había en su mente, una grotesca película, las palabras daban vida a la escena con intensidad, no podía quitarme las imágenes de la mente. Nada había tenido tan profundo efecto en mí, como esa colección demoníaca de palabras.

Las imágenes y sonidos que evocaban en mi mente. Si fuera posible (lo que sería absurdo), dijera que las palabras mismas, la tinta con la que fueron escritas, asumieron el alma de quien las escribió, habían tomado una tridimensionalidad, y al sostener las páginas, al leer las palabras, estaba siendo succionado inexorablemente a un mundo entre mundos, donde mi sentido de la realidad se estaba erosionando gradualmente, las palabras salían de la página para tocarme, invadir mis pensamientos, como un virus infectara mi cuerpo.

Sabía, que era el preludio a su confesión del doble asesinato que fue hace un siglo, pero otro miedo me invadió, no puedo explicarlo. Mi deseo de estar allí, y escuchar a las calandrias mientras llevaban a sus clientes adinerados a su casa, pasar por la calles más mezquinas y sentir el silencio, observar a las víctimas del Destripador mientras caminaban a su inevitable muerte, los tacones de sus botas repiqueteando sobre los adoquines, sus pies chapoteando en los charcos, quería gritar y advertirles de su inminente destino, quería salvarlas y no podía.

Esas mujeres estaban muertas, lo habían estado por más de cien años, eran una nota en la historia, obtuvieron más fama en muerte que en vida. Si no hubieran sido asesinadas en la calle Berner y el cuadro Mitre, respectivamente, Liz Stride y Catherine Eddowes habrían pasado a la otra vida tan anónimamente como habían llegado. Entonces, ¿por qué estaba preocupado, por qué reaccionaba de esta manera? Mi mente estaba llena de incomprensión mientras luchaba con los deseos ilógicos de mí mente y mis sentidos que se intensificaba.

El miedo a lo desconocido es el mayor miedo que puede acechar la mente del hombre. Aunque sigo pensando, como un ser humano racional y sólido, concluí que algo más allá de mi comprensión estaba sucediendo; No era yo verdaderamente, era un impostor (no puedo explicarlo), rápidamente me vi involucrado con los crímenes de un 'loco', y, mientras me estremecía, me pregunté, ¿si esa locura no estaría invadiendo mi mente? ¿Estaría perdiendo el control y volviéndome loco? Continuaré con esta narración hasta su conclusión y usted decida.

VEINTITRÉS
CON LA LLEGADA DE LA NOCHE

Mientras estiraba mis extremidades, me di cuenta que el día se terminaba. El final de la tarde, la oscuridad comenzaba a descender sobre el mundo, como lo hizo hace tantos años en las calles que fueron el terreno de acecho del Destripador. Mi inmersión intensa en el asunto en cuestión y la luz de la lámpara en mi escritorio, que fielmente hizo guardia en mi escritorio todo el día, ayudaron a esconder la penumbra que se acumulaba afuera de mi ventana.

Con frío y cansancio, me levanté de la silla, crucé el estudio y, por primera vez en meses, encendí la chimenea de gas, de diseño antiguo y con efecto de leña. Su calidez impregnó la habitación, trayendo un grado de luz y alegría a mi entorno enclaustrado. Regule la intensidad de las luces del techo con el control que estaba junto a la puerta a la mitad. La habitación se veía cálida y acogedora, aunque debo admitir que a pesar del calor y resplandor del fuego, la iluminación de las luces, aun me sentía atrapado por una frialdad que se extendía por todo mi cuerpo, mis manos temblaban visiblemente y mis piernas se sentían pesadas.

Pensé en retomar mi lugar en el escritorio y continuar mi extraño viaje atravesando los pasillos de la mente del Destripador, pero decidí, ya que estaba de pie, ir a la cocina y por algo de comida. Quince minutos después de haber comido un refrigerio de queso y galletas con un vaso de agua mineral (lo único que pude comer de momento), regrese a mi silla.

Estaba a punto de continuar, cuando el teléfono cobró vida. Era Sarah.

"Roberto, cariño, recibí tu mensaje, lo lamento tuvimos que salir. ¿Cómo estás? La Sra. Armitage me llamó hace unos minutos y me dijo que había ido a verte, y que ¡te veías terrible! ¿Qué tienes? ¿No puedo dejarte solo unos días? ¿Verdad? ¿Qué tienes, Roberto, qué tienes?

Sarah pauso para respirar y aproveché la oportunidad para responder.

"Sarah, cálmate, por favor, no pasa nada, de verdad. Sí, me veía un poco mal cuando vino la Sra. Armitage, pero porque no había dormido bien. He estado revisando documentos y archivos de casos de mi papa que necesitaban actualizarse, y me quemé un poco las pestañas, eso es todo," mentí a medias. "Si estuviera enfermo, querida, serías la primera en saberlo" ¿Cómo está el joven Jack? Pregunté, tratando de desviar la conversación en otra dirección.

"Mucho mejor, de hecho, podre regresar a casa en dos o tres días, Jennifer dice que no es justo que me quede aquí cuando acabas de perder a tu padre, que debería estar contigo."

"Maravilloso", respondí, "No puedo esperar a verte, querida. ¿Sabes lo mucho que te amo, verdad Sarah?

"Por supuesto que sí, Roberto, cariño, escucha, ¿estás seguro que estás bien?"

"Sarah, de verdad, estoy bien. Disfruta de tu tiempo con Jennifer y el joven Jack, no te preocupes por mí."

"Pero la señora Armitage dijo..."

"¡Sarah!" Casi grite. "Sé que es una alma bondadosa, pero también puede ser exagerada, obviamente lee demasiado en las cosas. Por favor créeme, estoy bien, de verdad, ansío que regreses a casa, dale mi amor a tu hermana y a Tom, y dale un beso al bebé de su tío, te llamo más tarde para darte las buenas noches".

"Está bien, Roberto, si tú dices cariño", respondió, ¡"pero me llamas, o enviare a la Sra. Armitage, para asegurarme de que mi hermoso esposo esté bien!"

"Te llamaré; Lo prometo."

"Está bien, cariño, hablaremos más tarde, te quiero mucho, Roberto, adiós mi amor".

"Adiós, Sarah, yo también te amo".

El silencio en la habitación era palpable después de que colgué. De pronto, fui empalado por los cuernos de la soledad y desolación, quería llamarle a Sarah y decirle que regresara de inmediato, decirle lo perturbado que me sentía y que la necesitaba en este momento, pero cuando las terribles emociones amenazaban con abrumarme, respiré profundamente, miré la parafernalia del diario del Destripador, las notas del bisabuelo y la carta de mi padre sobre el escritorio, supe que la única manera de completar mi viaje por estas páginas de historia era solo. No puedo exponer a Sarah a las palabras y emociones contenidas en el diario y, en ese momento, comencé a comprender por qué mis antepasados habían mantenido en secreto la posesión de este trabajo diabólico.

Afuera, los últimos vestigios de luz desaparecían rápidamente y una ligera brisa comenzó a agitar las ramas de los árboles. Noté que unas gotas de lluvia comenzaron a caer en la ventana, y otro escalofrío involuntario recorrió todo mi cuerpo mientras el día daba paso a la noche con la misma inevitabilidad en que los crímenes sangrientos que sabía pronto serían descritos. Sentí como si la habitación estuviera siendo bañada suavemente por un tenue tono rojo, como si la 'niebla roja' del sueño del Destripador inundara mi estudio, dando a la tarea en que estaba involucrado un título cómico y sangriento se me vino a la mente 'Un Estudio Rojo.' La realidad me golpeo al darme cuenta que el enrojecimiento de la habitación era simplemente el reflejo en la ventana oscurecida de las llamas danzantes del fuego de gas, el color resaltado por la poca iluminación que había. Al menos, así lo racionalicé en ese momento. No puede haber otra explicación, ¿verdad?

1 de octubre de 1888

¡Dos en una noche! Un doblete glorioso aunque involuntario. Seguí a una puta y la seduje con uvas. ¿Qué puta puede pagar uvas? No pudo resistirse a mi regalo, y me hubiera divertido con su cadáver si no fuera por la interrupción. La corté con facilidad, usé el cuchillo más corto, no es tan rápido ni afilado, vi a la sangre brotar en un río copioso de su cuello. Entonces, no pude empezar a destripar a la puta. Oí ruidos afuera y pisadas de caballos sobre las piedras.

Tuvo que huir rápidamente, me mantuve pegado a la pared mientras una carreta se acercaba, la deje pasar para que el chofer no sonara la alarma. Me metí al túnel más cercano y me mantuve invisible, salí pronto en el cuadro Mitre. ¡Dios bendiga al señor Bazalgette!

Pronto se puso otra puta a mi disposición, y esta vez no me equivoqué. Ésta sangró como un cerdo, la sangre le gorgoteaba al salir de la herida en su garganta. Le desgarré la cara y la destripé tan fácilmente. La calle estaba teñida de rojo, incluso en la oscuridad se veía. Podría jurar que se movía mientras le cortaba las entrañas, ¡pobre puta maldita! No tarde nada, y esta vez le corte la oreja como prometí. Use el delantal de la puta para limpiar el cuchillo, la sangre de esta puta era más pegajosa. Deje a la puta en exhibición y me fui a casa. Las voces complacidas con lo que habíamos hecho, dormí muy bien y desperté como un hombre nuevo, aunque mi cabeza palpitaba de nuevo con el dolor de cabeza, me dosificaré más y dormiré de nuevo hasta que el dolor desaparezca.

Desperté más tarde, me sentía mejor, le envié una tarjeta al Jefe, quería que supiera que fui yo quien había cometido el hecho como había prometido. Descansaré más sigo agotado.

Dos mujeres, dos asesinatos, una vil mutilación, y aquí estaba el asesino desestimando los hechos en unas cuantas palabras. Admito que me sorprendió la falta de emoción mostrada ante el doble asesinato. Él tenía una leve euforia, sí, pero había frustración en sus palabras. Tal vez estaba enojado por haber sido interrumpido de su 'trabajo' con Liz Stride, y haber tenido que buscar una segunda víctima, Catherine Eddowes. Quizás, si un hombre llamado Louis Diemschütz no hubiera entrado al cuadro de la calle Berner en el momento en que lo hizo, así permitiendo que el Destripador realizara sus espantosas mutilaciones en Liz Stride, la pobre Eddowes no habría sido víctima del Destripador. Tales, me dije, eran los caprichos del destino.

Había vuelto a utilizar las alcantarillas para escapar de la calle Berner, bellas creaciones de Bazalgette, pero, ¿qué tan cerca estaba Diemschŭtz de él cuando se escabulló del cuadro, quizás a solo unos metros de distancia? Muchos expertos han debatido a lo largo de los años de cómo el Destripador logro llegar tan rápido al cuadro Mitre entre los asesinatos, sin que nadie lo viera. La respuesta siempre estuvo ahí, en sus caras. ¡Las alcantarillas! Viajaba bajo tierra, en una serie de líneas rectas, sin tener que recurrir a las carreteras y caminos secundarios de Whitechapel, lo que probablemente acortaba considerablemente la distancia y tiempo de viaje. Era un hecho de que se había encontrado el delantal de Eddowes a las 2:50am en la entrada de los apartamentos Wentworth, debajo del grafiti nombrado 'El Grafito de Goulston', el mensaje garabateado con tiza en una pared desconcertó a muchos criminólogos de la época, se ordenó que se retirara sin ser fotografiado por orden de Sir Charles Warren, el Comisionado de la Policía Metropolitana. Por mucho tiempo se creó que la escritura no era obra del Destripador, y esta idea se reforzó en mi mente por la ausencia de cualquier referencia a ella. Sentí que, si el Destripador hubiera escrito el mensaje, habría hecho una referencia en el diario. No lo hizo; estaba seguro de que el grafito no era obra suya.

Sin embargo, el diario confirmó el horrible asalto a Eddowes, en particular las horribles mutilaciones de su rostro y el corte de su oreja. Era tan práctico sobre sus crímenes que uno no podía evitar estremecerse ante la barbarie de sus acciones. Eddowes había sufrido el asalto más cruel al momento y sus heridas eran muchas y variadas.

Le saco los intestinos y se los coloco sobre el hombro derecho, le cortó la oreja derecha, le mutilo la cara y garganta severamente, y abrió a la pobre mujer del esternón hasta el pubis. La lista de sus heridas era mucho más larga y detallada, pero he evitado enumerar el total de las atrocidades cometidas contra la pobre mujer. Baste decir que nadie, incluida la policía, había sido testigo de tan horribles mutilaciones.

También había una referencia en el diario a la postal recibida por la Agencia Central de Noticias, con matasellos del 1 de octubre, escrita en rojo, que decía:

No bromeaba mi estimado jefe cuando te di el dato,
mañana oirás sobre el trabajo de Jack, esta vez un
doblete, la primera chilló y no pude terminar, no tuve
tiempo de colectar sus orejas para la policía, gracias por
retener mi última carta hasta que regresara a trabajar

Jack el destripador

Muchos oficiales dijeron que la carta y la postal, tenían diferente escritura, y que eran falsas, si fuera el caso, ¿cómo demonios sabía el falsificador lo que el Destripador pretendía hacer, particularmente el corte de la oreja de la pobre Eddowes? La descalificación fue rápida e ilógica. La escritura se podía explicar fácilmente. Aquí estaba trabajando una mente inteligente y le habría resultado muy fácil disfrazar su letra, o variarla. Aunque había una serie de errores en la gramática, ambas fueron escritas por alguien con buen conocimiento del inglés, como lo muestra en palabras como 'directo' y 'chillido'. Una persona sin educación le habría sido difícil esas palabras y hubiera cometido más errores de los que aparecían. Estaba seguro de que eran genuinas, y el había aplicado una dosis de astucia en sus diferentes escrituras y supuestas imperfecciones gramaticales. Deduje que el mayor problema para los investigadores de la época fue su falta de familiaridad con enfermedades mentales y sus efectos sobre una persona normal y muy inteligente. Solo buscaban 'a un loco', un asesino despiadado que mataba a estas pobres mujeres por diversión. No tenían idea de con quién o qué estaban tratando. El a pesar de su enfermedad y gracias a su educación fue, lamento decirlo, mucho más inteligente, que los que intentaban aprehenderlo.

De repente, una ola de tristeza se apoderó de mí. Sentí un inmenso dolor, primero por las desafortunadas víctimas asesinadas, mutiladas y dejadas en las sucias calles de Whitechapel, y segundo por el Destripador, el pobre individuo, destrozado por una enfermedad que no podía controlar, ni diagnosticar, sin ayuda y que rápidamente descendía a una locura irrevocable, a pesar de sus crímenes, era un ser humano enfermo y torturado. Contrario a mi mejor juicio, me encontré rezando por las almas de él y de sus víctimas, cada una por su nombre.

¿Cuánto más podría soportaría?, me pregunté. Su locura se aceleraba diario. Sabía que llegaría el momento en que las entradas serían menos coherentes. El diario era más delgado con cada página que leía, me estaba acercando cada vez más a la revelación final de mi bisabuelo, cualquiera que fuera. Necesitaba saber más sobre su conexión con el Destripador, cuánto más se involucraría en la ola de asesinatos. Aun no sabía, pero pronto lo descubriría.

VEINTICUATRO
¡ASESINATO HORRIBLE!

Debo admitir que mi cerebro se sentía sobrecargado en este punto, a pesar de mi necesidad de continuar mi viaje a través del diario, sentí la necesidad de un descanso de las horripilantes representaciones que estaban siendo expuestas a mí en sus páginas. Afuera de mi ventana, la lluvia comenzó a aumentar en intensidad, la brisa se convirtió en un viento fuerte y la oscuridad cayó como un manto sobre el mundo exterior. A pesar de las luces en el estudio, fue la oscuridad la que me cautivó, como si, independientemente de la iluminación eléctrica, el poder de la oscuridad externa, de la naturaleza misma, dominara la luz artificial y el poder de la noche invadía mi cálido santuario.

Deje el diario en el centro del escritorio y decidí investigar un poco más el caso, me conecté al sitio de Casebook. Quería saber más sobre las reacciones contemporáneas a los asesinatos y cartas del Destripador, para tener una idea de cómo Londres y los londinenses recibieron las últimas noticias en el momento de los últimos crímenes.

Casebook contenía una gran cantidad de información

general sobre el caso y pronto encontré referencias a la información que buscaba. La carta de 'Estimado jefe' fue impresa en el Daily News la mañana del 1 de octubre, no pasó mucho tiempo antes de que los gritos de los vendedores de periódicos en las esquinas anunciaran al mundo el nombre de 'El destripador'.

"Asesinato, horrible asesinato, lea todo al respecto" Podía escuchar los tonos agudos de los muchachos mientras gritaban a los transeúntes, suplicándoles que compraran el periódico, que leyeran los últimos informes sobre las matanzas que estaban conmocionando a todo Londres, ricos y pobres. *'El destripador mata dos más'*, y 'El destripador, se burla de la policía', decía otro. Más tarde, ese mismo día, la postal de Jack se publicó en *The Star* añadiendo más leña al fuego de la histeria que comenzaba a crecer rápidamente con cada día que pasaba.

Quizás se podría decir que las calles de Londres, y las áreas de Whitechapel/Spitalfields en particular, estaban en llamas, no con las llamas que habían arrasado gran parte de la ciudad hace unos doscientos años, pero esta vez con miedo e incertidumbre. Ciudadanos mirando por encima de sus hombros a medida que se acercaba la noche, y con una ira creciente por la incapacidad de la policía de detener al atroz y sanguinario asesino que ahora tenía un nombre con el que el público podía identificarse, con la publicación de la carta y postal anunciaron al mundo la gran entrada del personaje cuyo nombre sería para siempre sinónimo de asesinato e infamia. El destripador había hecho su gran entrada, ¡y su público ahora sabía su nombre!

Con los vendedores de periódicos gritando su nombre en prácticamente todas las esquinas, se podía suponer que había muy pocos londinenses que no hubieran oído hablar de El destripador al terminar ese día. Es difícil decir lo que pensaba la policía de este nuevo hecho.

A lo largo de la investigación, hubo mucho desacuerdo

entre los investigadores en cuanto a si estas, o cualquiera de las otras innumerables cartas recibidas, fueron escritas por el propio Destripador. Por supuesto, no eran bendecidos por la retrospectiva de la historia, ni sabían del diario que ahora estaba sobre mi escritorio. Se informó que los principales detectives creían que la publicación de la carta y la postal no ayudarían a su investigación, viéndolas como una agitación más a la ansiedad pública y su animosidad hacia la policía, que estaba siendo claramente ridiculizada por el Destripador. Había vigilantes, bandas llamadas 'ciudadanos por la paz' caminaban por Whitechapel de noche, a menudo abusando brutalmente de cualquiera que consideraran sospechosa. El más destacado entre estos grupos era el *'Comité de Vigilancia de Whitechapel'*, cuyo presidente era un hombre llamado George Akin Lusk, propietario de un negocio de construcción y decoración, especializado en la restauración de salas de música. Lusk entraría en estrecha relación con el caso, así que dejaré eso de lado por ahora.

El doble asesinato, había provocado motines, el resentimiento hacia la policía ocasión muchos enfrentamientos ese día, manifestaciones ruidosas y agresivas en las calles de Londres, y en Whitechapel en particular. Se reclutaron oficiales adicionales para mantener la paz y esto simplemente sirvió para obstaculizar los esfuerzos de la policía para llevar al Destripador ante la justicia. Las calles de la ciudad eran un fermento de miedo, agitación, frustración y ansiedad, pude sentir esos sentimientos haciendo eco en mi mente, me di cuenta de que una vez más, podía ver las manifestaciones en las calles y escuchar los gritos exigiendo a la policía a tomar acción, pude escuchar los gritos de los vendedores de periódicos 'Asesinato, horrible asesinato.'

Sabía que había llegado el momento de escapar del estudio. Por primera vez en más de veinticuatro horas, entré a la sala, me temblaban las piernas mientras caminaba y sin pensar demasiado, encendí la televisión distraídamente y me hundí en el sofá. Al menos, la tv proporcionaría una distracción. Regresaría pronto al diario, necesitaba desesperadamente un respiro de su intensidad, su poder y del extraño control que imponía sobre mi mente.

Había elegido ese momento para sintonizarme con las noticias, y no pasó mucho tiempo antes de que me sumergiera en una confusión mental aún mayor. Tras los informes de varias crisis internacionales y un huracán en el Caribe, el locutor cambió a temas locales y nacionales.

¡No fue uno, sino dos asesinatos en Guildford la noche anterior! La segunda víctima fue encontrada a menos de un kilómetro de la primera, y era otra mujer, y también le habían cortado el cuello, había sido sometida a lo que el locutor llamó 'espantosas mutilaciones lascivas'. Su cuerpo fue encontrado cerca del mediodía, en un contenedor de basura detrás de un restaurante que estaba temporalmente cerrado por remodelación. Dos trabajadores habían descubierto el cuerpo cuando llegaron para retirar el contenedor y vaciarlo en el vertedero local. Tan frenético había sido el ataque, que sus numerosas y cruelmente infligidas heridas habían dejado a su cuerpo sin sangre, el contenido del basurero estaba teñido de un rojo intenso. Identificada como Angela Turner, de 32 años, una madre de dos niños pequeños, su familia estaba 'angustiada', una subestimación. ¡La policía no tenía sospechosos al momento!

¡Estaba incrédulo! Dos asesinatos en una noche, la noticia del segundo asesinato llegó justo cuando había leído el relato del Destripador sobre su propio doble asesinato. Mi cabeza palpitaba; Apenas podía asimilarlo. Solo, era una coincidencia, sin embargo, la realidad estaba ahí, mirándome a la cara, siendo revelada con las frías y prácticas palabras de un locutor de noticias que probablemente había informado de cientos de asesinatos en el transcurso de su carrera. En las inmediaciones de mi casa, a unos kilómetros de distancia, alguien mataba a mujeres inocentes con todas las características del Destripador. ¿Quién, en estos tiempos, sería tan insensible como para cometer tales actos? Lamentablemente, hay demasiadas personas perturbadas en el mundo capaces de cometer un asesinato tan lascivo y terrible. Quizás más que en la época del Destripador, los asesinos de hoy pueden ser motivados por codicia, lujuria o la dependencia de las drogas o el alcohol o simplemente por la necesidad de llamar la atención. Cualquiera que sea la motivación de estos últimos asesinatos, el resultado fue familias destrozadas, niños sin madre y un dolor y pérdida incalculables. Apagué la tv; No pude ver más. Todo mi cuerpo se sentía como si estuviera temblando, quizás no visiblemente, pero en lo más profundo. No comprendía que me estaba pasando. ¿Estaba el Destripador extendiéndose a través de los años, su alma incrustada en la psique de un pobre y triste individuo, impulsándolo a cometer estos horribles crímenes? Imposible, al menos eso me dije. Me obligue a ser más racional sobre los últimos asesinatos. No podían tener conexión con lo ocurrido en 1888. Obviamente, leer el diario había aumentado mi percepción hacia tales eventos. Estas noticias deben haber sido una ocurrencia común, no en mi pueblo, por supuesto, sino en las noticias nacionales, y simplemente estaba percibiendo estos eventos más de lo que normalmente lo habría hecho, al igual que una mujer embarazada nota de repente a más mujeres con hijos u otras embarazadas, no hay más que antes, pero ella lo percibe así. Todo era una coincidencia espantosa, sin embargo, en el fondo de mi mente, un miedo persistente de que había algo de otro mundo involucrado simplemente no desaparecía. Tuve que preguntarme si intentaba racionalizar donde no había razón, solo una mano fría que se extendía desde las turbias brumas del siglo pasado. No tenía respuestas reales.

Puede que pienses que estoy loco, pero no pude deshacerme del sentimiento, de pronto una quietud, fría como una tumba, llenó la habitación y a mí con ella, sentí una sensación física de impotencia y terror omnipresentes apoderándose de mí, como si caerá, como una aeronave fuera de control mientras cae de cabeza hacia la tierra antes de romperse en mil pedazos por el impacto destructivo cuando finalmente choca contra el suelo sólido. Aunque aún no estaba cerca de ese impacto final, sabía que estaba cayendo, y podía sentir pequeños pedazos de mi yo normal, de mi yo, cuerdo y racional, rompiéndose mientras caía precipitadamente hacia un desconocido inevitable.

Nada en mi formación como psiquiatra podría haberme preparado para esto, porque nadie había experimentado esto, excepto quizás mi padre, y el suyo antes que él, y no tenía idea de cómo lo habrían manejado.

¿O habían sido inmunes a los efectos del diario, y solo yo, era susceptible a las palabras del Destripador que me permití caer bajo su hechizo? Dudo que hubiera siquiera un nombre que se le pudiera dar a lo que estaba pasando en ese momento; nunca había identificado tal fenómeno. ¡Todo lo que sabía era que estaba solo, asustado y cada vez más perturbado, y que los eventos de hace un siglo y los de hoy parecían una larga pesadilla!

No aguantaba más esa noche, y dejando todas las luces de la planta baja encendidas y los documentos tirados exactamente donde estaban, subí las escaleras, deteniéndome lo suficiente en el baño para tomar dos pastillas para dormir que habían sido prescritas a Sarah hace tiempo, con la mente en un estado de agotamiento completo, me deslicé en la cama y, quizás por la mala noche que había sufrido la noche anterior, dormí largo y tendido, sin soñar.

Si creía que el sueño curaría lo que me afligía, que la mañana traería una luz brillante y refrescante a mi mundo recién perturbado, seria decepcionado, pero por unas pocas horas al menos, mi mente y cuerpo estaban descansando.

LA MAÑANA DESPUÉS DE ANOCHE

No sé cuánto dormí esa noche; No había hecho referencia al tiempo antes de que mi cabeza golpeara la almohada y las pastillas para dormir se hicieran cargo, enviándome a ese largo sueño sin sueños. Sé que miré el reloj cuando me desperté, y eran las siete de la mañana. Mi primera sensación al despertar fue que mi lengua estaba pegada al paladar, que a su vez se sentía tan seco como el desierto del Sahara. Me dolía la cabeza y sentía algo similar a resaca severa, aunque juro que ni una gota de alcohol había tocado mis labios la noche anterior. Fueron las pastillas para dormir, por supuesto. Se las habían recetado a Sarah hace tiempo, después de una severa lesión que sufrió en la espalda causada jugando frontenis con su mejor amigo Chris, y nuestro médico de cabecera las había recetado para ayudarla a descansar en la noche. Se tomó solo unas cuantas y luego dejó la botella en el estante. Debería haber sabido de no tomarlas, pero ya era demasiado tarde para eso.

Me pareció que me tomó una eternidad levantarme de la cama, meterme al baño y vestirme, finalmente logré llegar a la cocina, donde bebí copiosas tazas de café y cuatro rebanadas de pan tostado. No tenía hambre, pero pensé que la comida podría ayudar a contrarrestar las secuelas de las pastillas.

Encendí la radio mientras comía y esperé a escuchar las noticias de las ocho. Cuando llegó, el informe sobre los asesinatos locales decía que la policía había hecho un arresto. "Actuando en base a información recibida, un hombre de veinticinco años fue arrestado en su casa a altas horas de la noche anterior, probablemente mientras yo dormía. Me alegré de que al menos las calles de Guildford y las aldeas circundantes, incluida la mía, estuvieran seguras de momento, suponiendo, por supuesto, que la policía encontró al hombre correcto. Quizás mis propias emociones perturbadoras podrían ahora remitir; No más asesinatos en mi ciudad significarían no más coincidencias espantosas.

Cuando las noticias llegaron a su fin, sonaron unos fuertes golpes en la puerta principal. Todavía sintiéndome aturdido por las secuelas de las pastillas, caminé lentamente a la puerta y miré a través del ojo de seguridad. Era un policía uniformado y otro hombre en un traje azul. Qué demonios hacia la policía en mi casa, quite el seguro y abrí la puerta.

¿Doctor Cavendish?

"¿Sí?" Respondí inquisitivamente.

"Soy el inspector Bell; él es policía de Surrey. ¿Podríamos pasar por favor?"

"¿De qué se trata esto, inspector?" Pregunté.

"Prefiero discutir eso adentro, si pudiéramos, doctor".

"Bueno, será mejor que entren entonces, ¿no?" Respondí bastante descortés. Mi cabeza aun palpitaba, y mi lengua peluda apenas había reanudado sus funciones normales dentro de mi boca ultra seca. Lo último que necesitaba era una visita inesperada de la policía.

Conduje a los dos agentes a la cocina y les pedí que se sentaran.

"Ahora, inspector, ¿de qué se trata todo esto?"

"Bueno, doctor, ¿es posible que haya oído hablar de los dos asesinatos que ocurrieron en la ciudad hace dos noches?"

Los pelos de la parte posterior de mi cuello de repente se pusieron firmes.

"Sí, por supuesto, pero ¿qué tiene eso que ver conmigo?"

"Bueno, señor, es posible que también haya escuchado que capturamos a un sospechoso anoche. Da la casualidad de que afirma ser uno de sus pacientes".

En ese momento, mi corazón salto un latido, y podría jurar hasta el día de hoy que mi pulso prácticamente se duplicó. Los latidos en mi cabeza aumentaron, pensé que los policías seguramente veían el pulso palpitante en mi sien, aunque obviamente no podían.

"Continúe, inspector", tragué saliva.

"Su nombre es John Terence Ross, su madre nos llamó cuando vio sangre en sus zapatos y pantalones después de que se fuera a dormir anoche. Tiene antecedentes de trastornos psiquiátricos desde hace tiempo y, él y su madre afirman que usted es su psiquiatra."

"Es cierto, lo he visto varias veces, su madre pagó para que lo viera cuando los médicos del hospital de Farnham fueran incapaces de progresar mucho con él".

"¿Qué puede decirnos sobre su enfermedad, doctor?" preguntó el inspector.

"Vamos, inspector", le respondí, "usted sabe que no puedo violar la confidencialidad entre el médico y el paciente".

Lo se doctor, por supuesto, pero pensé que tal vez podría ir a la estación de Margaret, tal vez hablar con él, ver si puede conseguir que hable con nosotros. Ha estado en silencio."

"¿Les ha dicho algo?" Pregunté.

"Solo que él lo hizo, y que merecían morir. Si necesita

ayuda psiquiátrica, necesitamos saber exactamente con qué nos enfrentamos".

"Muy bien, inspector", suspiré. "Deme una hora e iré a verlo. ¿Está bien?"

"Eso estará bien doctor; Lo espero en la estación. Pregunte por mí en recepción".

¡Esto no era posible! Sin embargo, sucedió. Después de que los oficiales salieron de la casa, me senté en la silla en la cocina, mi mente se aceleró, mi cabeza palpitaba y mis manos, todo mi cuerpo de hecho, temblaba. La semejanza con mi bisabuelo era una triste realidad. ¿Cómo una serie de eventos conspiraron para suceder en el mismo momento? Como a mi bisabuelo, me pedían examinar a un hombre que conocía, que podría ser el asesino de dos mujeres inocentes. Sin embargo, a diferencia de que este hombre estaba detenido, aunque eso hizo poco para aliviar la sensación de coincidencia imposible que llenaba mi mente. John Ross era un individuo perturbado, pero no lo creía capaz de un doble crimen tan atroz.

Su medicación debería haberlo mantenido psicológicamente estable, si la estuviera tomando según lo prescrito, ¡lo que quizás no hacía!

Un pensamiento inquietante apareció en mi mente y me golpeó como un rayo. Su nombre, bueno, no tanto su nombre sino sus iniciales. No habían significado nada para mí, ¿por qué deberían? Sin embargo, de repente, John Trevor Ross se convirtió en JTR, fácilmente traducido como "Jack el Destripador".

El viaje a la comisaría duro alrededor de media hora, pero se sintió como horas mientras conducía en un estado fugaz, sin apenas saber quién era o qué estaba haciendo. No tenía idea de lo que lograría con hablar con John Ross, aparte de confundir y perturbar aún más mi frágil control de la realidad. Sin embargo, no podría decirle eso a la policía, ¿verdad?

Me estacione en la sección de visitas de la comisaría, entré y me presenté en la recepción. Me identifiqué y pregunté por el inspector Bell, que llegó un minuto después y me condujo a través de una puerta, por un pasillo y a una sala de entrevistas donde me encontré cara a cara con John Trevor Ross.

VEINTISÉIS
"BIENVENIDO A CASA, ROBERTO"

John Ross parecía una criatura despreciable, sentado ahí en la sala de entrevistas. Su abogado, Miles Burrows, contratado esa mañana por su madre, me senté a su lado, el inspector Bell me hizo señas para que me sentara junto a él, en el lado opuesto de la mesa. Un sargento de la policía también estaba presente en la sala para operar la grabadora que se utilizaría para grabar la entrevista, que ahora forma parte del procedimiento policial estándar.

Le habían quitado la ropa a Ross para que la examinara un forense, traía un overol rojo que le dio la policía. Era el hombre más pequeño en la habitación, pero a pesar de su tamaño, resaltaba con una fuerza vigorosa obtenida de muchas horas dedicadas a hacer ejercicio en su gimnasio local. Había tenido cuatro consultas con él en los últimos meses, y le había diagnosticado una esquizofrenia leve, con una tendencia latente a la conducta violenta, a pesar de la medicación que le había recetado y que su madre había prometido asegurarse de que tomara regularmente, debió haber regulado su comportamiento y permitirle vivir una vida razonablemente normal. Obviamente, las cosas no salieron según lo planeado y su enfermedad había avanzado más de lo que había percibido. Desafortunadamente, los esquizofrénicos son muy hábiles para ocultar sus síntomas, y parecía que John Ross no fue la excepción.

Aunque no revelare los detalles médicos de mi paciente a la policía, hare todo lo posible para que Ross hable con el inspector, tratar de que le explique por qué ha hecho lo que ha hecho. No tuve mucho más éxito que la policía. A pesar de que le aseguré que yo y la policía queríamos ayudarlo y que ayuda era lo que más necesitaba sin duda alguna, se negó a cooperar con sus interrogadores. Sabía que, cuando su caso llegara a los tribunales, enfrentaría una sentencia de cadena perpetua, en una prisión, podría haber sentido un poco de empatía por él si tan solo se hubiera abierto a alguien. Una explicación loca e ilógica de sus acciones habría sido preferible a su hosco silencio. Quizás con el tiempo, a medida de que avancen las entrevistas, se sentirá menos intimidado y empezara a hablar con la policía o con la batería de psiquiatras que seguramente serán traídos para entrevistarlo y examinarlo.

Salí de la comisaría después de casi dos horas, dos de las horas más deprimentes de mi vida. La mirada rígida de Ross, su silencio y la sensación de que la policía podía ver a través de mí mis propios disturbios internos, que quisiera salir corriendo como si yo fuera el criminal, en lugar del hombre del traje rojo.

Al llegar a casa, entré por la puerta principal, rápidamente la cerré de nuevo y me recargue contra la puerta, mi espalda contra los paneles de roble macizo. La casa se sentía fría y estaba temblando. Quizás estaba tiritando en lugar de temblar, ya se había vuelto difícil distinguir uno del otro.

Me dirigí al estudio, había perdido tiempo valioso visitando la estación de policía y quería completar mi exploración del mundo del Destripador antes de que Sarah regresara.

No quería exponerla al extraño fenómeno del diario, o que me viera en este estado de ansiedad, al borde del pánico.

Abrí la puerta del estudio (no recordaba haberla cerrado cuando me fui) y miré hacia mi escritorio. El diario estaba exactamente donde lo había dejado, pero, al mirarlo, podría jurar que escuche un susurro del interior de la habitación y que las páginas se movían, subían y bajaban suavemente, como si infundidas de vida, respirando suavemente sobre el escritorio. Era una tontería, me dije rápidamente, el movimiento era obviamente causado por la corriente causada al abrir la puerta, y el sonido era solo mi imaginación. Las habitaciones no susurraban ni los diarios respiraban, ¿verdad?

A pesar de la hora tan temprana, me serví un poco de whisky, sentí que me lo merecía. Me senté en mi silla y extendí la mano para tomar el diario. Me costó mucho evitar que mis manos temblaran mientras lo hacía, las cálidas páginas de la confesión secreta del Destripador pronto estaban en mis manos nuevamente.

Omitió entradas tres días del 1 de octubre al 5 de octubre, la próxima entrada fue sorprendente por su alfabetización y por el mensaje revelador y escalofriante que transmitía. Escrita como su carta a la prensa en tinta roja, con una ortografía y puntuación perfectas, decía:

5 de octubre de 1888

Sangre, sangre hermosa, espesa, rica, roja, venosa.

Su color llena mi vista, su olor asalta mi olfato, su sabor dulcemente en mis labios.

Anoche una vez más las voces me llamaron y complací sus

órdenes, su aventura impía emprendí, atravesé calles mezquinas, iluminadas por gas, envueltas en tiniebla, vagué por la noche, seleccionado, atacando con un cuchillo centelleante, ah cómo corrió sangre por la calle, empapando los adoquines, brotando, como una fuente de rojo puro.

Vísceras saliendo de la panza rasgada, mi ropa con el olor a carne recién desguazada. Las sórdidas sombras de las calles me guiaban y bajo los aleros, como un espectro, desaparecía en la triste noche.

La sed de sangre de las voces satisfecha una vez más por ahora...

Llamarán de nuevo, y una vez más vagare por las calles de noche, la sangre volverá a fluir como un río. Cuidado todos aquellos que se opongan al llamado, no me detendrán, a mí no.

Duerme justa ciudad, mientras puedas, mientras las voces están quietas, descanso, pero mi hora llegara. Me levantaré en un glorioso festín de sangre, saboreare el miedo mientras mi hoja corta con fuerza a través de la carne, cuando las voces suenen la trompeta, mí tiempo será.

Por eso digo de nuevo, buenos ciudadanos, duerman, porque habrá una próxima vez...

Cualquier duda que pudiera haber tenido acerca de que si el Destripador era un hombre educado se disipo con esta entrada en la que horrendamente se regocijaba.

Había escrito casi poéticamente sobre sus crímenes, quizás más que en ninguna otra hasta ahora, me dio una visión vívida a la mente del notorio asesino de Whitechapel.

La pudo haber escrito después del doble asesinato (supuse que la pudo haber escrito después de cualquiera de los asesinatos) y transferido al diario más tarde. Su referencia a su escape 'bajo los aleros' me trajo a la mente la imagen del cuadro de la calle Berner del que había escapado la detección. Su enfermedad era evidente, su mente comenzaba a ceder bajo el peso de sus espantosos crímenes. Había matado a dos mujeres en una noche y las mutilaciones y atrocidades contra los cuerpos de sus víctimas creció en ferocidad con cada asesinato, se estaba acercando al punto en que, su estado mental por la inmensidad y horror de sus acciones eventualmente desbordaría y conduciría a un colapso masivo. Faltaban más de tres semanas pero sabía en mi corazón y mente que el asesinato de Mary Kelly, probablemente el más cruel y horroroso de los asesinatos del Destripador, lo había enviado al límite, y con suerte lo explicaría en persona o en las notas de mis bisabuelos, demostraría el deterioro final y revelaría porque desapareció el Destripador después del asesinato de Kelly. No hubo un arresto, ni rumores de un sospechoso fuerte, el asesino simplemente se desvaneció a la oscuridad de la que había venido, nunca más se supo de él. ¿Por qué? El diario era más delgado, sabía que las respuestas finales no podrían estar muy lejos, mientras leí y releí la última y terrible entrada, me embargó una tensión inexplicable, un miedo de no estar preparado para lo que estaba por aprender.

En esta última entrada poética dijo que estaba 'descansando'. ¿Sería una táctica de su parte para desaparecer y escapar de la atención del público antes de perpetrar su último y más espantoso asesinato? Escribió que las voces también estaban en reposo. Era claro que las voces eran su motivación para los asesinatos, *'la sed de sangre una vez más satisfecha'* su control sobre sus acciones estaba severamente disminuido, y su mente cerca de su descenso final a la locura, necesitaba tiempo para recuperarse, para recuperar un grado de normalidad, para que planificara y ejecutara su próxima, y su última aparición en las calles de Whitechapel.

Volví a colocar el diario sobre el escritorio, me pregunte, ¿cuándo haría mi bisabuelo otra aparición en el diario? ¿Habría más notas insertadas en las páginas o tendría que esperar al final para descifrar el secreto que se había mantenido en la familia durante tanto tiempo? La identidad del Destripador estaba allí, esperando a ser revelada en alguna página o nota. No solo eso, sino la participación de mi familia, por pequeña que hubiera sido deben estar ahí. No sé cómo resistí la tentación de pasar al final en ese momento, pero algo debió impedírmelo. Tenía que continuar tal cual, página por página, leyendo y viendo los horrores de los asesinatos a medida que ocurrían, antes de poder presenciar las revelaciones finales del diario.

Mi cabeza comenzó a palpitar, me di cuenta de que no había hecho referencia al láudano en su última entrada. ¿Se habría desintoxicado él mismo? Seguramente que no. Quizás ya estaba tan acostumbrado a tomarlo, que consideró irrelevante incluirlo en su diario. Más probable era que ya ni cuenta se daba de qué tomaba la droga; se convirtió en parte de su vida diaria, ¡en parte de él! ¿Cesarían los dolores de cabeza?

Tal vez lo averiguare en la próxima entrada. Estaba lo suficientemente lucido para escribir esta última entrada macabra. Tenía tantas preguntas y nada de respuestas, mis sentimientos se tambaleaban.

Sentí como si una ráfaga de viento hubiera barrido repentinamente la habitación, levante la cabeza para ver de dónde podría haber venido. No había nada, ni ventanas o puertas abiertas que pudieran admitir tal ráfaga. Con el miedo irracional de estar solo, sin estar solo, creciendo en intensidad en mi mente, me levanté de la silla, salí del estudio y comencé a registrar la casa. Sé que pensarán que estoy loco, y tal vez lo estaba, pero por ilógico e imposible que pareciera, no estaría de más verificarlo, ¿verdad?

No había nadie, por supuesto que no, la casa estaba vacía, me reprendí por estúpido. Regresé al estudio, cuando entré, juro que una vez más, esas malditas páginas subían y bajaban, y la habitación me susurró una bienvenida mientras me sentaba en la silla.

VEINTISIETE
RULETA RUSA

La LUZ del día se desvanecía, el cielo se tornó un gris sucio, otoñal cuando pasé a la siguiente página. En lugar de la letra del Destripador, lo que vi fue otra nota de mi bisabuelo, una vez más cuidadosamente metida entre dos de las páginas del diario. Quizás ahora todo podrá empezar a tener sentido. Esta nota no tenía fecha, aunque su contenido era claro. ¡El Destripador había sufrido otra convulsión amnésica!

El bisabuelo había añadido una nota en la parte superior, escrita con una pluma diferente, en tinta más oscura, obviamente escrita posterior a su escrito original. La nota decía:

Si hubiera sabido antes la verdadera naturaleza de lo que ahora sé, le garantizo a quien lea esto que mis acciones habrían sido completamente diferentes. Pido disculpas por mi miopía, estupidez y mi absoluta incapacidad para ver lo que tenía ante mis ojos.

Nota del doctor Burton Cleveland Cavendish, noviembre de 1888.

Una vez más, me pidieron que visitara a este triste y patético joven. ¡Ha permitido que su vida sea destruida no solo por una, sino dos desafortunadas adicciones! A pesar de haber tenido una educación decente, con muchas ventajas que se le niegan a muchos en nuestra sociedad, ha llevado una existencia disoluta. Parece que le gusta demasiado visitar a esas pobres desgraciadas que habitan las oscuras calles de nuestra metrópoli y padecen esa vil enfermedad que a menudo se asocia con los hombres que se aprovechan de tales mujeres. Se encuentra en la fase terminal de la enfermedad, y la locura no está lejos me temo, aunque por ahora considero que puede vivir como lo hace, solo en su casa, sin recurrir a la hospitalización. Además, me temo que pudo haber tomado mis consejos demasiado literal y desarrollado una adicción al láudano, que le sugerí tomara para aliviar los dolores de cabeza, aunque en el momento en que le di ese consejo no estaba al tanto de sus problemas más profundos.

Está padeciendo una vez más en el hospital Charing Cross, fue enviado allí después de haber sido encontrado colapsado en la calle. Parece no saber nada de cómo llegó y se alegró de verme. Agradecí a Malcolm por pedirme una vez más, no deseaba que un extraño solicitara que lo confinaran en el asilo, una vez admitido, seguramente nunca habría salido. Su madre no hubiera querido verlo en su condición actual, le habría roto el corazón.

No recuerda su convulsión o su loca confesión de un asesinato del que nadie tiene conocimiento. También confeso su odio por la mujer que lo infectó con la sífilis, y a toda su especie, ha declarado que no descansará hasta que toda su especie haya desaparecido de la tierra. Está obsesionado con la necesidad de erradicar la prostitución de las calles de Londres, aunque su lenguaje es vulgar cuando se refiere a esto.

En mi segunda visita, confesó haber librado al mundo de lo que llama 'la pestilencia de putas', pero lo considere divagaciones de su demencia. Sin duda ha estado leyendo historias de los crímenes atroces que se están cometiendo en Whitechapel.

¡En su estado mental, puede que crea que es el asesino al que todo Londres llama El destripador! Me temo que si no mejora pronto, el doctor Malcolm pueda recomendar su internamiento al asilo y como no soy su médico, no puedo evitar que se lo lleven.

En otra visita le aconseje que dejara sus delirios, que aceptara que estaba alucinando por una ingesta excesiva de láudano y que aceptara la medicación para aliviar los peores síntomas de su otra enfermedad, con la premisa de que así lograra su alta del hospital y volver a su vida normal, el tiempo que le queda antes de que la sífilis comience a corroer su cuerpo, como lo está haciendo con su mente.

Creo que ha escuchado mis súplicas y el doctor Malcolm se declara muy satisfecho con su progreso. Yo también lo encontré muy mejorado, aunque no particularmente hablador; aunque esto lo tomé como parte de su deseo de recuperarse de su enfermedad al abstenerse de sus anteriores peroratas sin sentido. Malcolm sugiere que si *tal progreso sigue siendo evidente, se le puede permitir al paciente regresar a casa en dos días, sugerencia a la que estuve de acuerdo y me ofrecí a vigilarlo después del alta, gesto benévolo que Malcolm apreció mucho.*

Posteriormente fue dado de alta del hospital después de una estadía de casi dos semanas, bastante tiempo en mi opinión. Me esforzaré por hacer visitas ocasionales a su casa y le he pedido que me vea en mi consultorio semanalmente, a lo que ha aceptado.

Luego siguió otra nota agregada, nuevamente en tinta más oscura:

Oh, qué tonto fui, al no reconocer sus palabras como la verdad. Seré condenado para siempre, y mi nombre sin duda sería objeto de vil desprecio por toda la profesión de médicos si confesara mi transgresión. Créame, quienquiera que lea esto, que este diario no llegó a mis manos hasta que fue demasiado tarde, si hubiera sabido la verdad, habría actuado antes, aunque eso no tiene importancia ni ayuda a nadie ahora. Cualquier sangre que haya en sus manos es sin duda compartida por las mías, soy cómplice de mi vergüenza y estoy destrozado por la fuerza del conocimiento que debo llevarme a la tumba. Mi desdichada alma seguramente arderá en el infierno, tan incuestionablemente como la suya, si eso me sirve de consuelo.

Dejé el diario sobre el escritorio con manos temblorosas. Mi corazón estaba pesado con dolor dirigido a mi bisabuelo. Fuera lo que fuera, estaba seguro de que no era tonto y, sin embargo, parecía como si hubiera permitido que el Destripador saliera del hospital después de escucharlo confesar no una, sino dos veces sus crímenes. Estaba seguro de que sus instintos humanitarios y su creencia en el hecho de que el hombre estaba simplemente delirante habían empañado su juicio. A eso se sumaba la conexión aún no revelada entre él y la madre del Destripador.

Cualquiera que haya sido esa conexión, estaba seguro, le habría dado un incentivo adicional para tratar de tratar al hombre en el hospital, en lugar de verlo admitido en un asilo, seguramente un destino espantoso para cualquier persona en esos días.

Sin embargo, no pude escapar de la idea de que mi bisabuelo podría al menos haber discutido estas extrañas confesiones con el doctor Malcolm, o incluso con la policía, teniendo en cuenta que el Destripador no era en realidad su paciente.

Al menos si lo hubiera hecho, y las autoridades hubieran creído como él, que las confesiones eran meras ilusiones, al menos habría sido absuelto de la terrible carga de culpa de la que obviamente cayó presa al descubrir la verdad. Pude ver que había cometido lo que hoy se consideraría omisiones flagrantes, tanto en su papel de médico como de ciudadano, pero no pude evitar simpatizar con él en gran medida.

Después de todo, ¿no me estaba afectando gravemente mi exposición a las palabras del Destripador? ¿Me resultaba cada vez más difícil controlar la realidad? Tenía la sensación de ser arrastrado por el mundo en la mente de El destripador simplemente por leer sus escritos infernales. Entonces, ¿era posible que mi pobre bisabuelo, expuesto a una relación personal con el hombre, pudiera haber sido completamente engañado por sus palabras, por su voz, que, aunque yo no lo había escuchado? , imaginé que sería callado, suave e hipnótico, nada amenazante o monstruoso como algunos pueden imaginar. No, estaba seguro de que su voz habría sido suave y acogedora, capaz de cautivar y encantar a sus pobres víctimas. Si el simple tacto de su diario en mis manos pudo provocarme miedo y terror tanto tiempo después de su muerte, ¿qué cualidades seductoras y carismáticas debe haber poseído en vida?

Puede que mi bisabuelo no fuera tonto, pero yo estaba seguro, sabiendo lo que había aprendido del diario, que bien podría haber sido engañado. El Destripador estaba bien informado e inteligente; No tenía duda al respecto, por lo que sus confesiones pueden haber sido un ardid inteligente. Al confesarlo de tal manera que se pensara que estaba delirando o alucinando, tendría el placer de admitir abiertamente sus crímenes, jactándose de ellos de hecho, con la seguridad de saber que los médicos no le creerían, concediéndole un sentido de satisfacción retorcido, y sobre todo superioridad sobre esos mismos médicos que creían conocer su profesión y que, en cierta medida, le estaba otorgando el poder de la vida y la muerte sobre él. No podía escapar de la sensación de que El destripador estaba jugando una especie de ruleta rusa con sus médicos, ¡y estaba ganando!

Sintiendo una gran tristeza y simpatía por el dilema que se había apoderado de él, y que tal vez mi bisabuelo había asumido demasiada culpa (aunque, yo aún desconocía cual fue su participación con el destripador), estiré mis miembros doloridos y miré que estaba oscuro afuera. Estaba lloviendo de nuevo y, sintiendo una vez más que no estaba solo en el estudio, y con una sensación de creciente inquietud, un miedo irracional de lo que estaba por venir, pasé lentamente a la página siguiente...

VEINTIOCHO
PENSAMIENTOS CONFUSOS

26 de octubre de 1888

¡Jack ha vuelto! Qué tontos, qué tontos estúpidos y torpes, me tenían y me dejaron ir. No saben nada. Hasta el ciego tonto de Cavendish, le conté mi causa, mi gran misión, ¡y me cree loco! Estoy alucinando, ¿verdad? Les mostraré. ¡Les mostraré todos! Mis voces me hablan de sangre, ríos de sangre que fluye y carne desgarrada. Me luciré con la próxima. La próxima será la mejor. No me atraparan jamás, volveré a ponerme mi manto de invisibilidad y desapareceré por debajo de las sucias calles por donde andan las putas. Estoy maldito para siempre por la cosa en mí que me carcome. Me duele la cabeza, mi cuerpo se pudre y debo tener cuidado de que me vean. La pestilencia que me han causado las putas me ha convertido en un monstruo, así que elegiré a la puta más joven y bonita que pueda encontrar, y la desgarraré, destriparé y filetearé a la puta tendida ante mí. Esta será elegida. Las calles se llenan de mí nombre

gritado en cada esquina. Los reporteros huelen una gran noticia y recibirán más. La gente me teme; tiemblan en sus chozas, susurran mi nombre. Pronto gritarán mi nombre, y agarraré sus corazones con un vicio helado, y todo el mundo sabrá pronto, ¡Jack ha regresado!

LA AMENAZA en esta última entrada me estremeció. Aunque no tan oscuro y vociferante como en sus entradas anteriores, esta fue más escalofriante debido a la premeditación en sus palabras me hizo pensar que él sabía que sus días estaban contados. Estaba la burla habitual a la profesión médica, que, hasta mi bisabuelo, al tratar de ayudar y comprender su enfermedad, había liberado al monstruo de nuevo, al zorro se le dio libertad al gallinero. Ahora tenía claro por qué Mary Jane Kelly había sido su última víctima. Empezaba a sufrir los peores efectos de la sífilis. Aunque no los describió en detalle, sabía que tendría lesiones visibles en la cara y cuerpo, que eventualmente se abrirían, supurando llagas, haciéndolo aparecer como el monstruo que ahora se describía. La gente se alejaría de él en la calle, solo con una bufanda sobre la cara podía disimular su aspecto del mundo. Mis pensamientos volvieron a mi sueño horrible, cuando se me apareció con la bufanda, los temblores regresaron a mis manos, el pánico se apoderó de mi corazón y sentí como si me hubieran visitado esa noche, apenas hace dos noches, parecía una eternidad, por el alma perturbada y atribulada del mismísimo Destripador. Era como si no encontrara descanso, incluso en la muerte, que de alguna manera fue capaz de llegar más allá de la tumba, y abrirse camino en mis pensamientos, mis sueños y mi vida.

Regrese a mis pensamientos de Mary Kelly, sentí que fue elegida simplemente porque era joven y atractiva, no la descripción habitual de una puta de Whitechapel. La mayoría eran viejas, a menudo plagadas de enfermedades, con sus mejores años y apariencia desaparecida. Kelly era diferente; aún tenía una belleza juvenil, vibrante y atractiva llena de vida.

Su encuentro con El destripador puso fin a esa vida y dejo una impresión en todos los que presenciaron su último y más espantoso asesinato.

El Destripador parecía ansioso por la fama, como si la locura que acompañaba a su fase terminal comenzara a apoderarse de él. Sus voces eran más fuertes, su cabeza probablemente se sentía como si estuviera a punto de estallar, y su mente se llenó con la imagen de 'ríos de sangre y carne desgarrada'. Pensé que, teniendo en cuenta su estado mental, esas imágenes en sí habrían servido para llevarlo más lejos por el camino al colapso total. Los cadáveres de las mujeres muertas de su anterior sueño alucinatorio saltaron a mi mente, y me encontré preguntándome cómo un ser humano podría hacer frente a semejantes imágenes mentales sin volverse totalmente loco. Mi propia mente estaba tan fermentada mientras intentaba asimilar la información que había recibido los últimos dos días que sabía que me estaba afectando, así que, ¿qué pasaría con el Destripador? De hecho, había experimentado y vivido estas terribles convulsiones de la mente, había perpetrado algunos de los crímenes más atroces y espantosos registrados en la larga y sangrienta historia de Londres, tenía que haber estado tan trastornado y confundido que apenas lo habría reconocido. Si se le hubiera dado la oportunidad de regresar a su estado mental original antes de que todo esto comenzara. ¿Se habría condenado a sí mismo si hubiera podido ver su descenso al Infierno?

Mis pensamientos estaban dando vueltas, estaba tratando de encontrarle algún sentido a todo, sin que mi mente consciente se lo pidiera, mi bisabuelo y su participación en la vida del Destripador pasaron al frente de mi conciencia. Al Destripador solo le quedaba un asesinato más (que yo supiera) por cometer. ¿Cuánto más revelarían las notas del bisabuelo, suponiendo que estuvieran escondidas en otra parte del diario? ¿Cuál fue su conexión con el asesino? Esa pregunta aun colgaba peligrosamente al frente de mi mente, hasta ahora sin una explicación satisfactoria. No podía escapar a la idea de que el salvaje asesino de mujeres trastornado y degenerado cuyo nombre aun asusta a investigadores hoy en día podría ser un pariente mío, por muy distante que fuera. ¿Por qué otra razón mi bisabuelo se habría tomado tantas molestias para tratar de ayudar al hombre a superar su enfermedad, y hacer todo lo que estaba en su poder para evitar que lo admitieran a un asilo, donde, aunque su tratamiento habría sido brutal? según los estándares actuales, ¿al menos se le habría impedido cometer más atrocidades contra las mujeres de Whitechapel? Pero, por supuesto, mi bisabuelo creía que el Destripador simplemente estaba imaginando los asesinatos, viéndolo como alguien que estaba alucinando como resultado de su adicción al láudano, entremezclado con su sífilis y lo que hoy se llamaría un odio patológico hacia las prostitutas. Oh, cómo desearía que mi bisabuelo hubiera profundizado un poco más en la mente del hombre, o simplemente hubiera creído que su historia podría haber sido la verdad y le hubiera contado a la policía. Por supuesto que no lo hizo, y el resultado fue el espantoso asesinato de otra mujer. Aunque aún me negaba a culparlo por sus acciones, solo deseaba que hubiera hecho las cosas diferentes.

Y yo que ¿Estaba realmente en condiciones de emitir un juicio después de tantos años? Después de todo, fui bendecido con el poder de la retrospectiva y respaldado por el conocimiento y experiencia psiquiátrica de hoy en día.

A pesar de eso, estaba empezando a creer las teorías más

descabelladas imaginables; Veía cosas que sabía que eran imposibles y sentía la presencia de una entidad que sabía que era irreal y una fantasía de la mente. Había comenzado a manifestar síntomas somáticos (físicos) de estos delirios (y esa era la única palabra para ellos), como los temblores en mis manos, el miedo irracional que aumentaba en intensidad con cada hora que pasaba, y los sueños terriblemente lúcidos que me transportaban a una dimensión que debe haber sido tan cercana a la que encontró el Destripador. En resumen, estaba cayendo bajo el hechizo del diario, y a pesar de mi mejor juicio, a pesar de todos mis poderes de lógica y razón, no podía detenerme. Estaba descendiendo como lo había estado el Destripador, excepto que no salía de noche asesinando a mujeres inocentes, ¿verdad?

Perdí la noción del tiempo y me di cuenta de que la tarde había dado paso a la noche. Me dolía todo el cuerpo, sentía frío y rigidez de estar sentado en la silla tanto tiempo, y el hambre había comenzado a roer mi estómago. Mi dolor de cabeza se había intensificado al punto que sentía como las sienes me punzaban, y los músculos de mi cuello estaban duros y contraídos por estar sentado tanto tiempo y mantenerme en una posición rígida e inmóvil. Necesitaba descansar, comer, recuperar algo de fuerza y compostura. El diario seguiría estando allí después de que me refrescara, lo sabía, y sin embargo, cuando lo miré mientras estaba sobre el escritorio, no pude evitar sentir como si una malevolencia de proporciones asombrosas emanaba lentamente de entre sus páginas, como un virus contra el que no tenía control, se filtraba lentamente en mis pensamientos y acciones. Me estaba volviendo adicto a sus palabras, a su espantosa historia, y tuve que forzar físicamente a mis ojos a apartar la mirada de la cosa infernal, y salir de la habitación.

Antes de darme cuenta, salí del estudio y me quedé

temblando incontrolablemente, apoyado contra la puerta de la cocina, como si su solidez pudiera mantener a raya el demonio que sentía que estaba contenido en las páginas del diario. Me acomode en la silla junto a la chimenea, con la intención de relajarme cinco minutos antes de comer algo, pero, tal era el agotamiento nervioso al que había descendido mi mente, que caí en un sueño profundo. Pasaron tres horas antes de que despertara, con el estridente y suplicante sonido del teléfono.

VEINTINUEVE

UN TIEMPO PARA DESPERTAR, UN TIEMPO PARA DORMIR

EL SONIDO del teléfono sonando en mi cerebro me sacó de mi sueño. Tenía esa desorientación que uno tiene a veces, sin estar seguro de dónde estaba, o incluso qué día de la semana era. Literalmente me tropecé con la silla, caminé a la pared y levanté el teléfono como si estuviera en llamas. Sosteniéndolo con solo las yemas de mis dedos, lo acerqué a mi oído.

"Roberto, cariño, ¿estás ahí? ¿Estás bien, cariño, tardaste una eternidad en contestar? Pensé que podrías estar dormido".

"Hola, Sarah, hermosa, sí, estaba recostado", mentí, no quería que Sarah supiera las circunstancias exactas de mi última estancia en esa caverna de sueño profundo.

"Suenas horrible cariño, lamento haberte despertado. ¿Por qué no tratas de volver a dormirte? Solo te llamé para decirte que nos vamos a dormir temprano. El pequeño Jack nos ha desgastado a Jennifer y a mí, pobrecito, supongo que aún se siente malito, pero acabamos de dormirlo, así que pensamos en descansar un poco mientras podamos".

"Buena idea", respondí. "Tú haces eso, y sí, creo que yo haré lo mismo".

"Está bien, cariño."

"¿Sarah?"

"Sí, Roberto".

"Te extraño cariño."

"Roberto, yo también te extraño. Lo siento; debes sentirte solo allí".

Traté de sonar lo más optimista y alegre que pude.

"No te preocupes cariño, estoy cansado, es todo, estaré mejor después de dormir bien".

"Por supuesto que sí, recuerda que te amo. Pronto regresare a casa, y podremos recuperar el tiempo perdido".

"Yo también te amo, Sarah. Duerme bien cariño, te hablaré en la mañana".

Nos despedimos y me senté en la silla unos minutos antes de levantarme y colocar el teléfono en su soporte. El cansancio en mi cuerpo lo abarcaba todo, no tenía un músculo que no me doliera. Me sentía fatal, aunque no eran solo los efectos del cansancio. Me sentía culpable que estaba engañando a mi esposa para que pensara que estaba bien cuando en realidad era todo menos eso. Traté de consolarme con la idea de que de alguna manera la estaba protegiendo, aunque de que no estaba seguro. Simplemente no quería que se preocupara por mí y me alegraba que estuviera en casa de Jennifer y no se acercara a la influencia del diario. Definitivamente el diario estaba ejerciendo una influencia sobre mí, lo sabía, nunca había sentido lo que ahora me sometía. Si hubiera sido mi propio paciente, habría pensado que me dirigía a una crisis nerviosa y me habría recetado un sedante fuerte.

Necesitaba mantener a Sarah alejada de lo que me estaba pasando, al menos hasta que tuviera respuestas, y eso significaba completar la lectura del diario.

Ella no entendería de qué se trataba y no quería que tuviera que intentarlo. Sarah y yo nos conocimos en la escuela de medicina, aunque ella la abandonó en su tercer año. Para entonces, estábamos locamente enamorados y nos casamos un año después de que me gradué como médico. Sarah se había forjado una exitosa carrera como diseñadora de interiores, y supongo que debido a la naturaleza de su trabajo tendía a ver las cosas de una manera más clara y lineal que yo. Las complejidades de la mente humana eran algo que ella no podía entender, y a menudo expresaba asombro incluso ahora por mi elección de la psiquiatría como carrera. Si pudiera verme ahora, lejos de su mundo de medidas y ángulos exactos, inmerso en una búsqueda impía para descubrir algún secreto familiar hasta ahora desconocido relacionado con los asesinatos de El destripador de hace más de cien años, probablemente me habría creído loco, que, en ese momento, tal vez estaba.

¿Qué es la locura? ¿Es un estado mental permanente, causado por una combinación de fuerzas internas y externas? ¿Puede ser temporal, o es inherente a quien la sufre, siempre ahí, aunque quizás no siempre manifestándose externamente? ¿Existe la locura? El hecho de que otro ser humano no viva de acuerdo con lo que la mayoría de nosotros percibimos como 'normal', ¿debería ser clasificado como 'loco'? Quizás todos estemos un poco locos, capaces de ser influenciados por diversos eventos y presiones para comportarnos de maneras que nuestros semejantes consideran anormales. Cualquiera que sea la respuesta, y por supuesto es una pregunta extremadamente compleja, abierta a muchas interpretaciones y teorías, tuve que continuar, completar mi viaje a través de las páginas de palabras del Destripador y revelar el secreto que durante tanto tiempo han mantenido mis ancestros antes de que pudiera albergar una esperanza de encontrar la paz mental que había sido mía hace tan poco tiempo. Hasta entonces, estaba atrapado en esta extraña distorsión del tiempo, un minuto sentado cómodamente en mi propio estudio, bebiendo un buen whisky de malta, investigando los eventos de hace mucho tiempo, al siguiente parecía que me llevaban a un mundo habitado por los fantasmas de esos tiempos, en los que podía ver y oír las imágenes y sonidos de una época pasada, oler el hedor de las alcantarillas victorianas, el perfume barato de las damas de la noche, y sentir el agarre de la niebla del río mientras se deslizaba hacia tierra desde los confines del Támesis. Quizás lo peor de todo, estaba convencido de que, de alguna manera, estaba siendo guiado por las palabras del Destripador, como un padre guía a un hijo, a ser testigo de sus crímenes espantosos, a ser parte de ellos, y mis ojos De repente se llenaron de lágrimas, mientras los rostros de esas víctimas muertas desde hacía mucho tiempo surgieron de la nada para llenar mi mente de tristeza y melancolía.

Esos rostros, (solo había visto las fotografías mortuorias, aparte de Annie Chapman), giraron en mi cabeza, como si fueran parte de un grotesco tiovivo, y desde algún lugar de los rincones más profundos de mi mente, otra figura de repente apareció, al principio oscuro y sombrío, haciéndose más claro a medida que se acercaba, hasta que la figura de un hombre encapuchado y medio enmascarado se superpuso al grotesco montaje en mi cabeza.

A medida que la figura se acercaba a la parte posterior de mis ojos (así es como se sentía en mi cerebro), a pesar de la máscara, podía ver los ojos, y el reconocimiento que acompañó al darme cuenta de los ojos de quién eran, me heló hasta los huesos. , y me conmocionó hasta lo más profundo de mi alma. Grité en la habitación, estaba solo, sentí como si alguien me estuviera mirando y riendo desde algún lugar lejano cuando ese reconocimiento golpeó mi corazón como una lanza. Esos ojos ardían brillantes, con una intensidad de determinación, y un odio ardiente emanaba de ellos, dirigido a todo y a todos a su vista, pero lo más aterrador de la espantosa aparición que casi me abruma en medio de esta espantosa vigilia era que esos ojos, llenos de odio y asesinos, no eran los ojos de un extraño, ¡eran míos!

Y ASÍ A LA CAMA

No ESTOY seguro cuánto tiempo estuve sentado ahí atónito y en silencio. Finalmente, la calma regreso a mi cuerpo tembloroso, mi mente se aclaró como si estuviera escapando de una niebla helada, y lentamente recuperé la compostura. La realidad reemplazo a la fantasía, y las imágenes oníricas se desvanecieron de mi mente, me estremecí al recordar esa terrible imagen, esos ojos que miraban profundamente en mi alma, ¡mis ojos! ¿Por qué se manifestarían en los del Destripador? No había matado a nadie, ni había tenido pensamientos violentos hacia nadie en mi vida, sin embargo, cuando vi la terrible visión del Destripador, el rostro detrás de la bufanda había sido mío.

¿Sería solo un sueño, o que en mi estado de perturbación estuviera alucinando? ¿Estaba viendo lo que el Destripador quería que viera, sintiendo cosas que estaban siendo implantadas en mi mente por un poder mucho más poderoso que yo? Eso era una tontería, ¡y lo sabía! El Destripador había muerto hace más de cien años, no era posible que proyectara su alma del siglo XX, solo para aterrorizar a una nueva generación tanto tiempo después de su muerte.

Sintiéndome débil y profundamente preocupado, me levanté de mi silla y caminé hacia la cocina, como un anciano encorvado y cansado. Me serví un whisky y me deje caer en la blandura del sillón junto a la chimenea. Bebí del líquido dorado lentamente, saboreando el sabor en mi lengua y disfrutando del calor ardiente cuando golpea mi garganta en camino a mi estómago vacío. Sabía que debería, pero no podía comer. Sentía una extraña sensación de desapego, como si estuviera mirándome desde otro lugar, viendo la representación de mi lucha contra el contenido del diario como si estuviera viendo una obra de teatro grotesca, siendo yo el único miembro del reparto. Entre más me adentraba al diario infernal, me sentía como si fuera otra persona, un fisgón mirando a través de una ventana en el tiempo para presenciar los viles actos del autor. Había una realidad en las imágenes que el diario había impuesto en mi mente racional, combinadas con la sensación antinatural de todo lo que me estaba sucediendo, aquí en el santuario de mi propia casa. Recuerdo haber deseado nunca haber visto el diario, aunque ya era demasiado tarde para eso.

De pronto un destello de claridad regreso a mi mente, tenía la persistente noción de que faltaba algo en el diario, algo importante de los relatos de los crímenes. ¿Habría omitido el Destripador registrar algún detalle en sus escritos y, de ser así, que será? Con un nuevo aire de determinación en mi corazón, decidí regresar al estudio y revisar mis notas para tratar de identificar lo que me inquietaba.

Un escalofrío recorrió mi cuerpo cuando entre al estudio, como si la temperatura hubiera bajado diez grados con solo entrar. Había un aire de opresión en la habitación, y me costó trabajo acercarme a mi escritorio. El diario aún estaba allí, bañado por la luz de la lámpara en mi escritorio, y parecía incitarme a que lo tomara y leer la próxima entrega de los asesinatos. Me tomó una inmensa cantidad de voluntad resistir la incitación sobrenatural, me obligué a no mirar directamente a sus terribles, pero atractivas páginas y extendí la mano para tomar las notas que estaban a unos centímetros.

Después de la entrada del 5 de octubre, no había escrito hasta el 26, así que concentré mi búsqueda en las fechas entre esos dos días. Si hubiera ocurrido algo significativo mientras estaba en el hospital, podría ayudar a comprobar o refutar algunas de las teorías que abundan. Me tomó menos de cinco minutos encontrar lo que estaba buscando. ¡Fue el riñón!

El 16 de octubre, el señor George Lusk, presidente del Comité de Vigilancia de Whitechapel, recibió por correo un riñón humano en una caja de cartón, iba acompañado con una carta que describía que pertenecía a Catherine Eddowes, supuestamente del Destripador. La carta, insinúa que el escritor había frito y comido parte del riñón, cuando esto llegó al público, los periodistas del día corrieron a publicar grandes titulares. *'Caníbal en Londres, el destripador se come el riñón de su víctima'.*

La opinión médica estaba dividida sobre el riñón. El Dr. Openshaw, curador del Museo de Patología del Hospital de Londres, declaró que era el riñón de una mujer de 45 años que padecía una enfermedad renal, el Dr. Sedgwick Saunders, el patólogo de la ciudad, declaró a la prensa que la edad y sexo del riñón humano no podría determinarse sin el resto del cuerpo, por lo que la discusión continuó. Tras una investigación más afondo de las opiniones de los médicos principales de la época, estaba de acuerdo con la mayoría, que este no era el riñón de Eddowes, y probablemente era un engaño, perpetrado por un estudiante de medicina o alguien con un sentido del humor severamente perverso y macabro.

La carta decía lo siguiente:

Del infierno
Señor Lusk
Te envío la mitad del riñón que le quité a una mujer
lo preservé para ti, la otra pieza la freí y me la comí
estuvo muy buena, puedo enviarte el cuchillo
ensangrentado
si solo me esperas un rato más
firmado atrápame cuando
pueda
Sr. Lusk

Seguramente nadie podría haberse tomado esta carta en serio. Era una falsificación tan obvia, y con un acento irlandés 'cómico' integrado en su redacción. Las cartas anteriores estaban disfrazadas, sí, pero de una manera inteligente y calculada. Esto era una mezcla de errores ortográficos deliberados y risibles, con una infantil construcción de oraciones.

Las primeras cartas mostraban un tono calculador y burlón hacia el lector, esta era simplemente el trabajo de un fanfarrón, que buscaba atención y, en mi opinión, ¡un fraude!

En cuanto al verdadero dueño del riñón, había muchas maneras en esos días para que un estudiante de medicina o cualquier empleado de un hospital obtuviera órganos humanos y de allí preservarlos, como el que le mandaron por correo a Lusk. Probablemente provenía de alguien que habría muerto en un hospital y el riñón le había sido extraído para examinarlo.

De algo estaba seguro. El escritor del diario, El destripador, no podría haber escrito la carta ni enviado el riñón a Lusk. Se encontraba en el hospital en ese tiempo y no podría ser el remitente. Es más, el hecho de que no hiciera referencia al riñón en el diario confirmo mi creencia de que, en el momento de su última entrada, no sabía nada al respecto, ya que tal vez no había tenido tiempo de leer los periódicos su tiempo en hospital, si es que estaba dispuesto a hacer tal cosa. Lo más probable es que solo estuviera preocupado por él y simplemente se hubiera sentido satisfecho de que su nombre siguiera en boca de casi todos en Londres. Mientras se preparaba para su próximo y más espantoso asesinato.

Al menos había puesto a dormir el pensamiento inquietante en mi mente. Sabía que había ocurrido algo y ahora sabía que era. No solo eso, sino que había resuelto, al menos para mi propia satisfacción, uno de los enigmas permanentes asociados con el caso del Destripador. Me preguntaba, si pudiera revelar todo lo que había aprendido, quizás ser recordado como el hombre que había resuelto los asesinatos del Destripador. Por otra parte, mi padre y abuelo tuvieron la oportunidad de hacer lo, ¿no? Algo, y aun no sé qué, les impidió hacerlo. ¿Descubriría también que mantener el secreto seria el camino prudente a seguir?

El cansancio me envolvió como una densa niebla. Sentí mis párpados pesados, me esforcé para mantener los abiertos. Mis brazos y piernas eran plomizos, mi cabeza demasiado pesada para mi cuello, y sentí un extraño aleteo en mi pecho y un temblor profundo que se extendió por todo mi ser. Estaba exhausto, tanto mental como físicamente, a pesar de no haberme esforzado físicamente, aparte de mi caminata al pueblo y de regreso ese día. Aunque sentía la necesidad de regresar al diario, de sacar sus secretos de entre sus páginas, la necesidad de dormir resultó mayor en mi mente aturdida y dejando las luces encendidas, y todo subí las escaleras, me tambaleé al dormitorio, y me dejé caer, completamente vestido, sobre la cama donde me quedé dormido en segundos.

TREINTA Y UNO
A DORMIR Y TAL VEZ SOÑAR

Mientras dormía esa noche, fui transportado de nuevo a ese mundo de pesadillas de imágenes aterradoras y terrores indescriptibles. La cara que me había perseguido en el estudio regreso, burlándose y aterrorizándome, entrando y saliendo de foco, una caricatura compuesta en parte por mí y otra por una aparición arrastrando una capa negra como un ala de murciélago gigante, se aceleró hacia mí de un horizonte envuelta por una niebla ligera. Cuando se desenfocaba era reemplazada instantáneamente por las imágenes de las víctimas, apareciendo como figuras espectrales, flotando en una brisa invisible, atrapadas en un torbellino constante, dando vueltas en un espiral perpetuo, con la boca abierta en un grito de tortura silenciosa, gritando silenciosamente al viento, y donde terminaban las túnicas diáfanas que cubrían sus cuerpos mutilados, una lluvia constante de sangre fresca, roja, oscura goteando al suelo, hasta que el rojo que fluía de los cadáveres torturados tapaba la luz detrás de ellos, el cielo se oscureció lentamente hasta igualar el enrojecimiento de la sangre que goteaba. Entre las terribles imágenes se me apareció el rostro de

John Ross, su rostro era una máscara de odio, su boca abierta en una sonrisa demoníaca, mostrando incisos caninos, que también goteaban con la sangre de sus víctimas y detrás de él, arrastradas por una cadena que sostenía en su mano derecha, las dos jóvenes asesinadas recientemente, retorciéndose en agonía, sus gritos, como los de las víctimas del Destripador, silenciosos y rápidamente barridos por el aumento de viento que continuaba barriendo todo el panorama continuamente cambiante de dolor y sufrimiento, mientras las almas atormentadas de las asesinadas y los asesinos realizaban su horrible ballet de muerte, en lo profundo de mi mente.

Las imágenes surrealistas de la pesadilla dieron paso a un nuevo paisaje onírico, que, aunque pacífico en comparación, fue aterrador. Ahora yo parecía estar flotando, atravesando lentamente un cementerio abandonado y cubierto de maleza, flotaba cerca del suelo, hilera tras hilera de lapidas, desgastadas y en ruinas, gradualmente se fueron enfocando. Allí, en agudo revelo, estaban los nombres de Mary Ann Nichols, Annie Chapman, Elizabeth Stride, Catherine Eddowes y Mary Jane Kelly y, debajo de cada uno de sus nombres en letras grandes, la palabra PUTA. Miraba con horror el panorama despreciable e impío, vi una figura encorvada acercándose a la fila de tumbas envuelta en una capa, llevaba una pala antigua con mango de madera, parecía al mango de una escoba, sin asidero. La figura se movió lentamente a lo largo de las tumbas y luego, para mi horror, empuño la pala como a una arma, no escuché el sonido del metal contra la piedra cuando golpeó la primera lápida, sino que fue un golpe hueco, como si la pala hubiera echo contacto con una cabeza humana, para mi horror, ¡la lápida de Mary Ann Nichols comenzó a sangrar!

El goteo de sangre de la piedra se convirtió rápidamente en una inundación, la hierba que rodeaba la lápida se tiñó de rojo por el chorro que brotaba de la piedra.

Mientras observaba, sintiéndome lo suficientemente cerca como para extender la mano y tocar la figura de negro, se movía a lo largo de las lápidas, realizando el mismo acto a cada una, con el mismo resultado. Cuando la sangre de la última lápida se unió a la de las demás, el suelo se abrió con un sonido terrible, como si mil almas angustiadas se levantaran en tormento, los cuerpos retorcidos y mutilados de las difuntas salieron de debajo del césped empapadas de sangre en una resurrección lúgubre y espantosa, cada una en semejanza a su agonía final, me rodearon mientras flotaba sobre la espantosa escena, extendiendo sus manos, tratando de tocarme mientras luchaba con un terror abyecto. Quería escapar, porque dejar que me tocaran me hubiera manchado para siempre. Pateé y traté de maniobrar para alejarme del aullido de discordia de los muertos, de repente, estaba solo, en otra parte más tranquila del cementerio, mirando hacia abajo una vez más, vi una sola tumba, sin marcar. Ni una sola palabra adornaba esa piedra solitaria, mientras flotaba más y más cerca, vi, en el fondo de la piedra, casi cubierto por la hierba que había brotado a su alrededor, un conjunto de palabras que enviaron un escalofrío a través de mí. Las palabras se leen simplemente, *'Puta desconocida, Edimburgo, 1888'*. Ni en mi pesadilla, recibía reconocimiento la pobre escocesa. La figura regresó, empuño la pala y la golpeo, la lápida explotó en una erupción de sangre, brotó en un arco aterrador, fui incapaz de escapar de la fuerza de la marea, me golpeo como un maremoto de sangre humana cálida y pegajosa, y luego, justo antes de que la locura se apoderara de mí, mi cuerpo se sacudió y tembló y de repente, ¡desperté!

Tenía frío, aún estaba completamente vestido y acostado en la cama, donde me había derrumbado a ese profundo sueño infestado de pesadillas. Mi cabeza estaba llena de las imágenes violentas y horribles que acababa de escapar en virtud de despertar. Miré a mí alrededor en la oscuridad, seguro de que aún estaba rodeado por esas apariciones de la pesadilla. Por supuesto que no había nadie ni nada en la habitación, aparte de un espécimen triste de humanidad tembloroso y debilitado que yacía en posición fetal en la cama. Mi mente se alejaba de los horrores inducidos por la pesadilla y el temblor de mi cuerpo y las palpitaciones de mi corazón se disipaban lentamente, miré el reloj de la mesita. Marcaba las 4:15 No sabía cuánto tiempo había dormido, me había derrumbado en la cama demasiado exhausto para darme cuenta de la hora, puede que haya dormido dos, tres, cuatro horas, no sabía. De cualquier manera, el cansancio solo se había agravado por mi pesadilla diabólica, lejos de sentirme renovado, me sentía peor que antes de subir las escaleras.

Estaba oscuro afuera y el viento había ganado en intensidad mientras dormía. Escuché el susurro de las hojas en los árboles, como si las voces de mis sueños hubieran cruzado al mundo real y se burlaran de mí a través del coro de esas hojas susurrantes. Mientras yacía inmóvil en la cama, los sonidos eran sin duda los más tristes que jamás había escuchado. ¿Como si la naturaleza misma estuviera de luto por las almas de esas pobres desdichadas, o era el sonido del Destripador burlándose de esas almas, y susurrando su triunfo al viento?

Mi mente estaba confusa. Sabía que tenía que moverme, dejar el dormitorio, volver a la realidad y dejar atrás esa pesadilla. Me tomó un increíble esfuerzo para mover mis piernas. Era como un recién nacido, estire lentamente mis piernas y me obligué a levantarme sobre un codo, me balanceé sobre el borde de la cama hasta que mis pies tocaron el piso.

Diez minutos después, estaba en la cocina, con todas las luces encendidas, tal cual las había dejado, estaba en mi segunda taza de café. A menudo me preguntaba cómo Sarah podía beber té o café caliente, diciéndole entre risas que tenía un paladar de amianto, pero admito que fui capaz de tragar el café más caliente que jamás había probado sin sentir el calor en absoluto. Creo que era por lo entumido que estaba tanto físico, como mentalmente.

No pude regresar al dormitorio. Tenía miedo quedarme dormido en la cama y regresar a esa pesadilla. Podría haber tomado más pastillas para dormir, pero decidí no hacerlo. Quería evitar la resaca que me inducían, sabía que tenía que concluir mi estudio del diario en los siguientes días, antes de que regresara Sarah, así que quería estar lo más alerta posible.

En lugar del dormitorio, opté por el salón, me lleve una jarra de café caliente. Encendí la chimenea de gas y sentí su calor inundar la habitación. No me había dado cuenta de lo fría que estaba, el fuego pronto alegro mis huesos doloridos y mi mente aturdida. Resistí la tentación de encender las noticias de veinticuatro horas en la televisión. A juzgar por los eventos de los últimos dos días, no sabía que se pudiera revelar, ¡y ya había tenido suficiente!

Arrime el taburete cubierto de dralón que Sarah usualmente usaba para descansar sus piernas, acomode mis pies y bebí un sorbo de café. Después de otras dos tazas de la bebida revitalizante me sentí un poco más relajado y me prometí que trataría de completar el diario y las notas en las próximas veinticuatro horas. Creo que ese fue el último pensamiento coherente que tuve, incline mi cabeza a un lado contra el respaldo del cómodo sillón, con el suave silbido del fuego como compañía y el calor de su llama emanando un confortable resplandor a mis adolorido y cansado cuerpo. Me quedé dormido, y esta vez, no tuve pesadillas.

Me desperté a las 7:30, más renovado de lo que quizás tenía derecho a sentirme. El viento se había disipado, el sol de la mañana brillaba a través de los cristales de las puertas del patio (no había cerrado las cortinas la noche anterior), la habitación estaba maravillosamente cálida, el fuego se había encargado de eso. Aun emitía ese siseo amigable mientras irradiaba su calor, y todo se veía y se sentía mejor ahora que había llegado la luz del día.

Me dirigí, primero al baño, donde el reflejo que vi del espejo me sorprendió. Me veía pálido, despeinado, mis ojos se veían hundidos, profundamente en sus cuencas. Un largo baño caliente y una afeitada cambiaron un poco mi apariencia, pero no como me sentía. Después fui la cocina, me prepare un desayuno de pan tostado y mermelada y un par de huevos cocidos y más café para hacer frente a la segunda parte del problema y admito que mi mente se sentía como si estuviera siendo arrastrada a algo que no entendía, pero me sentí mejor.

El problema con las enfermedades mentales de cualquier tipo es que pueden ser sigilosas en quien las padece, ni se dan cuenta que están ahí, y todo parece normal cuando en realidad está lejos de serlo.

Quizás por eso, por primera vez en los últimos tres días, me sentía optimista, con la idea de terminar el diario, completar el viaje y finalmente poner fin al Destripador y su triste pero asesina historia. Claro, eso solo demuestra lo ingenuo que puede ser un hombre, incluso de mi educación y supuesta inteligencia. Las cosas nunca iban a ser tan simples, ¿verdad?

TREINTA Y DOS
APARTAMENTOS MILLER

Después de limpiar mi loza, regresé al estudio, lleno de optimismo. Admito que sentí un poco de temor antes de entrar a la habitación, pero me convencí de que todo lo que había sucedido los dos últimos días había sido simplemente un estado mental temporal, inducido por la reciente pérdida de mi padre y la soledad. Me sentía solo y tenía una mente hiperactiva.

Aun así, abrí la puerta lentamente y miré alrededor antes de entrar; como si tuviera miedo de molestar a alguien, o algo, en la habitación. Todo estaba exactamente como lo había dejado la noche anterior, al menos, eso pensé. Me acerque al escritorio, mi bienestar se evaporó rápidamente al ver la pantalla de la computadora. Estaba seguro de que la apague anoche, pero la luz del monitor estaba verde, y cuando toqué el mouse, el protector de pantalla cobró vida. En la barra de tareas estaba el nombre de Casebook y, sintiéndome cada vez menos en control de mis emociones, hice clic en el botón. La página que apareció no era la última que recordaba haber consultado. Contenía los informes del asesinato de Mary Jane Kelly, con descripciones gráficas de sus heridas. ¿Cómo diablos había llegado allí? Definitivamente no recordaba haber accedido a esa página en particular, sin embargo, ahí estaba. Desconcertado, se esfumo el equilibrio que había recuperado la última hora, sentí una vez más que no estaba tan solo como pensaba en la casa. Sabía que tenía que regresar al diario. Como si me llevaran ineludiblemente hacia las páginas restantes, como si tuviera prisa por revelar los secretos finales, pero antes de eso, quería aprender más sobre Mary Jane Kelly. Sabía que el Destripador habría escrito su versión macabra y siniestra, muy posiblemente en la siguiente página a la que llegaría, pero primero, quería leer los hechos oficiales registrados.

Tuve la terrible sensación de que me estaba mirando, como si miraran por encima de mi hombro, me di la vuelta tan rápido como pude. Por supuesto, no había nadie.

Cuando comencé a leer la triste historia de la muerte de Mary Kelly, me sorprendió mi estupidez. La habían matado la noche del 9 de noviembre, la última entrada que había leído en estaba fechada el 26 de octubre. Aún faltaba más de una semana en la cronología del diario antes de que volviera a atacar. ¿Por qué había pensado que el asesinato ocurriría en los próximos días? ¿Cómo pude haber leído tan mal las notas? ¿Sera por eso que la computadora me había llevado a las notas de nuevo? ¿Alguien, o algo, estaba tratando de asegurarse de que siguiera correctamente la historia de los asesinatos y que no cometiera ningún error? Era una sensación inquietante y siniestra, saber que la página que estaba leyendo había aparecido como por arte de magia, colocada por una mano invisible, como si supiera que me estaba alejando del verdadero curso de los acontecimientos y quería que me concentrara en la verdad.

Los detalles de la última víctima canónica del Destripador eran espantosos y horribles. Por eso, creo que es apropiado registrar las aquí para que usted, el lector, pueda apreciar la destrucción desenfrenada del Destripador esa terrible noche.

La historia de Kelly está envuelta en misterio, su vida temprana quedó registrada de manera puramente anecdótica por las historias que ella misma contó a sus amigos en Londres. Parece haber nacido en Limerick y se mudó a Gales de niña cuando su padre consiguió trabajo en una ferretería. Ella era una de siete u ocho hijos, una hermana, el resto hermanos. Se casó con un minero llamado Davies en 1879, quien murió en un accidente en una mina dos o tres años después. Al parecer, se convirtió en prostituta mientras vivía con una prima en Cardiff, y luego se mudó a Londres, donde trabajó un tiempo en un burdel de clase alta, como era de esperarse debido a su juventud y aparente buena apariencia. Desafortunadamente, no hay registros que respalden nada, todo es simplemente lo que Kelly relató a sus conocidos. Finalmente terminó en el pozo de escoria humana que componía lado este de Londres, vivió un tiempo con un novio, Joseph Barnett, con quien disfrutó de una existencia relativamente próspera hasta que él perdió su trabajo y ella regreso a las calles a ganarse la vida con la venta de su cuerpo. A medida que la relación se volvió más volátil, ella y Barnett se separaron, ella continuó viviendo en la pequeña vivienda que tenía el domicilio de Apartamentos Miller #13, en la calle Dorset, una de las calles más deterioradas y de mala reputación de Whitechapel. En esa pequeña habitación fue donde se descubrió su cuerpo la mañana del 9 de noviembre, Mary Kelly fue vista con vida por última vez alrededor de las 2 a.m.

El doctor Thomas Bond, cirujano de la policía de Westminster, informó lo siguiente:

Posición del cuerpo

El cuerpo yacía desnudo en medio de la cama, los hombros planos, pero el eje del cuerpo inclinado hacia la izquierda. La cabeza estaba colocada sobre su mejilla izquierda. El brazo izquierdo estaba con el antebrazo flexionado en ángulo recto sobre su abdomen. El brazo derecho fue seccionado levemente del cuerpo y descansaba sobre el colchón, el antebrazo supino con los dedos apretados. Las piernas estaban separadas, el muslo izquierdo en un ángulo recto con el tronco y el derecho formando un ángulo obtuso con el pubis.

Se extrajo la superficie del abdomen y muslos, los colgajos estaban sobre una mesa y se vació la cavidad abdominal de vísceras. Los senos fueron cortados y los brazos mutilados el rostro cortado e irreconocible. Los tejidos del cuello fueron cortados hasta el hueso.

Las vísceras se encontraron en varias partes; el útero y los riñones con un seno estaban debajo de la cabeza, el otro seno cerca del pie derecho, el hígado entre los pies y los intestinos al lado derecho, el bazo al lado izquierdo del cuerpo.

La cama estaba saturada de sangre en la esquina derecha del piso había un charco de sangre de aproximadamente un metro cuadrado. La pared del lado derecho de la cama y en línea con el cuello estaba marcada con sangre en varias salpicaduras separadas.

Examen post mortem.

La cara fue cortada en todas direcciones y la nariz, mejillas, cejas y orejas fueron parcialmente removidas.

Los labios tenían varias incisiones que bajaban al mentón. También hubo numerosos cortes que se extendían irregularmente.

Corto el cuello hasta las vértebras, la quinta y la sexta profundamente marcadas. Los cortes en la piel de la parte delantera del cuello mostraban una equimosis distinta.

El paso de aire fue cortado a través del cartílago cricoides.

Ambos senos fueron extirpados mediante incisiones circulares, y los músculos de las costillas estaban con los senos. Se cortaron los intercostales entre la cuarta, quinta y sexta costillas y el contenido del tórax era visible a través de las aberturas.

La piel y tejidos del abdomen desde el arco costal hasta el pubis se eliminaron en tres grandes colgajos. Se desnudó el muslo derecho al hueso, el colgajo de piel incluía parte de la nalga derecha. El muslo izquierdo fue despojado de piel, fascia y músculos hasta la rodilla.

La pantorrilla izquierda tenía un corte largo que se extendía de la rodilla al tobillo.

Ambos brazos y antebrazos tenían heridas extensas e irregulares.

El pulgar derecho tenía una incisión superficial de aproximadamente 3 centímetros de largo y había varias abrasiones en el dorso de la mano.

*Al abrir el tórax se constató que el pulmón derecho
estaba mínimamente adherido. La parte inferior del
pulmón estaba arrancada. El pulmón izquierdo estaba
intacto, adherido en el ápice. En las sustancias del
pulmón había varios nódulos de consolidación.*

El pericardio estaba abierto y el corazón ausente.

*En la cavidad abdominal había comida parcialmente
digerida de pescado y patatas y se encontró comida
similar en los intestinos.*

Así que Mary Kelly no solo fue asesinada, sino que fue
masacrada. La pobre mujer fue masacrada sistemáticamente.
Aunque es la primera vez que relato el alcance total de las
heridas de la víctima, lo hice para establecer más allá de toda
duda la extrema depravación del perpetrador de los asesinatos.
Además, por primera vez en los asesinatos, el médico había
identificado heridas defensivas en las manos de la pobre niña.
Frente al asesino más cruel registrado hasta ese momento en
Londres, la última víctima del Destripador había luchado para
defenderse; había luchado por su vida. ¿Cuáles habían sido sus
últimos pensamientos, me pregunté, mientras luchaba en vano
contra su atacante? Debió ser invadida por pavor y miedo, a
diferencia de los asesinatos anteriores, este no había sido rápido,
ningún corte de garganta para poner fin a la agonía de la
víctima de manera rápida y segura. Una búsqueda más a fondo
de mis notas reveló que no se había encontrado el corazón de
Kelly. ¿Qué habrá hecho con él? ¿Sería un trofeo, para ser
exhibido en la privacidad de su hogar, para regodearse de su
mejor momento? Me estremecí, tanto con miedo como con una

ira fuerte. Me tomó unos minutos recuperar mi compostura y calmarme y poder pensar racionalmente.

Me horrorizó la crueldad y barbarie de la matanza perpetrada a Kelly. La profanación de su cuerpo fue increíble y debe haberle tomado bastante tiempo.

En esta ocasión tuvo tiempo, fue su primer asesinato bajo techo, tuvo la oportunidad de proporcionar al mundo el ejemplo perfecto del extremo al que podía llegar su 'obra'.

No es de extrañarse que no se supo nada más del destripador después de este espantoso crimen, no podía concebir que él pudiera mantener el más mínimo grano de cordura después de haber cometido tal acto, como fue la intención desde el principio, sin pensarlo dejé mis notas y cogí el diario, pase a la siguiente entrega de esta infernal historia.

Sin embargo, las siguientes palabras me saludaron del interior del diario no eran del Destripador. Escondida entre las páginas escritas por la mano de quien había perpetrado mutilaciones horribles y salvajes, vi que mi bisabuelo había dejado otra nota. Quizás explique con más detalle su relación con el Destripador.

Con manos temblorosas, y con mi corazón pesado por tristeza, mi cerebro cada vez más perturbado por las imágenes salvajes que venían a mi mente, comencé a leer...

TREINTA Y TRES
UNA CONFESIÓN

Juro en nombre de Dios Todopoderoso que no supe de este terrible diario durante los asesinatos en Whitechapel, de hecho, fue hasta después del asesinato de Kelly. Coloco aquí esta nota porque me parece apropiado en vista de lo que ha escrito en la siguiente página. El día que lo vi, en su casa, estaba más lúcido, aunque era evidente que no todo iba bien. Sus fantasías, como yo creía que eran, se estaban volviendo más oscuras y violentas, pero juro que pensaba que eran el producto de su mente febril. Simplemente pensé que era incapaz de ser la bestia que ha cazado en las calles de nuestra capital durante estas semanas. Quizás mi juicio se vio afectado por conocer a su madre, su familia y mi propia y lamentable conducta.

Tú, hijo mío, te sorprenderá saber estas cosas, al leer esto después de mi muerte, debo dar rienda suelta a mi conciencia ante mi creador y depositar mi memoria en tu misericordia.

Fue en el verano del 56 cuando un amigo y colega me invitó a su casa de campo. Allí me invitaron a la casa de un médico local en las afueras de esa ciudad rural. Tenía una esposa, bella bajo los estándares de cualquier hombre, y como yo no estaba casado, me sentí extrañamente atraído por ella. Era la mujer más hermosa que había visto, con su largo cabello oscuro, una cintura delgada y ojos que parecían arder con fuego, una pasión por la vida que parecía necesitar un nuevo amanecer, como si estuviera en un trance. Había algo de gitana en su apariencia, una pasión salvaje, ardiente y oculta en su carácter. No era feliz en su matrimonio, en la superficie parecían dedicados el uno al otro. Pero, quedó impresionada con la atención que le daba, como llevarle una flor o bromear con ella mientras paseábamos por los jardines de su casa, siempre por supuesto mientras su marido estaba ausente. Sentí culpa, ya que su esposo era un hombre y medico excepcional y me había acogido en su casa en numerosas ocasiones.

No podía evitarlo, y pronto me enamoré de la dama. Aunque se esforzó por evitar lo obvio y se esforzó por cumplir con sus votos matrimoniales, llegó un día en que ya no pudimos controlar las pasiones que ardían en nuestros frágiles cuerpos y sucumbimos a los deseos carnales. Después, conmocionada por su debilidad y temerosa de la furia de su marido si descubriera su infidelidad, me prohibió volver a visitarla y me suplicó que regresara a Londres lo antes posible. No tuve más remedio que dejar el condado y regresar a mi casa.

Un tiempo después, recibí una carta de ella en la que me

decía que estaba embarazada y me rogaba que nunca volviera a ese pueblo. Nunca lo hice, y no fue hasta hace poco que el hombre que ahora visito, el autor de estas infernales páginas, vino a mi casa un día armado con una carta de presentación de su madre. La carta había sido escrita hace unos años, la había traído consigo hasta que pudiera anunciarme su presencia. Su madre, había enfermado y había estado confinada en un manicomio, hasta su muerte. El que siempre había considerado su padre, estaba muerto y estaba solo en el mundo. Dijo que no me guardaba rencor, sólo deseaba conocerme, ya que para él era obvio que su madre me había querido mucho y yo a ella.

Con solo verle los ojos, pude identificarlo. Eran los ojos de su madre, la que ame y perdí antes de que tu madre llegara a mi vida. Hice lo que pude por él. Lo presenté en mi club, le di toda la asistencia que pude y he luchado para mantenerlo recto a pesar de sus problemas recientes. ¿Cómo el hijo de una mujer honorable, y me avergüenza decirlo, podría ser el monstruo conocido como El destripador?

Les digo esto para que comprendan la fragilidad y locura que arruinaron mi vida y llevo miseria y muerte a otros. Aunque no me atrevo a pedir perdón, ahora que mis huesos yacen blanqueándose en la tierra, te pido que trates de entender por qué actué como lo hice y trates de perdonarme por las cosas que hice para mantener en secreto la verdad de lo que sucedió. Si comprendes y me puedes perdonar, entonces te ruego que guardes para siempre este secreto entre tú y mi memoria, y si necesitas confesarlo, como yo he tenido que hacer, hazlo sólo de la misma manera que use en esta carta. Te ruego, hijo mío, que reveles este terrible secreto solo después de tu muerte y solo a tus parientes más cercanos, y les supliques guardar este secreto para siempre, porque no hay nada que pueda ser obtenido con divulgar lo.

Mientras leas lo que está por venir, espero y me concedas ese entendimiento, al menos podre encontrar paz sabiendo eso, aunque mi alma arderá para siempre, de eso estoy seguro.

Como dije, en esta ocasión cuando lo visité, estaba lúcido, no se le notaba el trastorno y creí que estaba mejorando, que los medicamentos que le había recetado le estaban ayudando. Esperaba que dejara de usar el láudano, pero dijo que sus dolores de cabeza habían empeorado y el láudano era lo único que le ayudaba. Allí supe que era adicto y consumiría en exceso el opiáceo. Conversaba bien, su educación y crianza eran evidentes en sus modales y porte. No podía dejar de ver sus ojos, esos ojos que eran tan parecidos a los de su madre, le expresé mi tristeza de que ella hubiera terminado de esa manera, muriendo en ese lugar. Sin embargo, cuando hable de ella, su comportamiento cambió, sus ojos brillaban con una mirada siniestra y malévola. Pensé que estaba sufriendo otra convulsión cerebral, cuando de repente anunció que El destripador aún no había terminado, que atacaría de nuevo y pronto, todos pronto sabrán de su mayor crimen. Sentí que estaba siendo dramático y sensacionalista y descarté esta perorata como otro más en su estado febril, como si estuviera fijando todo su odio reprimido por su estado en el Destripador, identificándose con él en su locura, nunca ni por un minuto creí que él era ese hombre. Qué equivocado estaba. Ojalá pudiera vivir mi vida de nuevo y hacer las cosas de diferentes, pero no puedo, ahora sabes la verdad, o, la mayor parte, no estoy listo para revelar el final de esta triste historia. Quizás cuando hayas leído el resto de su confesionario entenderás mi tormento, y por qué hice lo que hice, y por qué el silencio debe ser para siempre.

Tu Padre
Burton Cleveland Cavendish

La nota no tenía fecha, pero sabía que fue escrita después de que mi bisabuelo leerá el diario, ¡por fin ahora yo lo sabía! Jack el Destripador era pariente mío. El hijo ilegítimo de mi bisabuelo, una relación con una mujer que había enamorado a mi bisabuelo en su juventud.

De hecho, por las palabras de mi bisabuelo y por lo que había leído en la información proporcionada por Casebook, ahora tenía una idea más clara de la identidad del Destripador, su nombre se había vuelto irrelevante para mí. Si era el hijo de mi bisabuelo, entonces habría sido mi tío abuelo, pensé. Ya que habría sido medio hermano de mi abuelo, aunque el abuelo obviamente no sabía de su existencia hasta que recibió esta nota con el diario. Me imagino su sorpresa y horror al hacer ese descubrimiento. ¿Cómo habría tomado la noticia de que estaba relacionado con el asesino? Más concretamente, ¿cómo se las arregló para mantenerlo en secreto tanto tiempo, revelando la verdad solo en la forma del diario, que le dejó a mi padre después de su muerte, tal como me había sido legado? La respuesta era sencilla. Estaba allí, en la mano de mi bisabuelo, una súplica desde la tumba, pidiendo que el secreto se mantuviera en la familia para siempre. Después de leer su triste confesión a su hijo, entendía por qué.

Por supuesto, tenía que haber más. Había mucho que mi bisabuelo no estaba revelando, al menos aún no. Sabía que era algo terrible, peor que revelar la identidad del Destripador y su relación con la familia. Era un sentimiento que se hacía más fuerte en mí, un sentimiento de que el horror final de su asociación con mi bisabuelo no había terminado. Tenía que completar el diario y esperar encontrar la verdad.

Había estado alejado de las palabras de El Destripador durante demasiado tiempo, era hora de pasar a la página de la noche del asesinato de Mary Jane Kelly, la noche que el reinado de terror de El destripador llegó a su fin.

TREINTA Y CUATRO
MARY, MARY, DULCE MARY

ME ALEGRÉ de haberme tomado el tiempo de estudiar los hechos del caso Kelly. Sentí que, me había armado contra lo que sea que el Destripador haya agregado posteriormente al diario. Nada podría ser más horrible que la verdad, y las palabras del médico que realizo la autopsia a la pobre chica habían sido más escalofriantes en su fría y profesional presentación. Mi bisabuelo había revelado lo suficiente en sus palabras como para armarme más en mi viaje a través de las que serían las últimas páginas del diario. Mi padre me había dicho que escuchara la verdad como se presentara y que, cualquier mentira o exageración posterior no me haría daño. Así lo haría, tomé el diario y una vez más vi la letra de El destripador.

Como se estaba volviendo cada vez más frecuente, se había perdido varios días entre las entradas, y la siguiente llegó tres días después de la anterior.

29 de octubre de 1888

El tiempo se acaba, las voces se hacen más fuertes en mi cabeza, el dolor es mucho peor y el láudano no me alivia. Tomo cada vez más y lo único que hace es enfermarme, soy una máscara de fiebre. Debo volver a golpear, y pronto, las putas están confiadas, creen que me he ido, que me he alejado de la oscuridad, pero no, he estado durmiendo, esperando, descansando, volveré a enrojecer las calles de sangre de puta. He visto, a la que cortaré y destriparé. Una cosa bonita, podría ser una doncella, pero no lo es, es una puta sucia y pestilente, y morirá. Hable dos veces con ella en una taberna de la calle Commercial. Ella tiene una alta opinión de sí misma, y merece mis mejores esfuerzos, la cortaré bien y le dejaré una señal para que todos vean.

Esta entrada me demostró que ahora estaba en las últimas etapas de su locura. Las voces se hacían más fuertes, la fiebre, signos de su degeneración final. El láudano, lejos de aliviar sus síntomas, se había convertido en un problema adicional, sufría los efectos de la intoxicación por opio, en su cuerpo y mente, no podría soportar mucho más.

Su descripción de sus reuniones con Kelly, (seguramente era ella a quien estaba describiendo), me mostraron que en este, su último y más espantoso asesinato, había acechado a su víctima, la había conocido, había hablado con ella, había pasado tiempo con ella. Por su referencia a la calle Commercial y mis notas, pensé que se refería a una taberna con el nombre de Queens Head, era un lugar común para prostitutas en esa calle. Era razonable creer que se encontrara con su víctima allí. Su comentario de que 'tiene una alta opinión de sí misma' apoyó aún más mi creencia de que se trataba de Kelly, quien fue conocida por ser una fanfarrona y tejedora de fantasías, se creía de una posición social más alta que las mujeres en su profesión. Escalofriante su comentario final 'la cortare bien'. Kelly no tenía idea que la había marcado para la muerte mucho antes de su muerte.

Este asesinato final no había sido aleatorio, sino un ataque calculado y predeterminado. Aun después de todo lo que había leído en los últimos dos días, me sorprendió con su selección insensible de su última y más sanguinaria víctima.

Ella era bonita, dijo, ¿eso le molestaba? ¿Estaría celoso de los que no estaban afectados por la enfermedad que él padecía, que la había elegido solo por su buena apariencia? Cabe señalar que ninguna de sus otras víctimas había sido joven o particularmente bella, pero ahora estaba buscando y seleccionando a la prostituta más bonita para satisfacer su sed de sangre. Había una frialdad en sus palabras, me dio un escalofrío que llegó a mi alma. A Kelly le quedaba, un poco más de una semana de vida y el Destripador estaba contando los días a que saciaría su sed de sangre en el más atroz y horrible asesinato. ¿Cómo podría ella saber que el hombre con el que había estado bebiendo en al menos dos ocasiones, era el hombre más buscado de Londres por los asesinatos de sus colegas prostitutas? riéndose con el hombre que pronto le otorgaría el dudoso 'honor' de ser la última víctima registrada del destripador.

Registró otra breve entrada en la parte inferior de la página.

30 de octubre de 1888

Mary, Mary, dulce Mary, sé tu nombre y dónde vives, Mary, Mary, puta sucia Mary, pronto estarás en el infierno.

Jajajaja

Sabía su nombre, estaba jugando un juego en su mente, y la pobre chica estaba siendo utilizada como peón en su última y más diabólica demostración de crueldad. Su verso burlón me hizo estremecer, solo podía imaginar el júbilo perverso que debió haber sentido al escribir esas palabras. Su mente estaba al borde del colapso, de eso estaba seguro; descendía cada vez más a las profundidades de su locura, y la desafortunada Kelly estaba siendo acechada como un gato acecha a un pájaro en el jardín, la observaba, esperando el momento para atacar, mientras ella seguía con sus asuntos como de costumbre, totalmente inconsciente del repentino y brutal final que había planeado para ella.

Pasé a la siguiente página, y había más versos breves y retorcidos.

31 de octubre de 1888

Mary, Mary, puta, puta, puta, pronto estarás muerta
Mary, Mary, puta, puta, puta, podría cortarte la cabeza.

1 de noviembre de 1888

Cortaré y destriparé a la puta Mary
Hasta que ya no quede nada de Mary.

2 de noviembre de 1888

Visité Queens Head de nuevo. Bebí con la puta y le di dinero. Un chelín para comprar una bebida. Aprenderá a confiar en su amigo, y luego me saldré con la mía.

3 de noviembre de 1888

Me duele la cabeza: no puedo esperar mucho más. Las voces me dirán cuándo, pero debe ser pronto. Siento la necesidad de derramar la sangre de la puta. Debe morir pronto y yo descansar, el trabajo es duro y me duele la enfermedad. Cavendish vino a verme, pobre tonto. Aun cree que estoy alucinando, quiere que deje el láudano. Trató de ayudar supongo.

¿Cómo puedo detenerme ahora? Traté de decírselo, quería que entendiera, él de todas las personas, necesitaba saber, que se diera cuenta de la importancia de mi trabajo. ¿Por qué no me cree? Sé que seguiré el camino de mi querida madre, ya comenzó, me es más difícil pensar, enfocar mis pensamientos en lo que debo hacer, y con tanto dolor que apenas puedo soportarlo, deseo que Cavendish me ayude, pero no puede, no quiere, porque no me comprende ni cree. Visitaré el parque mañana. Arrojaré migajas a los patos en el lago.

Entonces, planea lo que probablemente fue el asesinato más espantoso y horripilante hasta ese momento en la historia de

Londres, ¡después decide ir a alimentar a los patos en el parque! Estaba seguro que la locura del Destripador estaba completa. La capacidad de cambiar de lo loco a lo mundano en el espacio de un segundo me convenció de eso. Recuerdo haber pensado que probablemente pensaba más de esos patos, que las vidas de las mujeres que mató tan brutalmente. Al menos reconoció los intentos de mi bisabuelo por ayudarlo, aunque los descalifico con rapidez, prefiriendo ver a su propio padre como nada más que un 'pobre tonto', por no creer su historia de ser el Destripador. Traté de imaginarme cómo se habría sentido mi bisabuelo cuando se enfrentó a las confesiones del Destripador. ¿Qué padre, querría admitir libremente que su hijo era el asesino más repugnante y atroz de su tiempo? Mi bisabuelo habría encontrado más fácil creer, que simplemente estaba confesando los crímenes de otro, en un intento de obtener atención. Sé que si tuviera un hijo, haría cualquier cosa antes que admitir esa posibilidad, en ese momento sentí simpatía por mi bisabuelo.

A pesar de haber estudiado el caso de Kelly con detalle antes de dedicarme al diario, me sorprendió mucho de lo que estaba leyendo. Aún no había llegado a la noche del asesinato, las entradas que estaba leyendo eran escalofriantemente perturbadoras para mi mente frágil.

En primer lugar, me quedo muy claro que ella no fue una víctima aleatoria, como las demás, y en segundo lugar, el hecho de que el Destripador se tomó el tiempo para formar una amistad con ella me causó un gran dolor e inquietud, porque era evidente que Kelly había sido acondicionada. El autocontrol se le desvanecía al autor con cada nueva entrada, las enfermizas rimas, el cambio de la muerte a patos y la última y más inquietante entrada.

4 de noviembre de 1888

Voy a matar y destripar a la puta
Jack vivirá para siempre.
Porque así como su sangre fluirá por el suelo,
Pasaré por la puerta a la historia.
Jajajaja

Me embargó un terror que, hasta el día de hoy, no puedo explicar. ¿Qué quiso decir? ¿Jack vivirá para siempre? ¿Creería que estaba a punto de recibir una inmortalidad? ¿Qué quiso decir con 'pasare por la puerta a la historia'? ¿Por la puerta a dónde? ¿El presente? A donde yo estaba sentado temblando con el pensamiento ilógico y poco práctico, ¿habrá encontrado una manera de vivir más allá de la tumba?

¿Serían los asesinatos parte de un rito para poder viajar a través del tiempo y espacio o dándole la habilidad de engañar a la muerte? En este momento estaba aterrorizado, petrificado más allá de lo creíble. Tuve la repentina idea de que el diario en sí podría ser la puerta sobre la que había escrito, un portal, proporcionarle una ventana al futuro, su futuro, y permitirle visitar sus crímenes a perpetuamente de siglo a siglo. Rápidamente me dije que esos pensamientos eran una absoluta tontería, nada más que desvaríos de mi mente, provocados por la naturaleza inquietante del diario y su contenido sangriento. Realmente me esforcé por creer eso, pero el pensamiento simplemente no desaparecía.

Con suprema fuerza de voluntad, me obligué a levantarme de la silla y salí a la cocina. Necesitaba un café, té, algo; cualquier cosa para despejar a mi mente de esos pensamientos terribles, nadie en esta tierra podría imaginar, ni por un momento, cómo me sentía. Cuando salí del estudio, cerré la puerta detrás de mí y mientras lo hacía, juro que escuché una risa, venía del interior de la habitación. Tuve miedo abrir la puerta y entrar a ver.

TREINTA Y CINCO

PLAZO

La cocina se sentía cálida y acogedora después del frío que me había invadido en el estudio. Quizás era una ilusión creada por mi mente como resultado de estar rodeado por lo ordinario de la cafetera, refrigerador e implementos de la vida diaria. Me senté junto a la chimenea, abrazando una taza de café humeante (con un trago de whisky) contra mi pecho, traté de racionalizar los últimos minutos en el estudio, para volver a la realidad y escapar de los terrores surrealistas e imaginarios que se estaban apoderando de mi mente.

Por enésima vez me dije que El destripador había estado muerto unos cien años, y que era imposible que su alma, o espíritu, llámelo como quiera, hubiera sobrevivido impregnándose en las páginas de un viejo diario. Una y otra vez me repetí eso, tratando de convencerme que estaba siendo irracional y muy estúpido. Entonces, ¿por qué, a pesar de mi supuesta mente lógica e inteligente, no me creía totalmente, a mí mismo?

No creo en la reencarnación o el mundo espiritual. Los fantasmas no juegan un papel en mi vida. Son productos imaginarios de gente hiperactiva, útiles para que autores y ejecutivos de cine los utilicen como un medio para producir cuentos de ficción para entretener y aterrorizar a los crédulos entre su público. Entonces, ¿por qué no podía dejar de sentir que me sucedía algo fuera de lo común, aquí, en la aparente seguridad y protección de mi propia casa?

Me dolía la cabeza y mis músculos se habían tensado, me di cuenta que estaba sentado rígido como una tabla. Traté de relajarme y tranquilizar mi respiración. Cerré los ojos, esperando que la tensión se disipara de mi mente. En cambio, lo único que veía fueron esas horribles imágenes de mis pesadillas, las almas torturadas de las víctimas, retorciéndose en sus agonías y pidiendo liberación de su tormento eterno. Abrí los ojos de nuevo y me levanté de la silla. Me arrastré al fregadero y me eché copiosas cantidades de agua fría en la cara, tratando de regresar al mundo real, deseando forzar los sentimientos de pavor de mi mente.

Por más que traté, no podía escapar del control que el diario y su autor, habían ejercido sobre mí. Era como si estuviera atrapado en el limbo, a medio camino entre la realidad de mi vida anterior (de hace solo un par de días) y la extraña vida en la que parecía estar viviendo a través de las páginas sangrientas del diario. Mi principal preocupación era ¿qué me pasara cuando llegue al final? ¿Seré capaz de simplemente guardarlo y volver a la vida que tenía antes de saber de su existencia, o seria condenado a vivir obsesionado con el contenido de esas páginas?, vivir para siempre a la sombra del Destripador

Sentí como si un abismo se abriera ante mí, y que algo más allá de la realidad cotidiana me acercaba a su borde. Necesitare una suprema fuerza de voluntad para retener mi control sobre la realidad, mientras mi mente se estaba deslizando hacia otro lugar. ¿Por qué estaba recibiendo imágenes tan reales y gráficas de las víctimas del Destripador, y me sentía que estaba empezando a comprenderlo, como si mirara por una ventana su mente?

Mientras estos pensamientos y emociones oscuras llenaban mi cabeza, fui regresado repentinamente a la realidad por el sonido del teléfono. Quería que fuera Sarah, salté de la silla y atravesé la habitación a donde colgaba el teléfono, arrebatándolo de su base como si mi vida o al menos mi cordura dependieran de hablar con mi esposa. ¡Era la Sra. Armitage!

"Roberto, ¿estás bien? Hablé con Sarah y está preocupada, cree que estás enfermo, así que dije que te vería".

Mi respuesta fue concisa, y quizás injusta, ya que mi vecina solo se preocupaba por mí.

"Señora Armitage, estoy bien, le dije a Sarah, y ahora le digo lo mismo. ¿Por qué no puede dejarme en paz? Estoy terriblemente ocupado, ¿podría dejarme en paz?"

"Bueno, está bien Roberto, no hay necesidad de ser desagradable. Solo intento ayudar".

"¡Adiós Sra. Armitage!" Le espeté, y colgué. Instantáneamente lamenté ofenderla, y contemplé llamarla para disculparme, pero lo pensé. Sabía que debe haberse horrorizado al escuchar al doctor Cavendish, hablándole tan áspera y superficialmente, pero había deseado tanto que fuera Sarah al teléfono que me sentí profundamente decepcionado cuando resultó ser nuestra vecina, que literalmente me descarrile. Sera mejor dejarla, estaba seguro que lo superaría en poco tiempo.

Cogí el teléfono y marqué el número de mi cuñada. Si Sarah no me iba a llamar, llamaría yo. Jennifer contesto al segundo timbre, y en cuanto hable debió sentir que no estaba bien.

"¡Roberto, suenas horrible! ¿Qué estás haciendo en esa casa? Suenas cansado y, bueno, no eres tú. Espera, iré por Sarah".

Típico de Jennifer. Haría su punto y sin esperar a que le respondiera, actuaría en consecuencia. Simplemente dejó caer el teléfono y fue a buscar a su hermana, mi esposa, y no tardó mucho. En unos segundos, Sarah se puso al teléfono. Me tomó diez minutos convencer a mi esposa de que estaba bien, para evitar que se subiera a su auto en ese momento y regresara a casa para estar conmigo. Por más que la extrañaba y necesitaba, no quería a Sarah cerca hasta que completara mi viaje a través del diario. Sentí que, no era seguro estar conmigo hasta que sellara el diario y lo colocara fuera de la vista del mundo una vez más.

Al final cedió, pero dijo que regresaría la siguiente noche, tenía un poco más de veinticuatro horas para terminar el diario y las notas de mi bisabuelo adjuntas. Intercambiamos 'Te amos', y coloque el teléfono en la pared, preparé otra jarra de café y con una determinación sombría y el deseo de terminar la mañana siguiente, camine de regreso al estudio.

Estaba justo donde lo había dejado. El diario, había captivado mi mente por completo en el espacio de unos días, me estaba esperando, para contarme sus secretos, me sentí atraído a él como nunca antes, sabiendo que mi tío abuelo me esperaba para contarme el resto de su historia. No podía escapar de esa realidad. Era mi tío abuelo, a pesar de su ilegitimidad, había sido hijo de mi bisabuelo por lo cual debía existir algo de el en mí.

Eso era lo que me asustaba, el hecho de que el linaje de mi bisabuelo corría tanto por las venas del Destripador como por las mías.

Su madre y mi bisabuela eran diferentes, pero aún teníamos el factor común de mi bisabuelo uniendo nos *y si estábamos unidos*, de una manera que no entendía. El diario era el vínculo que nos había unido y ahora nos mantenía atrapados en un mundo, no del todo en su tiempo o el mío. Tenía que liberarme del control del diario y volver a la realidad del siglo XX, sabía que tenía que hacerlo antes de que Sarah regresara. El diario no podía quedar expuesto; una voz en el fondo de mi mente me dijo eso, una advertencia, y ahora que tenía ese plazo para trabajar, la necesidad de completar mi lectura se hizo mayor.

Atravesé el estudio, mis ojos nunca dejaron al diario ni por un segundo, me senté en mi silla, extendí mi mano y sentí la calidez del papel, mis manos temblorosas se cerraron, y comencé las etapas finales de mi viaje a través de ese otro tiempo y lugar, acompañado por las palabras y pensamientos de Jack el Destripador.

TREINTA Y SEIS
¿UN MOTIVO PARA EL DESTRIPADOR?

Se estaba acabando el tiempo, para mí, el Destripador y para Kelly. Era extraño, que me sintiera así. El Destripador y Kelly habían muerto hace muchos años, y no había razón para que estuviera pensando en ellos en tiempo real, como si todo estuviera sucediendo en el presente. Sin embargo, algo del diario había envuelto mis sentidos al punto de que era imposible pensar en lo que estaba leyendo como un documento netamente histórico. Definitivamente me estaba llevando a su mundo macabro de muertes violentas y locura.

Si hubiera podido consultar me, como cuando un médico consulta a un paciente, me habría preocupado el estado mental de mi paciente. No podía ver lo que me estaba pasando, era consciente del cambio en mi forma de pensar normalmente racional. Sabía que a Kelly le quedaba menos de una semana de vida y que no había nada que pudiera hacer para alterar ese hecho. Mi bisabuelo había conocido al Destripador, había sido testigo de su confesión y no le creyó. Algo sucedió que le cambio la opinión, pero aún no había sido revelado. Sentía que yo también conocía al asesino, casi tan bien como mi bisabuelo.

Su nombre era irrelevante, tenía una idea clara de quién era, al comparar la historia de mi bisabuelo con los sospechosos en mis notas, pero ya no me importaba. Había quienes, darían cualquier cosa por saber el nombre para resolver el misterio de la identidad de El destripador, pero entre más me atrapaba el vórtice de palabras hipnóticas de las páginas del diario, más me daba cuenta por qué mi padre y abuelo habían guardado el secreto. Me di cuenta de que se trataba de un asunto privado y familiar, y que había más por venir, sentí que confirmaría sus decisiones de guardar silencio.

Me preparé mentalmente para la próxima entrada, mientras la luz al exterior de mi ventana comenzaba a desvanecerse con el inicio del anochecer, comencé a leer una vez más.

5 de noviembre de 1888

El dolor en mi cabeza empeora cada minuto. Estoy maldecido por este sufrimiento. Las voces me gritan fuertemente, pero aun no me atrevo a salir, mis ojos están nublados, hay oscuridad por todas partes. El mundo puede esperar un poco más, la puta morirá cuando yo esté listo, ¡que se crea segura, pequeña puta inteligente!

6 de noviembre de 1888

Los periódicos aún están llenos de Jack. Me ven en todas partes y en ninguna. ¿Muchas detenciones ha realizado la policía? Reciben tantas cartas, que no son mías.

Pronto sabrán cual es real y cual no. La policía es inútil,
hablan de mi por supuestos mensajes que les he
mandado, pero llevo mucho tiempo en silencio. ¿Estarán
tan desesperados, que hasta inventan cosas de mí? Son
unos estúpidos.
No pueden ponerme una mano encima
Soy Jack el Destripador, sigo libre.
Jajajaja.

La página término allí, lo único que veía era una mayor degeneración de su mente. Se deslizaba a un mundo alejado de la realidad, sus palabras eran menos lúcidas, entrecortadas como si estuviera perdiendo la capacidad de formar oraciones completas. Su uso de rimas, siempre en tono burlón, sugiere que ciertas funciones cerebrales se estaban deteriorando y perdía la capacidad de comunicarse coherentemente. Las voces en su cabeza comenzaban a apoderarse por completo, pronto sería solo una herramienta de su locura.

Los dolores de cabeza empeoraron; seguramente estaba sufriendo de lo que pudiera ser un dolor intolerable. El láudano habría sido inútil como un medio para amortiguar el dolor. Solo alimentaria su estado alucinatorio, haciéndolo sudar y temblar, y empeorar los dolores.

Pasé a la siguiente página, mis manos temblaban. Sabía que el tiempo era corto, no solo para mí, si quería completar mi odisea literaria antes del regreso de Sarah, sino también para el Destripador, que ahora estaba a solo un par de días de cometer su acto más espantoso y memorable. Qué extraño, en ese momento, sentía que los eventos del diario realmente sucedían mientras los leía, era un viajero en el tiempo, en un viaje que no controlaba. Solo llegando al final saldré de la lúgubre escena de muerte y mutilación perpetrada por mi propio tío abuelo, una surrealista visita guiada.

8 de noviembre de 1888

Ayer fue inútil. No comí ni dormí tenía mucho dolor. Debo atacar pronto, no han conocido nada parecido antes. Ya no tendrán excusa para olvidar mi obra. Cavendish, esta vez debe creerme, le escribiré antes, así él me creerá y sabrá que tuve éxito en mi tarea.

Hoy me siento mejor, mis pensamientos están más enfocados y las voces son claras en cuanto a mi tarea. Sera pronto; Estoy listo para volver a las calles, y liberar el río de sangre que debe fluir, a infundir terror en los corazones de todas las putas malditas que se atrevan a contaminar las calles de Londres con su inmundicia.

Mary, Mary, pequeña Mary, qué tan roja correrá tu sangre.

Mary, Mary, puta sucia Mary, casi llega tu hora.

Visitaré a la pequeña Mary esta misma noche, aunque no me quedan delantales de cuero, no importa, no necesitaré, porque mis planes están bien trazados y trabajaré tranquilo esta noche. Los caminos del señor Bazalgette me llevarán, y me traerán a casa, nadie se dará cuenta de mis idas y venidas. Ahora, una carta para Cavendish, luego dormiré, necesitaré mis energías para cuando caiga la oscuridad.

Había llegado el momento, despidió el 7 de noviembre en unas pocas palabras, estaba enfermo, demasiado enfermo para comer o dormir.

Era dudoso que se hubiera aventurado a salir ese día, no lo mencionó, y dudo que se hubiera atrevido a mostrarse en público en su estado. No, creo que se hubiera resguardado, recuperando sus fuerzas para la noche por venir, cuando dejaría una huella tan fuerte en la historia que su crimen resonaría no solo en Londres, sino en todo el mundo civilizado, debido a la ferocidad y severidad del asalto a Kelly.

Sin embargo, el Destripador no había perdido su astucia. Eso evidenciado por su deseo de escribirle a mi bisabuelo, su padre, e informarle de sus intenciones. Al enviarlo el día anterior al asesinato, no le daba tiempo a Burton Cavendish evitar que llevara a cabo el asesinato, tenía una extraña y retorcida obsesión, que su padre sintiera orgullo o admiración de los asesinatos. Después de todo, creía que estaba haciendo lo correcto, no veía un crimen en lo que estaba haciendo, ¡porque era una tarea!

Me pregunté si mi bisabuelo habrá colocado esa carta del Destripador en el diario. Pronto lo descubriría, no quedaban muchas páginas y estaba impaciente por llegar al final de este aterrador viaje hacia el pasado. Era imperativo que lo terminara antes de que mi esposa regresara. Tenía que eliminar todo rastro de las infernales páginas amarillentas y mohosas, infundidas con el alma del asesino, goteando con los horrores de sus actos.

Tomé un breve descanso de mi tarea para ir al baño, donde una mirada en el espejo me dijo que Sarah no estaría contenta de verme en ese estado, después fui a la cocina por una olla de café que me llevé de regreso al estudio.

Cuando me senté una vez más en mi escritorio, me di cuenta de que había cambiado la atmósfera de la habitación. La tarde se acercaba a su fin y se hacía más oscura. No solo eso, parecía que los sonidos de los autos que pasaban fueran amortiguados, como si sus llantas estuvieran acolchonadas. Miré por la ventana y vi un denso banco de niebla, trayendo esa extraña quietud al exterior de mi casa. Todo estaba en silencio, no había sonidos de pájaros en el jardín, las ramas de los árboles goteaban con la precipitación provocada por el aire húmedo, y en mi estado de ánimo cada vez más fantasioso, imaginaba que sudaban con la anticipación de los horrores que vendrían esa misma noche. Lo estaba haciendo de nuevo, pensando en términos de que el diario estaba configurado en tiempo real, estaba leyendo la historia, no participando en ella, y sin embargo...

Habiendo estudiado los hechos de Kelly, sentí que estaba lo más preparado posible para la versión de los hechos del Destripador. Tome el diario y comencé.

9 de noviembre de 1888.

La tarde se acaba, cae la noche y estoy cansado. He alcanzado la perfección. La puta Kelly fue suficientemente tonta como para invitarme a su casa, esa pocilga en los apartamentos Miller. La encandilé tanto que no sospechó nada, aunque luchó al inicio. Me vi obligado a estrangular la, perra sucia, antes de poder cortarla. Gritó una vez, creí que la habían escuchado y el juego había terminado, pero los gritos son tan comunes en su profesión que nadie se acercó.

Me desnudé y corté a la puta en tantos pedazos que la sangre estaba por todas partes, fue un espectáculo.

*Destacé su cuerpo, le saqué las entrañas y le corté los
pechos de puta completamente. La extendí y la
despellejé bien; fue una bonita imagen, debería decir.
Las paredes se enrojecieron por tanta sangre, oh, qué
tiempo tuve, las voces me animaban como si fuera un
pura sangre acercándose a la meta en el Derby.*

*La prensa me ha enorgullecido, tengo todos los titulares
de Londres, pero la encontraron muy rápido. ¡Ahora
Cavendish me creerá y sabrá quién y qué soy!*

*No más Mary, has perdido tu corazón de puta
Mary está muerta, ¿dónde está su corazón?*

Eso fue todo; todo lo que había para describir el asesinato más espantoso perpetrado por el Destripador. No había hecho ningún intento de regodearse o dar detalles sobre las mutilaciones que había infligido al cuerpo de la pobre chica. Comparado con las referencias que había hecho a los asesinatos anteriores, esto era dócil, como si el asesinato había dejado de excitarlo como pudo haberlo hecho al principio.

Kelly había sido encantada al grado de invitar a su asesino a su propio apartamento, donde él se desnudó para evitar manchar su ropa con sangre antes de la espantosa mutilación que aturdiría y horrorizaría a los endurecidos agentes de la policía que vieron la escena del crimen. El efecto fue tal que, creyendo que los ojos de la víctima podían registrar lo último que vieron, Sir Charles Warren ordenó que los ojos de la niña fueran fotografiados con un lente especial con la esperanza de que la imagen de su asesino estuviera registrada allí. Por supuesto que no se encontró una imagen.

Sentado en mi escritorio, con la oscuridad del día envolviendo mi casa, y la niebla arremolinándose cerca a la ventana, un pensamiento escalofriante me asaltó. Tal vez, el motivo de los asesinatos es que buscaba el reconocimiento de Cavendish. ¿Y si fuera tan simple? En su mente enferma y retorcida, apenas había descubierto la verdad de su herencia, y que su propia madre había muerto declarada loca, ¿habrá creído que tenía que llevar a cabo esa serie de asesinatos sangrientos para ganar el respeto de su padre y que estuviera enterado de la destreza de su hijo ilegítimo en su profesión? En mi humilde opinión profesional, creo que si era posible. Toda la serie de asesinatos podría haber sido solo un grito de atención de un hijo ilegítimo, buscando el reconocimiento de su padre. En su mente enferma y atormentada, ese podría haber sido el caso, y su deseo de ser visto como una persona que ejercía poder (como mi bisabuelo en su profesión) podría haberlo llevado a cometer los asesinatos. Después de todo, ¿no se había 'confesado' constantemente a mi bisabuelo, solo para ser descreído y descartado como un fantasioso, alguien que intentaba adherirse a los faldones del Destripador por obtener atención? Después de cada rechazo a sus confesiones sus crímenes fueron más severos, el grado de mutilación de las víctimas creció y creció, hasta que su furia estalló como un volcán en erupción con la espantosa destrucción de Kelly. Para mí tenía sentido.

Si mi bisabuelo no le creía, salía y hacía algo más repugnante en un intento de conmocionar, o hacer que 'Cavendish' se fijara en él. Finalmente, escribió una carta, yo no tenía idea en ese momento de lo que contenía, informándole a mi bisabuelo de sus intenciones. Todo estaba allí, en la última línea, 'Ahora Cavendish me creerá'. Es lo que había querido desde el principio, ¡el reconocimiento de su padre!

Era cierto que a Kelly le faltaba el corazón. Ese misterio

ahora también se explicaba. Había muchas teorías, que si el Destripador se lo había comido o, se lo había llevado a casa como un trofeo. En cambio, lo cortó, y en algún momento, simplemente lo arrojó, al basurero junto con los restos de caballos muertos para ser quemados. Sí, para mí eso tenía sentido, él lo veía como un final apropiado para el corazón de una puta, ser quemado, para que su corazón y su alma estuvieran para siempre envueltos en las llamas del infierno.

Sentí un terror repentino y un escalofrío recorrió mi cuerpo cuando un pensamiento se disparó en de mi cerebro. En esos últimos segundos, me di cuenta de sus pensamientos, de repente sentí como si supiera exactamente lo que había estado pensando cuando arrojó el corazón de Kelly al camión; por unos segundos sentí sus pensamientos.

Eso no podría ser cierto, por supuesto, ¿verdad? Al menos, eso me dije, estaba fantaseando, estaba cansado y perturbado por el efecto que el diario había ejercido sobre mí, eso era todo. Nadie podía sentir los pensamientos de un hombre muerto, ¿verdad?

Levanté la vista del escritorio, estaba oscuro afuera, la niebla, una nube impenetrable, me di cuenta de que estaba sentado en la oscuridad. Me levanté, encendí las luces al máximo y regresé al escritorio. No podía detenerme, tenía que continuar, tenía que hacerlo.

TREINTA Y SIETE
UN FINAL A LA VISTA

SENTÍA QUE ESTABA CERCA del final de la terrible saga que me había presentado mi propio padre muerto. Seguía haciéndome la misma pregunta. ¿Podría ser posible que El destripador fuera el loco deseo de un hombre por ganarse el reconocimiento de su padre que apenas había conocido? Entre más medite la pregunta, más clara se me hizo la respuesta. Era posible, y lo sabía, como psiquiatra, que la mente enferma de un individuo puede fácilmente tomar una idea y torcerla hasta ponerla en práctica.

Su falta de detalles del asesinato de Kelly, o la escena devastadora que dejó me convenció de que el asesinato en sí era superfluo a su motivo real. La creciente gravedad de cada asesinato adquirió una perspectiva diferente, como si solo aumentando la escala de brutalidad y mutilación pudiera esperar impresionar a su padre.

De hecho, la escena Apartamentos Miller #13 fue tan horrenda que hombres adultos lloraron, se enfermaron físicamente y para muchos la visión del cadáver asesinado vivirá para siempre en sus mentes. La ropa había sido cuidadosamente colocada en una silla al lado de la cama, dejándola desnuda y expuesta. La habitación parecía un osario, con sangre en las paredes y suelo. Masacre era una palabra leve para lo que el Destripador le había hecho a la pobre chica. Como describí en mi informe sobre la autopsia, literalmente la había hecho pedazos. Él cuerpo estaba esparcido por la habitación. Había colocado con mucho cuidado cada trozo en lugares precisos, no habían sido arrojados de manera frenética o al azar. Quizás lo que más consterno a los oficiales fue la mutilación del rostro, no quedo nada de él, apenas lo suficiente para identificar a la desafortunada víctima, aunque nadie dudo que fuera Kelly. La parte superior de sus piernas había sido totalmente despojada de carne, y le faltaba el corazón.

¿Por qué, menciono tan poco de esto en su diario, si no fuera por qué significaba poco para él? Estaba seguro de que esa era la razón, simplemente ya no le importaba, sus voces le habrán dicho que había hecho todo lo que le pidieron para justificarse ante su padre.

¿Por qué sentía que sabía eso? Una vez más sentí que sus pensamientos se habían fusionado con los míos, su mente existía paralela a la mía, permitiéndome, a una distancia de más de cien años, ver con claridad los pensamientos de su mente enferma. ¿Podría nuestro vinculo de sangre haber causado eso? ¡Por supuesto, que no! Yo me estaba volviendo irracional y ansioso, había poco que podía hacer para evitar pensar y sentir esos pensamientos terribles, sabía a adónde me llevaría el diario psicológicamente, que nunca volvería a ser el mismo, solo esperaba estar recuperado de leer el diario para cuando regresara Sarah.

Primero, tenía que terminarlo. Necesitaba llegar al final y descubrir los oscuros secretos que me esperaban.

El cansancio se apodero de cada músculo, por más que

quería completar mi expedición al pasado, sabía que necesitaba un descanso.

Salí del estudio y me dirigí por el pasillo y abrí la puerta principal con la intención de refrescarme en el aire fresco de la noche. La noche había caído por completo, la oscuridad agravada por la niebla alrededor de mi casa como un sudario. El efecto silenciador de la niebla le daba una sensación espeluznante a la noche, mientras miraba, podría haber jurado que vi formas extrañas y etéreas girando y moviéndose en medio de esa nube gris. Hubo un crujido en la oscuridad, como si algo hubiera volado silenciosamente a través de la niebla, entonces me di cuenta de que era el zumbido amortiguado de un auto en su pasó por el camino. La niebla había traído un frío intenso, y me quedé allí temblando unos cinco minutos mientras intentaba ordenar mis pensamientos antes de regresar al estudio. Me di cuenta que mi ropa se estaba humedeciendo, mi camisa se pegó a mi espalda, decidí dejar la niebla, noche y cualquier sonido o aparición que quisiera conjurarse. Cerré la puerta y me recargue en ella hasta que el calor regreso a mi cuerpo.

Me dije que tenía que comer, y entré a la cocina con esa intención antes de decidir que ya era muy tarde para comer. Me serví un whisky y me llevé la botella de regreso al escritorio, mi ventana al mundo del Destripador. No deseando morirme de hambre, también me metí debajo del brazo un paquete de galletas, por si acaso la necesidad de comer regresaba en la noche. Me puse cómodo y con una mezcla de inquietud y anticipación espere mi tercera noche en compañía del destripador. ¿Me proporcionaría las respuestas a las preguntas que tenía en mi mente? Solo el tiempo lo diría, y el tiempo era un bien que comenzaba a escasearse, tenía menos de veinticuatro horas antes de que Sarah regresara, y necesitaba terminar antes.

Admito que no estaba seguro de por qué, qué efecto podría tener en ella si supiera la verdad sobre el diario, pero sabía que *bajo ninguna circunstancia*, Sarah debería ver o conocer el diario. La pondría en riesgo, y no tenía idea de por qué, *simplemente lo sabía*. ¿Qué haría con el diario cuando lo terminara? ¿Destruirlo o volver a guardarlo en una caja fuerte o entregarlo a un abogado como había hecho mi padre? Sarah y yo no teníamos hijos, ¿a quién se lo dejaría si decidiera mantener el secreto de la familia? En cuanto me hice la pregunta supe la respuesta, y me entristecería cargar a una generación futura con lo que estaba en mi escritorio, sabía exactamente lo que tenía que hacer.

Decidiendo que titubear más era inútil, decidí seguir adelante e intentar difundir las últimas páginas lo más rápido que pudiera. Me serví otro whisky, rápidamente me calentó el líquido ámbar que se deslizaba fácilmente por mi garganta. Estiré los brazos y flexioné los pies para mantener un nivel decente de circulación sanguínea, ya que tenía la intención de permanecer en mi silla hasta completar la tarea que me había propuesto.

La triste y a la vez monstruosa historia de la vida de El destripador me había sido impuesta por la mano de mi difunto padre, colocándome en una situación en la que no podía hacer nada más que sentarme y leer las confesiones del hijo muerto de mi bisabuelo. Tenía la intención de leer toda la noche si era necesario y, poner fin al fantasma que había perseguido a todas las generaciones de mi familia desde la época victoriana.

Si el alma del destripador estaba impregnada en las páginas de su espantoso diario, escrito por su propia mano asesina, entonces estaba decidido a ser yo quien finalmente pusiera fin a la influencia del diario sobre mi familia. Una determinación surgió en mí, de audacia y valentía de poder terminar con el alma malvada de mi antepasado ilegítimo y asegurarme de que su influencia sobre nuestra familia quedara enterrada para siempre junto con su corazón negro, dondequiera que estuviera. Si hubiera podido ver lo que estaba escrito en las páginas finales, tal vez no hubiera estado tan seguro de mí, pero es el error de todo hombre mortal.

Mis manos se estiraron para levantar el diario, y sentí el calor sobrenatural de sus páginas, de repente todas las luces se apagaron y me sumergí en el horror psicológico de oscuridad total.

TREINTA Y OCHO
UNA SOLA VOZ, LLORANDO EN LA NOCHE

La repentina oscuridad hizo estragos en mi frágil estado mental. Sentí una oleada de pánico, me retorcí en mi asiento esperando ver una brillante figura espectral flotando en la puerta, lista para llevarme al mundo de los espíritus, o algo peor. Como un niño que se despierta de una pesadilla, lleno de pavor imaginando monstruos escondidos debajo de la cama, o serpientes en las paredes, pero el Dr. Cavendish no creía en monstruos, ¿O sí?

Me sentí clavado a la silla, incapaz de levantarme, hasta que dejara de temblar y comenzara la racionalidad a apoderarse de mi mente. La lógica dictaba que había sucedido una de dos cosas. O había un corte general o se había fundido un fusible. Busqué a tientas en la oscuridad el cajón inferior de mi escritorio donde guardaba una pequeña linterna, porque siempre perdía cosas detrás del escritorio, y del disco duro de la computadora. La pequeña linterna había demostrado su valía muchas veces en el pasado, y por fin mis dedos hicieron contacto con su forma familiar entre el contenido del cajón.

Con una sensación de alivio, estalló en vida al presionar el interruptor, al menos tenía un rayo de luz para guiarme a la caja de fusibles. Aún estaba aprensivo cuando partí, esperando ser interceptado por la figura espectral que permanecía en el fondo de mi mente, pero logré llegar a la puerta debajo de las escaleras y vi la causa del problema. Un corto, había hecho que se fundiera el fusible y la pastilla se había disparado, me había hecho caer a esa oscuridad aterradora. Cambie el fusible y acomode la pastilla, fui recompensado con luz de la cocina, y el alivio me inundó como un maremoto.

Sintiéndome como un tonto por haberme asustado tanto por algo tan simple como un fusible fundido, me dirigí a la cocina, necesitaba un café y sus propiedades estimulantes. Encendí el radio mientras la cafetera hervía y me senté en la mesa, la estación local informaba las noticias de la noche. Con una voz sombría, el presentador anunciaba que el sospechoso en el caso de los dos asesinatos locales, John Trevor Ross, había sido encontrado colgado en su celda esa tarde. Había sido declarado muerto a su llegada al hospital. Al parecer la familia de Ross estaba relacionada por matrimonio con la familia de uno de los sospechosos originales en el caso de El destripador hace más de cien años, la policía se negó a revelar el apellido.

Sentí como si me hubiera golpeado un rayo. No escuché ni una palabra más, el boletín continuo en el fondo. Todo lo que podía pensar era John Ross, como yo, tenía un vínculo con el Destripador, aunque presentador solo había dicho que estaba relacionado lejanamente con uno de los sospechosos y no había podido revelar cuál. Sin embargo, no tenía duda que era cierto. En algún lugar, a lo largo de la línea de tiempo, tanto John Ross como yo habíamos sido tocados por la maldición del Destripador, y quizás él había tomado la puerta falsa para escapar de esa maldición, para evitar descender más en una locura demente que se había apoderado de él repentina y abrumadoramente.

La coincidencia que era mi paciente era una prueba más, al menos para mi manera de pensar, el Destripador había atravesado a lo largo de los años para apoderarse de las vidas de sus descendientes. Quizás, como mi bisabuelo, tuve la oportunidad de ayudar a Ross, de salvarlo de su terrible enfermedad que se había apoderado de él y lo llevo a cometer dos asesinatos brutales. Si ese fuera el caso, entonces, como mi bisabuelo, le había fallado. La única ayuda que le había brindado, fue recetarle medicamentos para controlar lo que yo creía era una paranoia leve y aconsejarle que cooperara con la policía, cuando tal vez podría haberse beneficiado de un enfoque más comprensivo.

La realidad parecía estar a un millón de kilómetros de distancia mientras caminaba con los pies plomizos de regreso al estudio, reprendiéndome todo el camino hasta mi silla. Había entrado a un mundo tan lejano del que habitaba que me pregunté si estaría metido en una pesadilla permitiéndome ser afectado por las palabras del Destripador contenidas en las mohosas páginas amarillas que, ahora me atraían como un imán hacia ellas. Pero no, era más que eso. Estaba seguro de que sucedía algo fuera de lo común y, aunque no estaba seguro de qué era o a dónde me llevaba, estaba decidido a llegar al final. El mismo Ross podía haber tenido una relación tenue conmigo, el Destripador, incluso con mi bisabuelo; ¡No sabía, pero no me rendiría ahora! Me hice la promesa mental de contactar a su madre en los próximos días, para asegurarme de que estuviera bien, aunque, por supuesto, no podía estarlo. Acababa de perder a su hijo, lo suficientemente malo como para diagnosticarlo con una enfermedad mental, y él había cometido dos asesinatos, había tomado la vida de dos mujeres inocentes y había destruido el futuro de sus maridos y familias. Era como si, después de todo este tiempo, el mal que era el destripador aun estuviera en acción, y junto con las dos víctimas, Ross hubiera caído víctima del asesino y se hubiera convertido en otro más en la lista de aquellos cuyas vidas habían sido destrozadas por el asesino de Whitechapel.

Con un suspiro, encendí la computadora, en caso de que tuviera que consultar el sitio Casebook nuevamente y me recliné en la silla. Tenía la sensación de que iba a ser una noche larga y que pasaría mucho tiempo antes de que recostar mi cabeza para dormir.

Cuando levanté el diario, fui sometido a la sensación que venía al manejar sus páginas extrañamente cálidas y pegajosas. No podía dejar la idea de que estaba imbuido con la esencia de maldad del Destripador, y que con solo tocarlas me conectaba directamente con su alma. A pesar de eso, o tal vez debido a eso, estaba impaciente por leer lo que viniera y ver si mi bisabuelo arrojaría más luz sobre el otro secreto al que había insinuado anteriormente.

14 de noviembre de 1888

He languidecido en un estado terrible. ¿Por qué no ha venido Cavendish? Debe haber recibido mi carta; ya debe saber que le dije la verdad. Mi cabeza está en tanto dolor. Hice todo lo que me pidieron las voces, y me han abandonado, estoy solo.

No me han dicho ni una palabra desde que puse a dormir a esa puta de Kelly. Ni siquiera susurran en mi cabeza. ¿Querrán más sangre, no fue suficiente con destripar a la puta hasta que apenas podía ponerme de pie?

Profundamente por el suelo corrió su sangre hermosa, hizo que me resbalara, trataba de quedarme quieto para terminar. Dos días, dos días me llevó lavarme la sangre de la puta, y aunque me quité mi ropa, aun manchó mi camisa y calcetines, de modo que las queme.

Las llamé en la noche, pero no vendrán, mis voces se han silenciado. ¿Dónde están? ¿Por qué me han dejado solo? ¿Dónde está Cavendish? Él es el único que sabe y me dirá qué hacer.

20 de noviembre de 1888

Estoy perdiendo la noción de los días. Ya no puedo trabajar, no me dejarán volver ahora. No sé nada de Cavendish, todo Londres está en llamas con noticias del Destripador, de mí, de lo que he hecho para librar a la ciudad de las putas. Cada periódico, en cada esquina hablan de mi destreza, la policía se equivoca en su búsqueda de Jack, yo estoy aquí ¿dónde está Cavendish?

Encontré algo lamentable en las últimas entradas del diario de El destripador. Se había vuelto casi infantil en sus gritos de ayuda. Sus voces se habían ido, como si al perpetrar el último y más espantoso asesinato su propia mente, la que había creado sus voces, hubiera apagado esa parte de sí misma, en una especie de autodefensa, como si en las profundidades más complejas de su mente, el mismo se hubiera horrorizado y por la escala de su crimen. Estaba llorando en la noche, pidiendo ayuda que no vendría, y estaba desesperado para que mi bisabuelo lo atendiera. Había pasado más de una semana desde la terrible noche de la muerte de Kelly, y esperaba una respuesta de mi bisabuelo, asumiendo, por supuesto, que había recibido la carta del Destripador.

Me intrigó su mención de perder su trabajo. Me confirmó que hasta cierto punto, al menos, tenía un empleo. Habiendo formado mi opinión sobre su identidad, sabía exactamente dónde trabajaba y en qué capacidad, y de alguna manera esta admisión confirmaba mis pensamientos sobre su identidad. Esto encajaba con mis notas.

Quedaban pocas páginas, estaba seguro de completar mi lectura dentro de mi fecha límite. Solo deseaba, como el Destripador, poder entender por qué mi bisabuelo no había respondido a la carta, a su advertencia anticipada del asesinato de Kelly. ¡La respuesta a esa pregunta pronto me sería revelada y era tan intrigante como todo lo que había leído!

TREINTA Y NUEVE
¿UNA CUESTIÓN DE ÉTICA?

Mientras pasaba a la siguiente página de la triste historia que se desarrollaba ante mí, la carta de mi bisabuelo estaba ahí, como la anterior entre las páginas del diario. La explicación de porqué no le había respondido al destripador estaba frente mí, comencé a leer incrédulo.

Hijo mío,

Fue mucho después del asesinato que me senté a escribir esta nota, que añado al espantoso relato que estás leyendo. Como sabes, los acontecimientos en Londres dieron un giro terrible en el otoño de 1888, después de que hablaran extensamente con mi querido amigo William, me tocó a mí. La policía me interrogo, junto con un sinfín de doctores eminentes (y no tan eminentes), había sido sugerido por muchos expertos que El destripador era médico. No puedo concebir que alguien sugiriera eso, sin embargo, la policía había otorgado cierta credibilidad a la teoría. El inspector

Abberline, fue cortés, pero llevo a cabo la entrevista sin convicción, como me consideraba irrelevante y me interrogaba simplemente por protocolo.

Les agradezco haberme recibido después del calvario de pasar tantas horas con los oficiales, a quienes logré convencer de mi inocencia. No puedo agradecerles lo suficiente por su cálida hospitalidad y permitirme pasar esos días en la comodidad de su hogar.

Imagina mi sorpresa, cuando, al regresar a mi casa, encontré una carta, quede perplejo con su contenido y al mismo tiempo condenado por mi incapacidad ver la verdad a tiempo.

Inserte la nota en este punto del diario, ya que, en mi opinión, es la ubicación relevante. ¿Por qué no le creí en sus intentos anteriores de confesarme su culpa? Nunca podré responder eso, estaré condenado para siempre. Me escribió antes del asesinato de Kelly, y me detalló las heridas y mutilaciones que pretendía hacerle a esa pobre infeliz. Si no me hubiera entretenido con los oficiales y luego como invitado en tu casa, habría encontrado la carta al día siguiente del crimen. Tal como están las cosas, me toco descubrir la terrible verdad demasiado tarde, y mi corazón y mente estaban temerosos e indecisos en cuanto al curso de acción correcto a seguir.

Si hubiera revelado la información que tengo, no solo habría destruido el nombre de nuestra familia, sino que habría terminado en el arresto, juicio y ejecución del hombre que, después de todo, era tu medio hermano, mi hijo. A pesar de estar enfermo mentalmente con una enfermedad repugnante, sabía que los gritos de retribución hubieran hecho que se le negara la defensa por locura, la gente necesitaba venganza, habría sido rápida.

Quería evitarle a él y al recuerdo de su madre esa desgracia. No espero que tengas sentimientos por él, a quien nunca conociste, piensa en el dilema que asedia mi mente. Si presentaba pruebas en su contra, se revelarían mis deficiencias, no solo se me desacreditaría mi reputación profesional, sino que el efecto que esta revelación habría tenido en tu pobre madre. Ella, por supuesto, no sabe de su existencia, y tengo la intención de que nunca lo sepa.

Tenía que decidir qué era lo mejor que podía hacer, por supuesto que no podía permitirle que siguiera matando y mutilando a sus semejantes. Su empleador, un hombre de compasión y tolerancia, parecía estar perdiendo la paciencia con sus continuas ausencias causadas por su enfermedad. Cómo ha continuado con su rutina diaria está más allá de mi comprensión. No solo me engaño a mí, sino a todo mundo que lo rodeaba. ¿Cómo pudo haber perpetrado crímenes tan diabólicos y continuar viviendo una vida normal ante actos tan condenables? El tiempo se acababa para mí y para él, tenía que actuar, ponerle fin a sus matanzas y evitar un escándalo que destruiría a tu madre, a ti y a toda la familia.

Lee la conclusión del diario, hijo mío, y que mis acciones sean juzgadas solo por ti, porque es con tu futuro en mente que hice lo que hice. Cuando leas lo que está por revelarse, te ruego que me perdones y si es posible, en tu *corazón, perdones al hombre que fue tu hermano, porque fue incapaz de evitar el destino que destruyó su vida.*

Tu padre, Burton Cleveland Cavendish

Una sensación de miedo e impotencia me envolvió cuando dejé el diario en el escritorio. Mi bisabuelo había sido interrogado por la policía y por el propio Frederick Abberline, famoso por ser uno de los principales detectives en la búsqueda de El destripador. Mi bisabuelo no recibió la carta porque se había ido a la casa de mi abuelo, Merlín Cavendish, después de ser dado de alta de la comisaría. Había pasado varios días allí, y al hacerlo, hizo que su posición fuera más difícil de mantener. Es posible que la policía dudara de sus razones de haberse demorado en dar aviso de información proporcionada por el Destripador y porqué se había quedado con mi abuelo sin haber regresado primero a su casa.

No solo eso, sino que entendí cómo se debió haber sentido, cuando finalmente se dio cuenta que su hijo bastardo le había estado diciendo la verdad. Realmente era el destripador, y mi bisabuelo podría, como había dicho en su carta original al inicio del diario, haber hecho algo para detenerlo. Me imagino la confusión que debió haber sentido. ¿Cómo admitir y decidir qué hacer cuando se enfrenta uno al hecho de que su hijo es el asesino más odiado y malvado que se recuerde en todo Londres, mientras todos aguantándose la respiración, esperando el arresto del monstruo al que vivían temiendo?

Sin embargo, un miedo mayor se apodero de mí, el miedo que mi bisabuelo ocultara un secreto mucho mayor. Ahora que su conexión con el Destripador se había establecido en mi mente, necesitaba saber qué había sucedido con los dos después de los asesinatos.

Sabía lo que le había sucedido a mi bisabuelo. Cavendish se había jubilado en 1889, había dejado a Londres, con mi bisabuela y su hijo (mi abuelo) se mudó no muy lejos de donde vivo hoy. Era mucho más campestre en aquellos días, vivieron una vida cómoda, casi idílica. Murió pacíficamente en su casa poco antes de la guerra, después de perder a mi bisabuela, (mi padre dijo que murió por el corazón roto, incapaz de seguir adelante sin el amor de su vida).

No se había transmitido nada importante de su vida en la historia familiar, y nunca había tenido motivos para pensar algo diferente de él.

Era como cualquier profesional médico victoriano. Eso, me dejo con una sola pregunta. ¿Qué le había pasado al destripador después del asesinato de Kelly? De repente, la idea de que el diario y las notas de mi bisabuelo no fueran explicitas sobre el tema, me aterrorizó.

¡Tenía que saber qué le había pasado! Se convirtió en lo más importante de mi vida. Estaba en mi estudio, con la casa envuelta en niebla, aislado del mundo real por pensamientos reales e imaginarios y todo tipo de demonios dentro de mi mente, supe que mi futuro, como el de mi abuelo, Dependían de descubrir la suerte corrida por el asesino de Kelly. Con una gran confusión mental y en la oscuridad me dejarían sino me daban la conclusión de la relación de mi bisabuelo con el Destripador, y las acciones posteriores tomadas por ambos, que sabía que mi cordura también estaba en peligro. En menos de tres días, mi mundo se había puesto patas arriba, mi mente se había embarcado en un viaje hacia un mundo aterrador donde el tiempo y espacio parecían estar suspendidos, al menos dentro de los confines de mi estudio. Estaba a punto de descubrir la conclusión de esta extraña y surrealista historia, y tenía que ser capaz de disipar los pensamientos irracionales que amenazaban con apoderarse de mi psique. Tenía que poder despedir al Destripador y su locura de mi mundo, y regresarlo a las páginas de la historia.

Las manecillas del reloj parecían tener prisa por llegar a la medianoche. El montón de páginas ahora era escaso no quedaba mucho. Solo esperaba que estuviera la información que quería, pase a la siguiente página la letra del Destripador resaltando hacia mí desde la hoja amarilla, aun cálida y pegajosa.

CUARENTA
EL MOMENTO DE LA DECISIÓN

La fecha me es incierta. Estos últimos días han transcurrido entre una neblina y no he salido. Estoy sufriendo; con tanta confusión y sé que estoy empeorando. Las voces me abandonaron y estoy solo, aunque quizás no del todo. Cavendish finalmente vino a verme. Estaba muy afectado por mi apariencia y comportamiento, se portó muy comprensivo conmigo, aunque mostró horror al creer finalmente en mis confesiones. Ahora conoce la verdad y estoy seguro no me traicionara, su fruto. Me aconsejo quedar me dentro de los muros de mi casa y prometió visitarme todos los días y cuidar de mis males y dolencias. Me receto una medicina, los efectos son muy debilitantes. Apenas puedo moverme, pero de vez en cuando debo comer y beber. Me ha asegurado que todo saldrá bien y que él se asegurará de que yo esté bien. No debo seguir con mi tarea, lo hizo muy claro, aunque admito que no tengo ganas de matar a otra puta. El olor de sangre de la

última puta aun es pesado en mis fosas nasales, y las
imágenes de la carne que corté de su cuerpo estaban
grabadas en mis ojos. No quería matar más, al menos
por ahora. Le he mostrado a Cavendish el diario, para
que no tenga duda. Leyó una parte, nada más, y su cara
de sorpresa fue divertida. ¡Qué buen hombre es!

ESTA ENTRADA, sin fecha, revelaba su rápido descenso, se
estaba perdiendo. Se estaba distanciando cada vez más de la
realidad, el mundo exterior tenía menos significado para él.
Habló de la visita de mi bisabuelo y parecía satisfecho que
Cavendish le creyera finalmente que era El destripador. No
mostraba remordimiento por sus crímenes, solo una falta de
deseo de cometer más, al menos por el momento. Supuse que
mi bisabuelo le había recetado algún sedante; para evitar que se
saliera a la calle una vez más en su deseo de más sangre. Mi
bisabuelo fue realmente comprensivo con él, o simplemente
quería aplacar al hombre mientras decidía su próximo curso de
acción, eso aún estaba por verse.

La respuesta a esa pregunta estaba a la vuelta de la página,
donde encontré las palabras de mi bisabuelo una vez más.

Burton Cleveland Cavendish M.D. 30 de noviembre de
1888,

Mi corazón está pesado, mi alma turbada. No quisiera
admitirlo, pero ahora sé la verdad sobre el niño que
engendré en circunstancias tan desafortunadas. Ha
perdido su mente a la locura, es el monstruo buscado por

la policía y todo el país. ¿Cómo aceptas que tu progenie es el asesino conocido como 'Jack el Destripador'? Sabiendo lo que le pasó a su pobre madre no debería sorprenderme, pero, aun así, me entristece que haya caído en esto. Sé que mi deber consiste en entregarlo a la policía y sin embargo, no puedo, el hecho de que él no es enteramente responsable de sus crímenes, no puede evitar la enfermedad mental.

Estoy seguro de que nadie creería eso y el mundo no sería feliz a menos que él terminara balanceándose al final de una soga.

No puedo desearle ese final, por más que sus crímenes exijan retribución. Que hago. Le di medicamentos, que deberían mantenerlo confinado en casa por un tiempo (si se los toma diario). Si continúa repitiendo sus crímenes, tendré otra alternativa que entregarlo a la ley.

Hijo mío, si estás leyendo esto, debo rogarte que te esfuerces por comprenderme. ¿Sería menos comprensivo contigo, hijo mío, si hubieras estado en un estado mental tan perturbado? Por supuesto que no, y no esperarías menos, ¿no es así?

Aun así, tengo que tomar una decisión difícil. No puedo dejar que vuelva a matar, y si lo interno en un hospital, sus desvaríos atraerían la atención equivocada a mi falta de acción sobre sus confesiones de cometer los asesinatos. Tendría serias repercusiones tanto para mi carrera como, para el buen nombre de nuestra familia y le rompería el corazón a tu pobre madre.

Por el momento lo visitare todos los días, para
mantenerlo sedado con grandes dosis de opiáceos hasta
saber que hare finalmente para resolver esto. Sé en mi
corazón que solo hay una manera de terminar con esto
de una vez por todas, y de asegurar que su nombre y el
de la familia permanezcan intactos. No debe ser juzgado
y solo yo puedo evitar que cometa más atrocidades. Debo
reconciliar mi corazón y mi alma con Dios y hacer lo
que tengo que hacer.

BCC.

Las palabras de mi bisabuelo me dejaron helado, porque no tenía duda sobre sus intenciones. Seguro de que hubiera hecho todo lo posible por su descendencia ilegítima, pero, al descubrir que era el asesino de esas pobres desdichadas, se encontró en una difícil situación. ¿Cómo podría revelar la verdad, sin avergonzar y exponer a su propia familia a los insultos que serían dirigidos a ellos? Su reputación profesional se habría visto dañada por sus confesiones de omisión, su falta de acción, basada puramente en su conexión paternal con el asesino.

El sonido del reloj en la pared se entrometió en mis pensamientos, su constante tic-tac se hizo más fuerte. Mi cabeza se llenó con el sonido, en realidad debió haber estado silencioso como siempre. El ruido pum, pum, pum del segundero mientras continuaba alrededor del reloj se convirtió en una disonancia incesante en mi cerebro, mi cabeza se sentía como si fuera a estallar. Afuera, la niebla formaba una densa nube alrededor de la casa, y la noche arrojó su manto oscuro sobre mí encogiendo mi mundo. Me embarga el pánico y miedo que amenazaba con arrastrarme a un mundo de imágenes y recuerdos, como si estuviera por perderme en los pensamientos de quienes habían vivido y muerto hace tanto tiempo. No era la primera vez que estaba en peligro de perderme ante su increíble poder, su dominio sobre mí se hacía cada vez más fuerte, sin pensarlo, avente la cosa infernal y se estrelló contra la pared, regrese al mundo real, mi cerebro recupero el control de la realidad, lo suficiente para recobrar mi compostura y respire profundamente, cesaron los latidos en mi cabeza, y me quedé sentado en silencio en la silla, el diario quedo en un rincón del habitación donde había caído.

Me quede quieto unos diez minutos sin moverme. Simplemente mirando el diario, preguntándome cómo podía ejercer tanta influencia sobre mí, cómo podía engendrar tanto miedo y pensamientos terribles en mí y, sobre todo, cómo podía haberme traído en tan poco tiempo a al borde de la cordura y la razón.

Solo había una forma de averiguarlo, de contestar finalmente cualquier pregunta sobre el Destripador que quedara en mi mente. Con un gran esfuerzo, tanto mental como físico, me levanté de la silla y fui a recoger el diario de donde estaba. Mientras lo hacía, juro que escuché un suspiro, bajo y cansado cercano a mí, pero no había nadie. Solo mi imaginación.

Con un profundo suspiro de resignación, me senté y pasé a la siguiente página. Me sorprendió ver que estaba en blanco, al igual que la siguiente y la siguiente, me asaltó el pánico y un terrible presentimiento. Como solo quedaban unas pocas páginas en el diario, no era difícil ver que el Destripador no había hecho más anotaciones de terror. ¿Qué paso? ¿Por qué había dejado de escribir de repente? Su ego, su sentido de auto-engrandecimiento y su necesidad de justificarse, en la privacidad de su diario, no habrían dejado que dejara de hacer sus entradas. Una creciente sensación de terror al saber que me negarían las respuestas a las preguntas que aún necesitaba resueltas, pasé página tras página y finalmente entre las dos últimas páginas del libro estaba otra nota de mi bisabuelo.

CUARENTA Y UNO
LA ÚLTIMA CONFESIÓN

Con manos temblorosas, y una sombría sensación de inevitabilidad sobre lo que estaba a punto de suceder, me senté lo más cómodamente posible para lo que asumí sería la conclusión de la tragedia que había sucedido a mi familia hace tantos años. Apenas capaz de contener mis sentimientos de impaciencia y fascinación, comencé a leer la última entrada.

Enero 1889

¡Jack el Destripador ha muerto! Se terminaron las matanzas, no habrá más masacres de inocentes, aunque al acabar con la bestia que acechaba nuestras calles me he manchado para siempre, y solo Dios podrá juzgarme. Ya no soportaba verlo en ese estado, por su enfermedad y mis crecientes dosis de morfina, con las que lo controlaba en esos últimos días. Con cada visita empeoraba, me confesó que no había tomado varias dosis debido al efecto adverso que le ocasionaba. Había salido al mundo, y temía no solo por él, sino por los demás, por

si recaía a su estado asesino, hablaba mucho de la continua exposición periodística del Destripador. Estaba claro que nunca podría librarse de los demonios que habían invadido su cerebro, la locura que lo había envuelto, excluía todo lo bueno que pudiera tener en su alma.

No tuve opción, hijo mío, debes creer eso, trabajé mucho buscando todas las formas de ayudarlo, mientras que lo protegía, a él y al mundo de su terrible maldición no había otra manera. En cada visita leía las infernales palabras contenidas en el diario, y gradualmente me convencí de la necesidad de poner fin al terror que él le había impuesto a la bella ciudad de Londres. Me fije que se refirió en las primeras páginas a un hombre al que identificó únicamente como 'T' y lo convencí a que me dijera el verdadero nombre del hombre. Resulta que había visitado a un médico sobre su infección sifilítica, y fui a visitar al hombre en su consultorio. Sin revelar mi conexión familiar con su paciente, pude, a través de nuestra hermandad profesional, convencerlo de que divulgara sus propios pensamientos. Me aseguró que siempre había hecho todo lo posible por su paciente, tenía serias dudas sobre la cordura general del hombre, y en realidad había tenido pensamientos de que podría haber estado relacionado con el Destripador, aunque nunca tuvo pruebas en que basar su suposición. Por supuesto, no le di crédito a sus ideas y simplemente le asegure que no era más que un amigo del hombre.

En cuanto al final del Destripador, aumenté gradualmente su dosis de morfina para que fuera dócil. Habría sido imposible llevar a cabo mi plan en su casa, así que, en la oscuridad de la noche, regresé a su morada y lo convencí de que viniera conmigo, vestido como un taxista y en mi carruaje, primero lo convencí a que escribiera una nota aludiendo a su deseo de acabar con su vida, fue fácil en su condición de drogado. Me permitió ayudarlo a subir al carruaje, donde pronto se durmió profundamente.

Créeme hijo mío, no tenía estómago para el trabajo de esa noche, sabía que no tenía otra opción si quería proteger a la familia, del escándalo que se habría presentado si revelaba que él era el Destripador.

Conduje a una zona tranquila del río Támesis, donde lo ayudé a bajar del carruaje. No sabía dónde estaba y apenas podía caminar, lo ayude con mi brazo. Ya no era la figura temida que buscaban todos, verlo en ese estado, era un hombre patético, triste y moribundo. Saber eso me dio fuerzas para hacer lo que tenía que hacer, y allí, a orillas del río, le administré su última dosis de morfina. Se colapsó inconsciente rápidamente y se desplomó al suelo, tomé piedras del interior del carruaje, que había traído específicamente para ese propósito, y las coloqué en sus bolsillos, junto con la nota que él había escrito. Fue una tarea sencilla, después empuje su cuerpo inerte sobre la barda a las oscuras aguas del Támesis.

Lo vi hundirse bajo la superficie, y admito que mis ojos estaban inundados de lágrimas cuando desapareció silenciosamente por última vez. Después de todo, él era mi fruto, mi sangre corría por sus venas, de no haber sido por el lado manchado de su mente brillante, podría haber sido un tipo muy noble. Lamentablemente, ese no

*fue el caso, y su locura me había llevado a esto. Sabía
que yo no era mejor que él, era un asesino de otro ser
humano, se me levanto un gran peso cuando se hundió
para siempre en la oscuridad del agua. Me consolé
sabiendo que no volvería a acechar las calles de
Whitechapel y nunca podría reproducirse en su
descendencia.*

*Estaba de mal humor al regresar a mi casa, durante los
próximos días los periódicos continuaron exigiendo que
la policía detuviera al asesino. Me vino a la mente que,
en el futuro, algún pobre inocente podría ser arrestado y
acusado de los crímenes del Destripador, y me prometí
que si eso sucedía, no tendría más opción que revelar la
existencia del diario y ponerme a merced del poder
judicial. Tengo la ferviente esperanza de que tal
eventualidad nunca ocurra, porque entonces todo lo que
he hecho para proteger a los involucrados habría sido en
vano.*

*Su cuerpo fue descubierto hace unos días, flotando cerca
de Chiswick, esperaba que permaneciera sumergido.
Espero que la nota esté intacta para que crean que se
trata de un suicidio. Habrá una investigación y tendré
que asistir a declarar. Lo consulte en varias ocasiones en
el hospital, y sería normal que ayudara a descubrir la
causa de muerte de un paciente. Solo espero que no me
pidan que testifique, me resultaría difícil decir
falsedades bajo juramento.*

*Ha sido difícil; debes tratar de entender me hijo mío. Si
hubiera permitido que viviera entre nosotros, el peligro
habría sido inmenso. Internarlo en un manicomio nos*

hubiera puesto a todos en riesgo, con la posibilidad de que alguien creerá sus desvaríos. No tuve opción. Espero y veas eso. Es mejor así, para él, para todos. Su nombre, y el de su familia, y el nuestro, no serán manchados por el asesino más vil que recorrió las calles de Londres y no habrá más asesinatos. Su reinado asesino ha terminado y la paz ahora caerá sobre Whitechapel. Estoy seguro de que con el tiempo el nombre de El destripador desaparecerá, y la serie de asesinatos entrará a la categoría de una nota histórica.

Por terribles que fueran los crímenes, las víctimas no pertenecían a una clase social que merecía mucha atención, si no fuera por las horrendas mutilaciones, los asesinatos no hubieran atraído tanta atención.

Tengo que vivir con mis decisiones, y un día, estaré cara a cara con mi creador, ahí enfrentaré mi retribución por mis actos, hijo mío no hice nada a la ligera, o sin pensarlo.

Siempre estaré obsesionado por mis acciones al librar al mundo de el Destripador, sino por su rostro, confiando en mí hasta el final, mientras le administraba esa dosis final y fatal, y el sonido de su cuerpo al caer en las aguas del Támesis, y la falta de reconocimiento de lo que finalmente le estaba sucediendo mientras se hundía.

Estas cosas vivirán conmigo hasta mi inevitable muerte, y debo ocultar a todos, incluso a ti hijo mío, lo que sé del caso. Sólo después de mi muerte, pasaran a tus manos estas páginas.

No haré más referencias de este asunto; Dios conoce mi confesión, y ahora, al leer esto, también tú. No me juzgues, te lo ruego, mi único deseo es que mantengas este secreto en tu corazón mientras vivas y, si tienes la bendición de un hijo, que él lo descubra de la misma forma que tú, para que sepa que la sangre de El destripador es mía y tuya, y vivirá para siempre en las venas de los que vengan después, porque no puedo culpar completamente a su madre, él era tan mío como de ella, y debo asumir mi responsabilidad.

Espero que nunca te encuentres en la misma posición y tengas que luchar contra tu conciencia y tomar las decisiones que me han arruinado los años que me quedan.

Corrían las lágrimas por mi rostro mientras leía esta última entrada del diario. Estas no eran las palabras de El destripador; Era la confesión final de mi bisabuelo, quien, llevado a la desesperación por su conciencia y su deseo de hacer lo correcto, para evitar más asesinatos, había tomado la difícil decisión de poner fin a la vida de su hijo ilegítimo, para finalmente bajar el telón de la torturada vida de El destripador. Había tanta tragedia en sus palabras.

Podía verlo visitando al Destripador en esos últimos días, manteniéndolo drogado y obediente mientras decidía el curso de acción que tomaría. Debió haber mostrado una gran simpatía, ganándose la confianza total de su paciente, su hijo, el hombre que podría haber sido un crédito para su familia, pero que se lo impidió una terrible enfermedad de la mente. Debió haberle causado agonía decidir finalmente poner fin a la vida de alguien a quien él había traído al mundo. Pude entender porque creía que era su responsabilidad y de nadie más llevar lo a su retribución final en la Tierra. En medio de tanta angustia, mi bisabuelo se equivocó en algo. Creía que el Destripador sería olvidado, nada más que una nota en la historia. ¿Qué tan equivocado estaba? Luego la referencia a la falta de importancia de las víctimas. Cavendish era, un producto de la sociedad y época en la que nació. Para él, la muerte de unas prostitutas era espantosa, pero no como para causar un efecto significativo en el orden social, por lo que quizás era natural para él suponer lo que hizo. ¡Si hubiera sabido lo equivocado que estaba!

Creo que si hubiera podido ver el futuro, habría actuado exactamente como lo hizo, porque en su mente estaba protegiendo el apellido, y para un hombre de su posición, eso por supuesto habría sido primordial. ¿Podía entenderlo? Por supuesto. ¿Estaba de acuerdo con sus acciones? No estaba seguro, y aun no estoy seguro. ¿Podría yo, o tal vez usted, haber tomado la decisión de matar a su propia descendencia para evitar que volviera a matar y mantener el secreto de esa vergüenza en la familia? Me he hecho esa pregunta tantas veces desde esos horribles días, y no puedo responderla honestamente, ni siquiera a mí mismo.

Mientras estaba sentado ahí, con los miedos y tribulaciones de los últimos tres días al frente de mi mente, tuve que enfrentar ese punto al final de la última entrada de mi bisabuelo, ¿será posible que algo en sus genes hubiera quedado impreso en los miembros masculinos de nuestra familia? ¿Podría yo tener el mismo defecto genético en mi propia estructura? ¿Era yo otro destripador? Pensé en John Ross. No era de la simiente de mi bisabuelo, sin embargo, había mostrado esas mismas tendencias que el hombre que había escrito el diario. Para mí era obvio que el gen defectuoso, debía provenir de la madre, o al menos haber sido transmitido a través de ella. Mi bisabuelo no estaba al tanto de la información genética que tenemos hoy, por lo que habría sido natural para él creer que él era responsable de plantar la 'semilla del demonio' en su descendencia.

Pienso que la falla genética estaba del lado materno de la familia y de alguna manera se le paso a Ross. Mi abuelo y padre nunca habían mostrado tales tendencias, y yo ciertamente no, así que estaba seguro de que estaba a salvo de ese destino.

Se hacía tarde, la niebla aún se extendía como un sudario y Sarah regresaba al día siguiente. Me había quedado despierto hasta la mañana siguiente pero había completado mi viaje a través del diario antes de la fecha límite que me había fijado. Aún estaba temblando por la confusión emocional creada por las palabras que parecían respirar ante mis ojos, sentí como si lo peor ya había pasado. El rastro me había llevado a una conclusión inevitable, y no quedaba nada que temer. Mi bisabuelo había confesado el asesinato de El destripador, pero no me atreví a condenarlo, porque había salvado la vida de otras mujeres. Que el Destripador era mi pariente, viviría conmigo para siempre, al igual que las palabras de mi bisabuelo, pero, a pesar de todos los episodios inquietantes y angustiosos de los últimos tres días, me sentía seguro como si no quedara nada en el diario que pudiera lastimarnos, o causar disturbios en mi vida.

Cerré el libro, la contraportada crujió al cerrarse sobre las páginas anteriores, y el diario pareció suspirar de resignación como si su trabajo estuviera completo. Cuando me levanté de la silla y subí fatigosamente a la cama para dormir unas horas, con la intención de estar lo más fresco posible para el regreso de Sarah la noche siguiente, podría haber jurado, que una segunda sombra me hacía compañía mientras caminaba por las escaleras hacia la cama. Pero eso no puede ser, ¿verdad? Estaba a salvo, se terminó el diario, el Destripador muerto y enterrado, y la verdad de la participación de mi bisabuelo explicada.

Los cálidos sentimientos de seguridad y equilibrio mental me envolvieron a al subir el edredón y me dormí profundamente. Pronto llegaría la mañana, y en mi corazón sabía que la pesadilla había terminado, ¿no?

CUARENTA Y DOS
NADA ES LO QUE PARECE

El golpe de la hoja en mi pecho literalmente me dejó sin aliento, ya que ambos pulmones fueron perforados en rápida sucesión. Sentí que la sangre comenzaba a subir por mi garganta y traté de gritar, mi grito fue ahogado cuando la hoja reluciente me cortó brutalmente la garganta, cortando la arteria carótida, y mi preciosa sangre brotó como una lluvia. Mis ojos se nublaron y miré la horrible y sonriente figura del Destripador mirándome con una expresión de intensa satisfacción y una sombría fascinación en su rostro, como si estuviera saboreando cada segundo de mi dolor.

Cuando sentí que lo último de mi vida se escurría de mi cuerpo, traté de formar una sola palabra: ¿Porque?, Pero no salía. Mi voz no era más que un gorgoteo silbante mientras mi vida se desvanecía, se convertía en nada, flotaba, se unía a las figuras retorcidas que parecían materializarse del aire, envolviéndose a mi alrededor, levantándome hasta que miré hacia abajo y vi mí cadáver sin vida, con la figura inquietante del Destripador encorvada sobre mi cuerpo. El asesino miró hacia arriba como si viera el cuadro que lo representaba sobre él y sus labios se abrieron en un rictus sombrío de una sonrisa, y se echó a reír, una risa cacofónica espantosa que parecía contener todo el mal del mundo, las paredes temblaron hasta que la risa se desvaneció hasta convertirse en nada, miró hacia arriba una vez más y se desvaneció nada.

Los espíritus de las víctimas del Destripador me recibieron con un torrente de gritos y lamentos, sus agonías aun las atormentaban después de más de un siglo, porque no tenían paz. Me alzaban, más y más hacia el techo, un gran portal comenzó a abrirse. Al atravesar el portal supe que no habría vuelta atrás, y estaría atrapado para siempre en el inframundo de las almas inquietas, condenado a vagar para siempre en el éter que rodea el mundo viviente.

Mientras las almas jalaban cada vez más fuerte de mi alma, luché con todo lo que tenía, negándome a compartir su destino. Una se me acercó tanto que pude oler su aliento fétido, abrió su boca frente a mí, se hizo enorme y amenazaba con engullirme. Luché contra lo que me jalaba, y de repente, como si estuviera renaciendo, un fuerte grito escapó de mis labios, las almas que me rodeaban desaparecieron tan rápido como habían aparecido y me envolvió una vez más la silenciosa oscuridad de la noche.

Estaba despierto, sin estar lo, una sensación que había sentido los últimos días, nada parecía real, no sabía qué era real o qué no era, de la oscuridad escuché un voz familiar, suave de primero, luego más fuerte, la intensidad de la voz implorando que regresara a la realidad.

Roberto, mi amor, ¿me escuchas? Doctor, parpadeo, ¡creo que puede oírme!

Era Sarah, era su voz, pero no podía ser, no debía regresar hasta la noche siguiente, y ¿qué quiso decir con 'Doctor'? ¿Qué doctor? Esto no tiene sentido.

Sentí que alguien trataba abrirme los párpados, luego una luz penetrante me apareció.

"Tiene razón, señora Cavendish", dijo una voz. "Creo que se está recuperando".

"Roberto, abre los ojos mi amor, déjame saber si puedes oírme, solo dame una señal".

Sentí que Sarah tomaba mi mano entre las suyas, y sin darme cuenta apreté su mano.

"Gracias a Dios", la escuché decir, y con un esfuerzo sobrehumano, lentamente abrí mis ojos. Sarah estaba sentada a mi lado, pero no estaba en mi cama. Era una cama funcional de las usadas por el Servicio Nacional de Salud. ¡Estaba en un hospital! ¿Pero cómo? ¿Por qué? Estaba confundido y me costó un esfuerzo hacer la simple pregunta.

"¿Qué estoy haciendo aquí?"

"Mi pobre Roberto", respondió Sarah, "tienes dos semanas aquí, tuviste un accidente con tu padre. Has estado en coma, aquí he estado contigo mi amor."

Estaba más que confundido, y debí haberlo parecido, Sarah continuo.

"Debes haber tenido unos sueños terribles, Roberto, has estado gritando todo tipo de cosas extrañas, e incluso decías que el destripador estaba en la habitación con nosotros".

Estaba a punto de decir que si estaba, cuando de repente me di cuenta que debí haber resultado gravemente herido en el accidente y en mi delirio había alucinado todo... No había diario, ni tío abuelo destripador, ni maldición sobre la familia. Mi bisabuelo no había tenido nada que ver con el caso, lo había soñado todo en mi estado drogado.

A medida que pasaban los días, me hacía más fuerte, Sarah, que me ama más de lo que tengo derecho a esperar de cualquier persona, fue una fuerza constante para mí, nunca se apartó de mi lado, siempre estuvo allí, para tomarme de la mano y hablarme, ella me dio la noticia que, aunque yo había sobrevivido el accidente, mi padre no había tenido tanta suerte.

Estaba muerto, como lo sabía de mi sueño. El funeral se había celebrado mientras languidecía en el hospital; mi hermano había decidido que era mejor, ya que nadie sabía si despertaría. Dos semanas después de despertar en el hospital, ya con la mayoría de mis heridas curadas, me dejaron salir del hospital. Los médicos me hicieron prometer que pasaría al menos un mes en casa antes de pensar en regresar al trabajo, y aún estaba lo suficientemente débil como para acceder fácilmente a su solicitud. Sarah nos llevó a casa, y yo estaba eufórico ante la perspectiva de dormir en nuestra cama, de poder sostenerla en mis brazos y relajarme, comenzare a disfrutar de la vida. Era extraño, pero mi duelo por la pérdida de mi padre parecía haber quedado resuelto en mi estado de sueño en el hospital. Razoné que semiconsciente, escuché a alguien decir que mi padre no lo había logrado, y ese había sido el detonante de la extraña serie de circunstancias que se apoderaron de mi cerebro.

De camino a casa, Sarah me dijo que su hermana Jennifer había dado a luz a un hermoso bebé, a quien nombró Jack, nuevamente supuse que había escuchado esa información cuando Sarah se la mencionó a alguien en el hospital o incluso a mí, como había dicho que había pasado muchas horas al mi lado simplemente sosteniendo mi mano o platicando.

Esa primera noche en casa, Sarah me sostuvo cerca de ella en la cama, y con sus brazos alrededor de mí me quedé dormido, y esta vez, no hubo sueños, pesadillas, visiones o espíritus que perturbaran mi sueño.

La siguiente mañana desperté sintiéndome fresco y comí el mejor desayuno que recuerdo en años. Sarah insistió en que me sentara y me relajara después. Ella no tenía nada que hacer y felizmente me haría compañía.

Fue al librero y seleccionó una novela para mí, *Clive Cussler*, sabía que él era uno de mis favoritos y que había comprado ese libro justo antes del accidente y aún no lo había leído. Se aseguró de que me sintiera cómodo con los pies en alto y una taza de café y se sentó frente a mí con un libro propio, y la mañana comenzó a transcurrir en una tranquilidad idílica.

Alrededor de las once y media sonó el teléfono y Sarah rápidamente me tendió la mano en señal de que lo recibiría. Se levantó y cruzó la sala para contestar el teléfono. Le presté poca atención; probablemente era su hermana con noticias del pequeño Jack. Un minuto más tarde.

"Roberto, cariño, es David, el abogado de tu padre. Al parecer, tu padre dejó un paquete de papeles increíblemente viejos a su cuidado para que te los entregara después de su funeral. ¿Quiere saber cuándo estarás bien como para ir a recogerlos...?"

EPÍLOGO

Roberto Cavendish murió en 1998, con solo cuarenta y dos años, y solo dos años después del accidente automovilístico que cobró la vida de su padre. Aunque su esposa Sarah se dedicó a cuidarlo después del accidente, él nunca estuvo lo suficientemente bien como para regresar a trabajar, y su salud, tanto física como mental, se deterioró lentamente con el paso del tiempo. Ella le dijo a su hermana Jennifer que Roberto nunca volvió a ser el mismo después de recibir un paquete del abogado de su padre, pero que no hablaría de eso. Fue una sorpresa para su esposa cuando le diagnosticaron un tumor cerebral solo seis meses antes de su muerte. Se extendió rápidamente, y Roberto murió en paz con Sarah a su lado. Mientras yacía en la cama, Sarah jura que Roberto repentinamente abrió los ojos, miró hacia el techo y una expresión extraña apareció en su rostro, seguida por sus últimas palabras: 'Están aquí'.

Habían hablado de su muerte en detalle tras el diagnóstico de su enfermedad. Sarah siguió al pie de la letra los últimos deseos de Roberto, y fue enterrado cerca de su padre, con la familia presente. De acuerdo con sus instrucciones, Sarah vació la caja fuerte en su estudio y entrego un paquete sellado que encontró a los abogados de Roberto, con instrucciones de que se lo pasaran a su sobrino Jack cuando cumpliera los veintiún años. No tenía idea de lo que había en el paquete y Roberto había pedido que nunca lo abriera. Continúa viviendo en la casa que compartió con Roberto, a menudo le ha comentado a su vecina, la Sra. Armitage, que puede sentir una presencia en la casa, como si Roberto la estuviera cuidando.

El sobrino de Roberto, Jack Thomas Reid, tiene diez años y es la niña de los ojos de sus padres. Es un chico guapo y, en muchos sentidos, tiene un parecido sorprendente con su tío Roberto. Sin embargo, en los últimos doce meses, el niño ha comenzado a sufrir problemas de comportamiento extraños, está obsesionado con la vista y olor de la sangre. Sus padres esperan que supere esta extraña característica, y actualmente Jack está en terapia con un psiquiatra.

NOTA DEL AUTOR

Los estudiantes del fenómeno de El destripador, sin duda, sacarán sus propias conclusiones sobre la identidad del Destripador, como se describe en esta historia, basándose en las pistas proporcionadas en este libro. Les pediría a aquellos que han estudiado el caso durante muchos años, que pueden tener su propia resolución en mente que recuerde que este cuento no es más que ficción, no es un intento de arrojar nueva luz sobre un tema antiguo. El sospechoso que he utilizado como modelo para El Destripador puede haber sido o no el infame asesino de Whitechapel, y la historia que se relata en estas páginas es simplemente producto de la imaginación de un autor. O....... ¿Lo es?

Querido lector,

Esperamos que hayas disfrutado leyendo *Un Estudio Rojo*.
Tómese un momento para dejar una reseña, incluso si es breve.
Tu opinión es importante para nosotros.

Atentamente,
Brian L Porter y el equipo de Next Charter

También te podría gustar:
El Legado del Destripador de Brian L Porter

ACERCA EL AUTOR

Brian L Porter es un autor premiado, y rescatador de perros cuyos libros también han encabezado regularmente las listas de los más vendidos. El tercer libro de su serie Mersey Mystery, *A Mersey Maiden*, fue votado como El mejor libro que hemos leído en todo el año, 2018, por los organizadores y lectores de Readfree.ly.

Last Train to Lime Street fue votada como la mejor novela de crimen en el Top 50 de los mejores libros indie, 2018. A Mersey Mariner fue votada como la Mejor Novela de Crimen en los Premios a los 50 Mejores Libros Indie, 2017, y The Mersey Monastery Murders fue también la Mejor Novela de Crimen en los Premios a los 50 Mejores Libros Indie, 2019 Mientras tanto *Sasha, Sheba: From Hell to Happiness, Cassie's Tale and Remembering Dexter* han ganado premios a la mejor obra de no ficción. Escribiendo como Brian, ha ganado un Premio al Mejor Autor, un Premio al Poeta del Año, y sus thrillers han recogido los Premios al Mejor Thriller y al Mejor Misterio.

Su colección de relatos *After Armageddon* es un éxito de ventas internacional y su conmovedora colección de poesía conmemorativa, *Lest We Forget*, es también un éxito de ventas.

¡Los perros de rescate son un éxito de ventas!

En un reciente abandono de su habitual escritura de thrillers, Brian ha escrito seis libros de venta exitosa sobre la familia de perros rescatados que comparten su hogar, y otros más.

Sasha, A Very Special Dog Tale of a Very Special Epi-Dog es ahora un éxito de ventas internacional número 1 y ganador del Preditors & Editors Best Nonfiction Book, 2016, y se colocó en el séptimo lugar en The Best Indie Books of 2016, y *Sheba: From Hell to Happiness* también es ahora un éxito de ventas internacional número 1, y ganador de premios como se detalla anteriormente. Publicado en 2018, Cassie's Tale se convirtió instantáneamente en el nuevo lanzamiento más vendido en su categoría en los Estados Unidos, y posteriormente en un éxito de ventas #1 en el Reino Unido. Más recientemente, el cuarto libro de la serie, *Penny the Railway Pup*, ha encabezado las listas de los más vendidos en el Reino Unido y Estados Unidos. El quinto libro de la serie, Remembering Dexter, ganó el premio Readfree.ly al mejor libro del año 2019. La incorporación más reciente a la serie es *Dylan the Flying Bedlington*

Si te gustan los perros, te encantarán estas seis propuestas ilustradas a las que pronto seguirá el libro 7 de la serie, *Muffin, Digby, and Petal, Together Forever*

Además, su tercera encarnación como poeta romántico Juan Pablo Jalisco le ha reportado el reconocimiento internacional con sus obras recopiladas, *Of Aztecs and Conquistadors*, que encabezan las listas de los más vendidos en Estados Unidos, Reino Unido y Canadá.

Muchos de sus libros están ahora disponibles en ediciones de audiolibros y hay varias traducciones disponibles.

Brian vive con su esposa, sus hijos y una maravillosa manada de diez perros rescatados.

Su blog está en https://sashaandharry.blogspot.co.uk/

Un Estudio Rojo
ISBN: 978-4-86747-229-3

Publicado por
Next Chapter
1-60-20 Minami-Otsuka
170-0005 Toshima-Ku, Tokyo
+818035793528

20 Mayo 2021

Lightning Source UK Ltd.
Milton Keynes UK
UKHW011838010621
384770UK00001B/106